Gertrúd Mária Egervári

Und plötzlich sehen Engel die Ernte

novum 📖 pocket

Bibliografische Information
der Deutschen Nationalbibliothek:

Die Deutsche Nationalbibliothek
verzeichnet diese Publikation in der
Deutschen Nationalbibliografie.
Detaillierte bibliografische Daten
sind im Internet über
http://www.d-nb.de abrufbar.

© 2020 novum Verlag

ISBN 978-3-99010-927-4
Umschlagfoto: Judit Szabados
Umschlaggestaltung,
Layout & Satz: novum Verlag

Gedruckt in der Europäischen Union
auf umweltfreundlichem, chlor- und
säurefrei gebleichtem Papier.

www.novumverlag.com

DER FRÜHLING

Emy versuchte zu schlafen. Alois hatte einen großen Verpackungskarton gefunden, in den wahrscheinlich ein Fernseher eingepackt war. Er saß. Sie legte ihren Kopf auf seinen Schoss und zog die Beine an. Elisabeth brachte ihnen eine Wolldecke, so waren ihre und auch Alois Beine zugedeckt. Im Halbschlaf war sie wieder in ihrem Kinderzimmer. Zwischen den Stäben des Kinderbettes schaute sie zum Fenster und wartete auf die Fee. Sie hatte Angst im Dunkeln, deshalb ließ Mami das Nachtlicht auf dem kleinen Regal immer brennen. Im Zimmer war alles weiß und rosa, auch ihr Pyjama. Mami hat sie nur in diese Farben gekleidet. Sie war ihre Prinzessin, ihre Fee und so nähte sie ihr ein langes Kleid aus rosa Tüll und schnitt eine Krone aus Goldpapier aus. Wie gerne spielte sie Prinzessin! Ihr Teddy war der Prinz und sie erzählte ihm und der Puppe immer Geschichten. Den Teddy hatte sie jetzt auch im Arm. Die Puppe legte ihr Mami zu ihren Füßen. Jede Nacht kam die Fee. Ein wenig Angst hatte sie schon, weil die Fee sie an die Hand nahm und mit ihr in das fremde Land, in jene düstere Burg am wütenden Wasser flog. Die Fee, wenn sie kam setzte sich auf das kleine Regal. Zuerst erschien eine Lichtkugel, die sich zitternd niederließ und aus ihr schlüpfte die Fee heraus. Wie eine Weihnachtsglocke klang ihre Stimme. Vor ihr hatte sie keine Angst nur vor dem Fliegen. Mami wusste von der Fee und ging mit ihr ins Kino, um den Peter Pan Film anzuschauen. Bevor der Film anfing, war sie so aufgeregt, dass ihr der Magen zitterte. Im Kino hoffte sie, ihre Fee zu sehen. Dem war nicht so und sie war sehr enttäuscht. Mami wollte wissen wie ihre Fee aussah, aber sie konnte nicht mehr sagen als dass sie grösser war. Vier Jahre alt war sie als alles zu Ende ging. Dann musste sie bei der Großmutter wohnen. Das war nach der schrecklichen Nacht in der Zeit, als Onkel Karl anfing, Mami zu besuchen. Er fuhr Lastwagen und war tagelang unterwegs. Dann kam er zu ihnen. Für Mami brachte er Geschenke und für sie manchmal Schokolade oder andere Süßigkeiten mit, aber sonst kümmerte er sich nicht um sie. Sie hatte ihn nicht gerne, ein wenig fürchtete sie sich sogar vor ihm. Wenn er kam musste sie früher schlafen gehen. Eines nachts erwachte sie und hörte ihre Mutter schreien. Erschrocken kletterte sie aus dem Bett und ging in das Nebenzimmer, wo Mami auf dem ausklappbaren Bett schlief. Im Zimmer war es nicht ganz dunkel und wurde von ihnen nicht bemerkt. Sie sah, wie Onkel Karl auf ihr lag und auf und absprang. Onkel Karl hatte kein Pyjama an und sie sah seinen großen, behaarten Hintern und seine Beine. Sie sprang zu ihm hin, krallte ihre Nägel in seinen Oberschenkel und schrie:

– Du sollst Mami nicht wehtun! – Er schaute wütend zurück und trat nach ihr. Sie fiel auf den Rücken und weinte. Ihre Mutter sagte mit belegter Stimme:

– Geh' in dein Bett zurück! – Weil sie sich nicht rührte, brüllte Onkel Karl sie an:

– Hast du nicht gehört, was deine Mutter gesagt hat? – Sie erhob sich und torkelte weinend in ihr Bett. Bald kam Mami und blieb in der Türe stehen. Sie dachte, diese würde sie nun trösten, sie stand aber nur stumm da.

– Er hat mich getreten – beklagte sie sich.

– Emy komm nachts nie wieder in mein Zimmer.

– Er hat dir weh getan!

– Nein, er liebt mich.

– So? Du hast doch geschrien!

– Das verstehst du nicht. Schlafe! – Am nächsten Tag packte sie ihre Kleider zusammen und brachte sie zu der Großmutter.

Emy öffnete die Augen. Alois schlief mit nach vorne gekipptem Kopf. In der Unterführung war es nicht dunkel, milchweiß leuchteten die Neonröhren. Sie schaute auf die andere Seite, wo Elisabeth halb auf ihren Rucksack gelehnt zu schlafen pflegte. An der Wand lag ausgestreckt Willi, der Zigeuner, neben ihm die leere Weinflasche. Sie sah, dass Elisabeth die Augen offen hatte und suchte ihren Blick. Ohne einen Laut, nur die Lippen bewegend sagte Elisabeth:

– Schlafe! – Emy schloss die Augen und schlief ein.

Elisabeth schlief nicht, sie schaute Emy an. Wie ein Embryo liegt sie da. Als kleines Kind hat Priska auch so geschlafen. Jede Nacht, wenn sie mit den Verbesserungen der Hefte und der Vorbereitung fertig war, ging sie zu ihr herein. Mit ihren im Nacken kräuselnden braunen Härchen, mit rosigen Wangen, schlief sie in ihrem Bettchen. Sie schaute ihr kleines Mädchen an und eine so große Liebe erfüllte ihr Herz, dass es schon weh tat. Vor Mitternacht kam sie nie ins Bett und war müde. Den ganzen Tag hatte sie unterrichtet. Zum Glück musste sie für den nächsten Tag nicht vorkochen. Wenn sie etwas Zeit hatte, spielte sie Klavier. Matthias und sie aßen an ihrer Arbeitsstelle und Priska im Kindergarten. An den Wochenenden kochte ihre Mutter für alle. Sie konnte gar nicht kochen, vieles konnte sie, aber kochen und handarbeiten nicht. Im Schlafzimmer legte sie sich neben Matthias. Er behauptete sie könne nicht lieben, aber sie konnte es nur nicht so gut zeigen. Sie liebte Matthias, auch wenn er seelisch etwas beschränkt war, schließlich liebten sie sich. Oft schlief er schon, wenn sie neben ihm unter die Decke kroch. Er erwachte und fing an, sie zu streicheln. Ganz gleich, wie müde sie auch war, konnte sie der Zärtlichkeit nicht widerstehen. Ihr Körper wurde weich in der Umarmung. Wobei er sie auch jetzt noch hänselte:

– Was ist, schmilzt das Eis? – Oder: – Der Feldwebel hat Ausgang? – Am liebsten wäre sie aus dem Bett gestiegen, aber konnte nicht, und so schluckte sie seine dummen Witze. Trotzdem verließ sie beide: Priska, 15-jährig, und auch ihn. Nachdem sie in Auschwitz war, packte sie eines Nachts einige Kleider in den Rucksack, das Buch von Imre Madách mit dem Titel: „Die Tragödie des Menschen" und die Noten von Franz Liszts „Totentanz". Sie hinterließ keine Nachricht, man sollte sie nicht suchen. Es war in der Zeit, als ihr im Gymnasium nahegelegt wurde eine andere Arbeitsstelle zu suchen. Aber in Wahrheit wurde sie herausgeschmissen. Sie unterrichtete Mathematik und Physik und sie unterrichtete sehr gerne. Dort bekam sie von den Schülern den Spitznamen: „Feldwebel". Dabei schrie und fluchte sie nie. Sie schaute sie nur stumm an bis der letzte Störenfried auch still war. Den Vergleich, mit dem Eis gab ihr Matthias wegen ihren grauen Augen. Sie hatte große, graue Augen, aber vielleicht schienen sie auch nur so groß, weil sie mager und blass war. Für eine Frau ist sie zu hochgewachsen und hager. Der Vater hatte eine solche Statur, aber ihre grauen Augen hat sie von der Mutter geerbt. Ach Mutter, liebe, gute Mutter! Wie sie abends auf dem Sofa saß und stickte. Der Vater las im Sessel unter der Stehlampe. Die Lampe hatte einen Schirm aus dickem Pergamentpapier und war mit Vögeln und Schmetterlingen bemalt. Sie liebte es ihre Eltern anzuschauen. Der Vater blickte dann von seinem Buch hoch. Auf seiner Brille funkelte das Licht der Lampe:

– Hast du nichts mehr zu tun? Lerne.

– Ich habe schon alles gemacht.

– Aaron, merkst du nicht, wie pflichtbewusst und fleißig sie ist?

– Das einzige, was man dem Menschen nicht wegnehmen kann, ist das Wissen. Dann übe, du weißt, man darf es nur bis acht Uhr. – Sie setzte sich wortlos ans Klavier, spielte und die gesamte Müdigkeit des Tages fiel von ihr ab. Alles verschwand um sie, bis sie auf einmal einen ungewöhnlichen Laut hörte. Sie blickte auf. Ihre Eltern saßen nebeneinander auf dem Sofa und hielten sich an den Händen. Die Mutter weinte. Da füllten sich ihre Augen auch mit Tränen:

– Mutter warum weinst du, habe ich etwas falsch gemacht?

– Du doch nicht Liebstes, du bist das Geschenk Gottes für uns.

– Aber warum weinst du?

– Dein Großvater, der Vater deiner Mutter, Ignaz Stern, war ein weltberühmter Pianist – sagte der Vater.

– Wo ist er jetzt?

– Er ist im Krieg gestorben.

– Mutter, ich werde sehr fleißig sein und auch eine Pianistin werden, weine nur nicht. – Sie ging zu ihr hin und küsste sie, nachher den Vater, und ging schlafen. Sie hatte das Gefühl, ihre Eltern müssten jetzt allein bleiben.

Wenn Matthias sie eine Knochenkollektion nannte, wurde sie ernsthaft böse.

– Du wolltest doch ein Gerippe heiraten, hast du das damals nicht gesehen.

– Doch, aber ich liebe diese Knochenkollektion, komm jetzt – und alles ging weiter. Ja, alle Knochen tun ihr weh, wie wenn der gesamte Lebensschmerz in sie hineingepresst worden wäre. Als sie ihre kleine Familie verließ, lebten ihre Eltern nicht mehr. Es war besser, so verursachte sie ihnen nicht noch mehr Leid. Nun liebt sie Emy, sie liebt dieses Mädchen sehr. Wie sie da schläft hat sie ein Gesicht wie ein kleines Kind. Ihre sonst auch schon weichen Züge werden noch weicher. Ihr Mund ist halb geöffnet und die blonden Strähnen bedecken ihr Gesicht. Alois hat sie auch gerne. Er ist ein musikalisches Ur-talent. Wenn er die Chance gehabt hätte, wäre aus ihm ein fantastischer Musiker geworden. Er hat eine so dunkle Haut wie Emy eine helle hat. Er ist ein gut aussehender junger Mann und viel größer als Emy. Wenn sie unterwegs sind, gehen sie immer Hand in Hand. Sie sehen aus wie Christopher Robin und Pu der Bär. Dort hinten in der Ecke sitzen die drogensüchtigen Jugendlichen. Ein unglücklicher magerer Hund liegt zusammengerollt zwischen ihnen. Wieso unglücklich? Er hat doch seine Menschen! Nur sie und Willi haben niemanden. Obwohl, Willi sich tagsüber zu seinen Saufkumpanen auf die Bank setzt. Sie trinken und sprechen miteinander, solange sie noch sprechen können. Der kleine Laden macht bald auf, dann will sie Brot und Milch holen für die Kinder. Kinder? Es sind nicht ihre Kinder und Kinder sind sie erst recht nicht mehr. Ein wenig schlafen sollte sie noch.

Es wurde langsam Morgen. Die Dämmerung veränderte nicht viel am Licht in der Unterführung. Langsam fing der Verkehr an und Menschen eilten zu den Zügen. Sie bemerkten die Schlafenden, kümmerten sich aber nicht um sie. Vielleicht waren sie sogar froh, dass sie nicht angebettelt wurden.

DIE FREMDE

Wie jeden Morgen ging die Fremde auf den Zug nach
Weißenburg. Beim Vorbeigehen blickte sie auf Emy und
Alois. (Sie schlafen noch, dann auf dem Rückweg.) Auf
Gleis sechs stieg sie in den Zug und suchte sich einen
Zweierplatz. Sie nahm ihren Laptop hervor und legte ihn
auf den Tisch. In der Regel arbeitete oder telefonierte sie
noch im Zug. (Es ist schon verrückt, dass ich mit zwei-
undsechzig Jahren noch arbeite. Jeden Morgen reise ich
nach Weißenburg und um drei zurück.) Sie liebte ihre
Arbeit und war schon seit fünfzehn Jahren die Kulturmanagerin in Weißenburg. Was würde sie machen, wenn
sie nicht arbeitete? Sie wollte nicht in Budapest wohnen,
aber Johannes musste zur Schule. Sie schickte ihn von
Anfang an in eine zweisprachige Schule. Seit Jahrzehnten
verdiente sie das Geld für ihren Unterhalt. Später hätte
Johannes auch noch ein Zimmer zum Wohnen und Geld
fürs Essen gebraucht. Für die Schule musste man auch
bezahlen, und nicht wenig. Sie hätte das nicht zahlen
können, so war es billiger. Eigentlich kann sie froh sein,
dass sie überhaupt noch arbeiten kann. Wie oft hatte
sie ein schlechtes Gewissen, weil sie Johannes überall
mitnahm, immer in neue Länder, in neue Sprachgebie-
te. Aber was ist dabei herausgekommen? Johannes wird
Dolmetscher. Sie lebten in Israel, Deutschland, Schottland und Portugal. Viel hatte sie gesehen, sie war in Afrika, Indien, Argentinien. Als sie vor fünfzehn Jahren
nach Ungarn zurückkamen, bekam sie in Budapest kei-

ne Arbeit. Dann kam die Möglichkeit mit Weißenburg. Genug Armut hat sie gesehen, aber es war ganz anders als jetzt in Budapest. So herzlos es auch tönen mag, dort war es wie ein sozialer Status. Hier auch, aber dort lebten Millionen so. Es brach einem fast das Herz, wenn die Kinder sie mit ihren großen, hungrigen Augen anblickten! Manchmal starb sie seelisch beinahe an ihrer Not. Aber sie konnte nichts tun. Gab sie jemandem etwas, so überfielen sie die anderen, oder sie prügelten sich. Nach Ludwigs Tod hat sich alles verändert. Er starb und in ihr starb die Liebe. Niemand hätte das von ihr gedacht. Mit noch mehr Energie organisierte sie die Hilfsprogramme. Alle haben ihren Einsatz und ihre Hingabe gelobt. Jeder sah in ihr die große Menschenliebe. Nur sie wusste, dass es eine Ersatzhandlung war, weil sie nicht mehr wirklich lieben konnte. Liebt sie ihren Sohn? Oder liebt sie Ludwigs Sohn? Ludwig in ihm? Auch diese Geldgeberei für die beiden jungen Menschen! Was gibt sie wirklich? Einen kleinen Almosen und fühlt sich dabei noch wohl, weil sie ein guter Mensch ist. Was für eine tiefe Einsamkeit in ihrer Seele lebt, weiß nur sie. Diesen bodenlosen Brunnen der Einsamkeit versucht sie mit fiebrigem Eifer auszufüllen. Als ihr Vater tödlich erkrankte, rief sie ihre Mutter. Sie antwortete: sie könnte nicht kommen, aber man sollte ihm die beste Pflege besorgen und sie würde alles bezahlen. Was ist mit ihrer Schwester? An der Beerdigung ihrer Mutter hat sie sie zum letzten Mal gesehen und seit Jahren hat sie nichts von ihr gehört, aber sie suchte sie auch nicht. Kurz vor ihrem Tod sagte ihr die Mutter, dass sie herzlos sei. Die Mutter hat es gewusst. Damals tat es ihr weh, weil sie sie in das beste Spital brachte. Aber, kann man alles mit Geld ausgleichen?

Ja sie ist der Stein, bauen kann man auf ihn, aber er ist kalt und grau. Nie mehr wird sie lieben können. Irgendwo wird sie alleine wohnen, und sie verdient auch nicht mehr als die völlige Einsamkeit. Diese beiden jungen Menschen in der Unterführung sind nicht älter als Johannes, das Mädchen ist sogar noch jünger. Sie müssen sie nicht anbetteln. Wenn sie sie sieht, geht sie zu ihnen hin und gibt ihnen Geld, weil sie weiß, dass sie um vier Uhr noch oft nichts gegessen hatten. Und diese magere Frau mit den grauen Augen? Sie bettelt nie. Sitzt vor dem Bahnhof und füttert die Tauben. Das Mädchen ist oft bei ihr. Man versteht nicht, wie die Grauäugige soweit gekommen ist. Sie ist etwa mit ihr im gleichen Alter. Ihr langes graues Haar ist hinten hochgesteckt vielleicht, weil es ihr nicht praktisch erscheint, wenn man auf der Straße lebt, lange Haare zu haben. Auch schmutzig oder verlaust sieht sie nicht aus, sondern macht einen intelligenten, sogar gebildeten Eindruck. Immer ist sie in grau oder schwarz gekleidet und hat Männerhosen an. Wahrscheinlich hat sie bei der gratis Kleiderverteilung nichts Passendes gefunden. Schrecklich! Die nächste Haltestelle ist schon Weißenburg. Es war nicht sinnvoll den Laptop hervor zu nehmen.

ANNA ZU HAUSE

In der großen Siedlung in Nr. 35/b auf dem sechsten Stock klingelte der Postbote.

– Ja, wer ist da? – fragte eine Frauenstimme in der Sprechanlage.

– Post. Ich habe einen eingeschriebenen Brief gebracht. Kommen sie nach unten oder soll ich hochkommen?

– Kommen sie doch hoch, ich mache ihnen auf.

Es summte am Tor. Bruno ging zum Lift und grinste sich im Spiegel des Liftes an. (Es ist immer der gleiche Text, so wusste er, dass der „Shrek" nicht zu Hause war.) Er stieg aus dem Lift und Anna wartete schon an der offenen Wohnungstür. Sie hatte den Morgenrock an, schaute sich im Korridor schnell um und ließ ihn rasch in die Wohnung. Er zog ihren Morgenrock aus.

– Wer hat den Brief geschickt?

– Der Bruno und schau, er hat den kleinen Bruno auch dabei. Schnell Anna, ich kann das Fahrrad mit der Brieftasche nicht zu lange vor dem Haus stehen lassen. – Nach zehn Minuten stand er wieder an der Wohnungstür – wann kommt der „Shrek" zurück?

– Freitagabend und geht Montag früh wieder weg.

– Dann bringe ich am Dienstag wieder einen eingeschriebenen Brief.

Anna machte die Wohnungstüre zu, band den Gürtel ihres Morgenrockes fest und setzte sich an den Küchentisch. Nach der Nahtschicht war sie müde, aber noch konnte sie nicht schlafen, weil sie den Buben, bevor sie zur Schule gingen, Frühstück geben und das Pausenbrot machen musste. Für die, Pausenbrot! Sie wusste doch, dass sie es in den Müllbehälter werfen. Aber Karl bestand aus Prinzip darauf. Ja, Mittagessen kochen musste sie auch. Aus Prinzip. Dabei gab ihnen ihr Vater so viel Geld, dass sie vor dem Essen in McDonalds gingen und sich mit Hamburger und Cola vollstopften. Aber sie musste kochen, aus Prinzip! Es sind schreckliche Bengel, aus denen wird nichts. So konnte sie kochen, was sie wollte, sagen was sie wollte, sie war die große Null, die Magd. Sie verspotteten sie, machten überall Dreck oder versteckten ihre Kleider. Kürzlich hatte sie ihren neuen, grünen Rock im Mülleimer gefunden. Wenn sie sich bei Karl beklagte, schlug er sie grün und blau, und die Buben brüllten dermaßen, dass ihr beinahe, übel wurde. Manchmal war Karl auch müde, winkte nur ab und sagte: – Was willst du, es sind Teenager. – Ich werde Bohnensuppe kochen und Pfannkuchen backen –, sagte sie zu sich und stand auf.

Kurz vor zwei kamen die Jungs an. Sie schmissen ihre Schultaschen einfach auf den Boden und prügelten sich. Wahrscheinlich haben sie schon auf der Straße angefangen und in der Wohnung setzten sie es nur fort. Es war schon gut, dass sie dieses Mal den Lift nicht zum Stehen brachten. Das geschah öfters. Sie drückten gleichzeitig auf alle Knöpfe und der Lift blieb irgendwo zwischen den Stockwerken stecken, dann läuteten sie Alarm. Der Hausmeister holte sie heraus und schrie mit ihr. Als es zum dritten Mal passierte, drohte er mit Anzeige. Gott sei Dank hat sie nicht gehört, was Karl mit ihnen anstellte, weil sie bei der Arbeit war.

– Kommt essen!

– Was hast du gekocht?

– Bohnensuppe und Pfannkuchen.

– Komm Paul – sagte Thomy grinsend – von den Bohnen kann man gut furzen. Beim Fußballtraining erschießen wir die lahmen Idioten.

– Bis sie ausgefurzt sind! – grölte Paul. – Sie aßen aber nicht, nahmen die Bohnen, das Gemüse und die Nudeln auf ihre Löffel und piekten sich gegenseitig an. Dann schauten sie unverschämt zu Anna und nahmen sie gemeinsam aufs Korn:

– Was ist, Schnepfe, hast du Bohnensuppe nicht gern? – Anna räumte die Teller weg und stellte wortlos die Pfannkuchen auf den Tisch.

– Weißt du noch immer nicht, dass wir keine Marmelade essen? Wo ist der Zucker mit dem Kakao? – In einem Schälchen gab sie ihnen das Gewünschte. Ihr Schweigen aber irritierte die Kinder.

– Es ist gut, dass die Kassen schon digital bedient werden, sonst könnten sie solche hirnlosen Hühner nicht gebrauchen – spottete Thomy.

– Geht in euer Zimmer, ihr habt noch eine knappe Stunde Zeit, bis ihr gehen müsst.

– Hast du unsere Trikots gewaschen?

– Sie sind schon bei euch in der Schublade.

Sie machte den Abwasch, räumte auf und wischte den Küchenboden. Kurz vor vier gingen die Jungs zum Training. Sich schubsend und ohne zu grüßen stürmten sie aus der Wohnung. (So, bis sechs ist jetzt Ruhe, ich kann ein wenig schlafen, um halb acht muss ich sowieso gehen.) Sie legte sich ins Bett. Die Bettwäsche roch nach Karl nach seinem Duschgel und nach seinem Schweiß. Sie konnte nicht einschlafen. Der Geruch erinnerte sie an Karl. Bruno nennt ihn den „Shrek" und er hat recht. Sie ekelt sich vor ihm. Wenn er nach einer längeren Fahrt nach Hause kommt, sich ausgeruht hat, dann drei Flaschen Bier intus hat und sich auf sie legt, fühlt sie seinen behaarten fetten Bauch und wie seine nasse Haut auf ihr klebt. Ja, er ist tatsächlich ein „Shrek", er hat überall Haare. Es ist wie wenn sie mit einem Gorilla Sex machen würde, aber es kann sein, dass sogar ein Gorilla zärtlicher wäre als Karl. Sie kann nichts dafür, immer sieht sie die vierjährige, weinende Emy auf dem Teppich liegen, als er sie damals umgestoßen hat. Und sie? Sie brachte das Kind zu ihren Eltern, dorthin woher sie auch geflohen war. Sie wusste, was ihr kleines Mädchen erwartete. Die Liege im Schlafzimmer, das große, schwarze Kreuz mit dem gekreuzigten Messing-Jesus über den Betten der Eltern. Vor dem Schlaf die lange, gemurmelte Gebetslitanei. Über dem Küchentisch hing auch ein Kreuz und ein aus der Zeitung ausgeschnittenes Bild vom Papst in billigem Rahmen an der Wand. Im Wohnzimmer gehörte zu der Sammlung eine Marienstatue aus Gips, daneben der Weihwasserbehälter, und ein rotes, elektrisches ewiges Licht brannte Tag und Nacht. Hierhin hatte sie die kleine Emy gebracht. Emy war nicht so wie sie, still und genügsam. Damals belog sie ihre Eltern. Sie war jung und hübsch. Auf dem ersten Stock wohnte ihre Freundin Evi. Sie sagte zu Hause, sie würde Tischtennis spielen gehen und packte den Lippenstift und die Augenstifte in ihre Sporttasche. Eigentlich wollte sie Tennisspielen, aber als sie das sagte, fing die Mutter an die Kreuze zu schlagen und jammerte:

    – Oh Gottchen! Mit was habe ich so eine Tochter verdient? Das kommt nicht in Frage. Du gehst nicht vor fremden Männern halb nackt herumspringen. – Der Vater verbot es ihr kategorisch:

– Du gehst nicht, dich so zu prostituieren. – Dann zu seiner Frau:

– Eine Hure hast du erzogen Resi? Zu ihr: – Jetzt gehst du in das Zimmer und bekommst heute kein Abendessen. – Sie saß auf der Liege im abgedunkelten Schlafzimmer und sang leise englische Hits vor sich hin. Wie oft war das passiert? Die Mutter rang die Hände, band ein nasses Kopftuch über die Stirne, das, sie tief bis zu den Augenbrauen herunterzog und rannte in die Kirche. Evis Mutter hatte nichts dagegen, wenn Evi und sie spazieren oder zum Tanzen gingen. Bei ihnen schminkte sie sich, nahm die kleine Handtasche, die sie ebenfalls in der Sporttasche versteckt hatte mit. Dort lebte Emy nun. Sie arbeitete in drei Schichten und zahlte für ihren Unterhalt. Manchmal ging sie mit ihr Eis essen oder in den Zoo. Emy war schweigsam, sie antwortete knapp auf ihre Fragen. Sie wusste nicht, wie ihre Tochter wirklich war und wie sie sich fühlte. Es tat ihr weh, sehr weh, aber sie lebte damals schon mit Karl zusammen. Bevor sie gemeinsam eine Wohnung nahmen, sagte er ihr nichts von seinen Söhnen, die ihre Mutter mit ihm zusammen verlassen hatte. Nur als sie in dieser Wohnung lebten, wollte Karl sie aus dem Kinderheim herausnehmen. Thomy war zwei Jahre alt und Paul sechs Monate, als er mit ihnen allein blieb. Er musste arbeiten. So suchte er für sie ein besseres Kinderheim und bezahlte dafür. An den Wochenenden waren die Buben bei ihnen. So lange sie noch klein waren, ging es irgendwie, aber sie verstand sich nicht auf Buben. Sie dachte, alle Kinder seien so wie Emy. Sie waren wild und ungezogen. Paul war viel krank und weinte viel. Thomy, weil er älter war, spielte sich auf und widersetzte sich andauernd. Zum Glück schickte sie Karl in den Sommerferien in verschiedene Ferienlager. Es war eine Qual, wenn sie einige Wochen bei ihnen waren. Seit vier Jahren leben sie schon zusammen. Sie kann mit ihnen nicht umgehen und liebt sie auch nicht. Für die Miete und fürs Essen will Karl kein Geld von ihr. Er will auch nicht wissen, was sie mit ihrem Gelde macht. Sie zahlt ihr Handy und ihre Krankenkasse. Im Geheimen spart sie für Emy. Einmal wird sie Emy finden. Sie spart für ihre Hochzeit, sie soll ein richtiges Brautkleid haben und einen Kranz mit Schleier, alles das, was sie nicht gehabt hatte. Als sie für die Buben die Verantwortung übernahm hatte sie keine andere Wahl. Oder übt sie Busse, weil sie ein schlechtes Gewissen hat Emy wegen? Noch immer trägt sie die Schuld ab? Jetzt denkt sie wie ihre Mutter! Sie arbeitete weiter im Supermarkt, an der Kasse. Heute Nacht wird es auch so sein. Da sitzt sie und hat in der rechten Hand den Sensor und mit der linken räumt sie die Ware nach hinten. Wie oft hatte sie schon eine Nervenentzündung von dieser Bewegung. Manchmal, wenn es nicht viel zu tun gibt, setzt man sie ein auch, um die Regale aufzufüllen. Das ist gut, man kann sich bewegen, sich bücken, es ist die reine Erholung im Gegensatz zu der Kasse. Die ganze Zeit brennt die grelle Beleuchtung, oft sieht sie schon gar nicht mehr richtig. Karl ist mit Bruno verglichen wirklich der „Shrek". Die schönsten Minuten der Woche sind, wenn er schnell zu ihr hinaufkommt. Bruno ist jung, nicht fett, sogar die tätowierten Drachen auf seinem Arm hat sie gern.

ALOIS KLEINER HUND

Elisabeth stand vor dem schlafenden Alois und Emy. Sie neigte sich hinunter und streichelte Emys Haare. Alois erwachte zuerst.

– Emy, ich habe euch Kakao und Hörnchen mitgebracht. – Emy öffnete die Augen und als sie Elisabeth über sich sah, lächelte sie. Es war ein Lächeln, so voller Liebe und Vertrauen, dass es Elisabeth jedes Mal wehtat. Ihre Tochter hat sie nie so angelächelt. Alois nahm den Kakao und die Tüte mit den Hörnchen entgegen und sagte zu ihr:

– Weißt du Elisabeth, ich war zwölf Jahre alt, als ich zum ersten Mal Kakao bekam. Ich war bei einer Familie, die auch einen Zigeuner einluden. Damals hatte ich auch zum ersten Mal Butter gegessen. Es gab zum Kakao Zopf mit Butter. Ich wünschte damals so sehr, wir könnten das auch jeden Tag essen. Etwas Besseres konnte ich mir nicht vorstellen und jetzt bringst du uns oft Kakao. – Emy erhob sich und wandte sich an Elisabeth:

– Gehst du heute wieder zum Königssteg, um Musik zu hören?

– Ja, aber es ist noch zu früh. Jetzt gehe ich auf den Platz, um die Tauben zu füttern.

– Isst du nie?

– Das Brot reicht auch für mich.

– Warte, ich komme mit, will nur meine Sachen aufräumen.

– Geh' nur, Kleines, ich räume zusammen und komme euch nach – sagte Alois. Emy und Elisabeth gingen aus der Unterführung Richtung Ausgang. Willi lag noch immer ausgestreckt auf dem Boden und schnarchte.

– Sollen wir ihn wecken? Jemand wird noch über ihn stolpern.

– Lass es, Emy, sie sollen ihn umgehen, solang er schläft, trinkt er nicht. Nachher kommt er sowieso zu mir, um Geld für Wein zu bitten.

– Gehst du wieder Musik hören? Hast du Musik so gerne? – Elisabeth antwortete nicht. Sie kamen an den Platz und setzten sich auf die niedrige Mauer, wo sie immer die Tauben fütterte. Als die Tauben sie entdeckten, flogen sie herbei. Emy trank ihren Kakao und riss Stücke vom Hörnchen ab. Elisabeth streute die Brotstücke auf den Boden, und ab und zu nahm sie auch ein Stück davon. Eine graue Haarsträhne fiel ihr aufs Gesicht und verdeckte es zum Teil. Emy schaute sie von der Seite an und stellte fest, sie ist trotz ihrer Magerkeit, schön. Wie eine Statue sieht sie aus, dachte sie bei sich. Nur ihre Augen lebten. Es sind Augen, welche sie noch nie bei jemanden gesehen hat, groß und grau. Elisabeth spürte Emys Blick, und ohne den Kopf zu wenden antwortete sie:

– Ich hatte auch einmal Klavier gespielt. – (Seltsam, dass ich es ihr sagte, bisher sprach ich nie mit jemandem über die Vergangenheit.) Jetzt blickte sie erst auf Emy. Mit großen, erstaunten Augen schaute sie sie an und dann brach aus ihr die Frage, die sie schon immer stellen wollte, aber sich nicht getraute:

– Wieso bist du hier bei uns gelandet?

– Ich bin hierhergekommen.

– Einfach so?

– Nein, es hatte schon seinen Grund. – Alois nahte. Sie wollte vor ihm nicht sprechen und konnte es auch nicht.

– Ich erzähle es dir ein anderes Mal. – Alois stand neben ihnen, sie wandte sich an ihn.

– Was macht ihr heute?

– Wir gehen, wie immer. Ich will Emy die Gegend zeigen, wo ich aufgewachsen bin. – Elisabeth stand auf, nahm ihren Rucksack und ging über die Straße auf die Hügel von Buda zu. Sie schauten ihr nach, wie ihre schmale, hohe Gestalt leicht gebückt unter dem Rucksack, sich von ihnen entfernte.

– Sie hat viel Rückenschmerzen – bemerkte Emy.

– Komm, Kleines wir gehen auch – erhob sich Alois und nahm den Rucksack, auf den die zusammengerollte Wolldecke geschnallt war und die Tasche mit ihren Kleidern. Sie gingen, sie gingen immer zu Fuß. Alois führte Emy. Sie kamen in ein Viertel, wo die großen Mietshäuser immer schmutziger wurden und die Fassaden bröckelten. Die Straßen waren eng und dunkel. Auf dem Gehsteig waren tiefe, vom Regen ausgewaschene Löcher. Am Rand der Straße lagen umgeworfene Müllbehälter und aufgerissene Müllsäcke. Kleine Läden mit graublinden Schaufenstern zeigten in ausgeblichenen Verpackungen Lebensmittel. In der Telefonkabine hing der Hörer herunter und der Geldbehälter fehlte. Aus dem demolierten Telefonbuch ringelten sich einzelne Seiten nach oben. Die Scheiben waren offensichtlich mit einem schweren Gegenstand zertrümmert worden. Es war wie wenn auch die Menschen schmutziger und verwahrloster gewesen wären. Emy fürchtete sich, drückte Alois Hand noch fester, bis ihre Handflächen schwitzten.

– Wo sind wir? – fragte sie ängstlich.

– Im achten Bezirk, hier bin ich aufgewachsen. Wir sind gleich beim Haus. – Sie bogen in die nächste Straße ein, die noch enger und düsterer war. Bei der Nummer 28 gingen sie durch das Tor. Der Durchgang war nicht beleuchtet und es stank, als wären sie in einem öffentlichen Pissoir. Sie kamen in einen lang gestreckten Innenhof. Um die fünf Stockwerke des Hauses zog sich das rostige Geländer L-förmig dem Gang entlang, auf dem die Eingangstüren zu den einzelnen Wohnungen waren. Auf dem Hof, war ein Teppichklopfer und ein unglücklich zurückgeschnittener Fliederbusch brachte einige grüne Blätter hervor. Sie standen mitten im Hof. Alois zeigte auf die ebenerdige Wohnung in der hinteren Ecke.

– Dort ist die Wohnung vom Hausmeister. Dort wohnten wir. Die Sonne schien nie hinein. Es war ein Zimmer mit einer kleinen Nische, wo wir mit meinem Bruder auf einer Matratze schliefen und auch die Küche noch.

– Wo war das Badezimmer?

– Es gab kein Badezimmer, wir wuschen uns in einer Waschschüssel aus Blech. Für mehrere Bewohner gemeinsam gab es ein WC auf dem Gang draußen.

– Wo hat deine Mutter gewaschen?

– Auch in der Waschschüssel – lachte er bitter. – Aber sie musste nicht viel waschen, wir hatten kaum etwas zum Anziehen. Die Wohnung war so nass, dass die Wäsche nie trocken wurde, wenn nicht sogar in den Regalen schimmelte. Meine Mutter war die Hauswartin und für ihre Arbeit bekamen wir die Wohnung und etwas Geld.

– Wo hat dein Vater gearbeitet?

– Es kam sogar vor, dass er arbeitete. Er war Maurer, aber die meiste Zeit saß er in der Kneipe und soff. Schau dort auf dem dritten Stock, auf die mittlere Türe, dort wohnte ein Mann, der sich einen Schäferhund, einen Welpen geholt hatte. Der Welpe hatte sehr große Füße und ich nannte ihn „Pfote". Er war den ganzen Tag eingesperrt, weil der Mann zur Arbeit ging. Manchmal spielte ich mit ihm auf dem Hof, warf ihm Holzstücke zu und wenn ich ein Schmalzbrot bekam, gab ich ihm im geheimen die Hälfte. Sein Besitzer führte ihn nie aus, damit er springen und laufen konnte. So war es nur natürlich, dass, wenn er nur konnte, abhaute. Wenn der Mann ihn fand, schlug er ihn und im ganzen Haus hörte man den Hund winseln und jaulen. Mit der Zeit hatten alle Bewohner es satt und zeigten ihn an. An dem Abend, als er den Brief von der Polizei bekam, ich wusste es, weil meine Mutter es unterschreiben musste, warf er den Hund vom dritten Stock herunter. Er fiel unter unser Küchenfenster. Ich rannte heraus, kniete mich neben ihn und weinte. Die Menschen standen draußen auf dem Gang und schauten auf den Hof hinunter. Der Mann sah, dass der Hund noch nicht tot war und kam herunter. Von unten brüllte er zu den Mitbewohnern hinauf:

– Nur keine Panik, ich erschlage ihn gleich – und ging in den Keller, um eine Axt zu holen. Ich kniete neben dem Hund und sprach weinend zu ihm:

– Pfote, stirb bevor dieses Tier wieder hochkommt! – Er hob leicht seinen Kopf und versuchte mit seinem Schwanz zu wedeln, dann wurden seine Beine steif, die Zunge hing ihm aus dem Maul und er verendete.

– Alois, ich will nicht länger hierbleiben, ich habe kalt.

– Nicht weit von hier ist ein kleiner Park, die Sonne scheint dorthin, komm, wir gehen.

Auf dem dritten Stock trat eine Frau aus dem Schatten der Mauer hervor. (Sie sind weggegangen und haben mich nicht bemerkt.) Ein Eimer Wasser mit dem Lappen stand neben ihr. Ein Besen und ein Müllsack ergänzten ihre Putzutensilien. Sie hatte gerade das Treppenhaus geputzt als sie auf dem Hof Stimmen hörte, sie trat an das Geländer und schaute nach. Ihr Herz machte einen Sprung. Es war Alois, ihr Alois! Er hielt ein blondes Mädchen an der Hand. Sie standen mit dem Rücken zu ihr und sahen sie nicht. Sie machte einen Schritt zurück an die Wand, hörte aber, was sie sprachen. (Wie lange hatte ich Alois nicht gesehen? Beinahe fünf Jahre. Alois wusste nicht, niemand wusste es, dass er nicht Alois Wagners Sohn war. Sein Vater war ein Abteilungsleiter in der Spinnerei wo sie damals arbeitete. Er hieß Josef Jäger. Nach der Arbeit ging sie mit ihm in den Keller und auf den Säcken, in welchen die Reste der Fäden aufbewahrt wurden, hatte sie Sex mit ihm. Dann wurde sie schwanger, Jäger erschrak und sie wurde bald entlassen. Dort lernte sie auch Wagner kennen, er war der Mann, der für die Ordnung auf dem Hof sorgen musste. Von da an ging sie nach der Arbeit mit ihm in den Geräteschuppen. Auch ihm sagte sie bald, sie erwarte ein Kind. Er freute sich nicht, aber sie überredete ihn, sie zu heiraten. Wagner war sehr dumm, er glaubte, als Alois nach acht Monaten geboren wurde, an einer Frühgeburt und gab ihm seinen vollen Namen. Nur Ralf war sein Sohn. Ralf ist auch nach ihm geraten. Jetzt sitzt er im Gefängnis wegen, Einbruch, Nötigung und Gewalt. Wenn sie nicht eine polizeiliche Vorladung bekommen hätte, wüsste sie nichts davon. Nun lebt sie allein, aber der Alte nimmt ihr das wenige Geld, was sie bekommt, nicht weg. Alles hat er ihr weggenommen und versoffen.) Sie ging weiter auf den vierten Stock, wusch die Treppen und sammelte den weggeworfenen Müll in den Sack. Oben angekommen setzte sie sich auf die oberste Treppenstufe, kramte aus ihrer Schürzentasche eine Zigarette und rauchte. Das war der einzige Luxus, den sie sich leistete. (Vielleicht hätte ich Alois ansprechen sollen. Vielleicht hätten sie ein Mittagessen angenommen. Es hat noch Kohl von gestern. Das blonde Mädchen war so klein. Er hielt die ganze Zeit ihre Hand. Manchmal streichelte er sie und küsste sie. Dieses Mädchen hat in zehn Minuten mehr Zärtlichkeit bekommen, als ich im ganzen Leben. Die Männer wollten nur das Eine von mir. Damals war ich erst dreizehn, als der Freund des Onkels mich auf den Boden warf. Die anderen Männer standen dabei und feuerten ihn an: – Zeig es ihr, Robi! – grölten sie. Ich schrie, biss, kratzte, aber Onkel Robi kam dadurch noch mehr in Fahrt. Dann kam meine Mutter.

– Lasst sie!

– Was hast du, Sarah, sie soll lernen, für was sie gut ist. – Ja, ich war nie für etwas Anderes gut. Sogar dieses Schwein, der Wagner brüllte das, wenn ich mich weigerte, ihm das Geld zu geben, weil die Kinder etwas zu essen brauchten. Er schlug mich, warf mich auf den Boden und trat auf mich ein.

– Gehe auf die Straße, du Zigeunerhure, etwas Anderes kannst du ja doch nicht.) Sie putzte den Gang auf dem vierten Stock. (Dieser pensionierte Herr Hauser lagert die vollen Müllsäcke vor seiner Wohnungstür. Es kommen noch die Ratten hoch! Dabei hätte er, bei Gott, genug Zeit um sie herunter zu tragen.) In der Wohnung daneben saß der Kater im Küchenfenster und dahinter schaute Tante Rosis runzliges Gesicht heraus. Die Türe öffnete sich und Tante Rosi stand mit zwei Buchteln in der Hand dort.

– Soll ich einen Tee machen, Kati, kommst du herein?

– Danke, aber ich kann jetzt nicht, muss noch den fünften Stock putzen. Haben Sie gebacken?

– Ja, für meinen Sohn.

– Kommt er von so weit her, aus Debrecen?

– Er hat nicht angerufen, aber ich habe gebacken, damit etwas da ist, wenn er kommen würde.

– Sagen Sie mir, wenn ich wieder einkaufen soll.

– Ja, ich sage es, aber machst du wieder einmal einen Kaffee, dann komme ich zu dir.

– Ich werde einen machen und Sie rufen.

– Nimm aber die Buchteln mit.

– Danke – sagte Kati und steckte das Gebäck in ihre Schürzentasche. Als sie mit der Arbeit fertig war, ging sie in ihre Wohnung, schaltete den Fernseher an und begann, den Kohl von gestern aufzuwärmen. Sie setzte sich an den Küchentisch und hatte wieder Schmerzen. Von dem Kohlgeruch wurde ihr übel. Sie stellte das Gas ab. In der letzten Zeit hatte sie oft Bauchschmerzen. Andere Frauen in ihrem Alter hören langsam auf, zu bluten, aber bei ihr fing es all zwei Wochen an. (Ich setze mir einen Kaffee auf und werde die Buchteln dazu essen.) Sie nahm ein Kissen und drückte es an den Bauch, das half immer. Sie legte den Kopf auf den Küchentisch und wollte weinen, konnte aber nicht, schon lange konnte sie nicht mehr weinen. Ein Winseln, war alles was sie hervorbrachte. (Wie Alois kleiner Hund, dachte sie.) Im Fernseher machten schöne, junge Frauen mit glänzenden Haaren Reklame für Shampoo. Der Kaffee war fertig, sie nahm die Buchteln aus ihrer Schürzentasche. (Wenn Alois und das Mädchen hiergeblieben wären, hätte ich ihnen die Buchteln gegeben.)

Emy und Alois saßen auf einer Bank in einem kleinen staubigen Park. Der Boden war mit Kieselsteinen bedeckt. Spatzen sammelten sich vor ihnen.

– Alois, haben wir von den Hörnchen noch etwas, ich möchte ihnen Brösel geben. – Alois nahm die Tüte aus der Tasche und reichte sie Emy. Es war noch ein halbes darin. Sie zerbröselte es und streute für die Spatzen.

– Hörnchen – sagte Alois lese vor sich hin. – Meine Mutter hat im Haus bei einer Sekretärin geputzt. Sie gab ihr trockenes Brot, weil sie daraus Paniermehl machen wollte. Sie bewahrte es in der Schublade des Küchentisches. Mein Bruder und ich, wir bettelten, sie möge uns von den trockenen Brotresten geben. Diese Frau gab ihr auch Kleider, aber die waren nur grau oder braun. Wenn ich jetzt so an meine Mutter zurückdenke, war sie eigentlich hübsch, wäre noch hübscher gewesen, wenn sie sich die Kleider hätte selber kaufen können. Sie mochte starke leuchtende Farben. Wie ich sie vor mir sehe, so sehe ich sie immer in dem verschlissenen, kunstseidenen Morgenrock mit dem türkischen Muster. Ihre Haut, die Haare und ihre Augen waren dunkel. Von ihr habe ich mein Aussehen geerbt. Ich weiß nur nicht, warum ich so groß bin.

– Wart ihr so arm?

– Noch ärmer.

– Und dein Vater?

– Ein besoffenes Schwein. Wenn er in der Nacht aus der Kneipe kam, polterte er zuerst am Küchenfenster und nachher an der Tür. Manchmal kam er nur bis in die Küche, dann erbrach er sich und blieb am Küchenboden liegen. Meine Mutter putzte den Boden und versuchte, ihn in das Zimmer zu zerren, aber allein schaffte sie es nicht. Dann weckte sie mich und wir brachten ihn zu zweit ins Bett. Mir war immer schlecht geworden von der Geruchsmischung vom Alkohol und Erbrochenem. Oft ließ sie ihn aber auch einfach in der Küche liegen. Mein Bruder hat immer gekichert, sogar dann, wenn er die Mutter geschlagen hat.

– Wo ist dein Bruder jetzt?

– Im Gefängnis.

– Willst du ihn nicht einmal besuchen?

– Für was?

– Wie war es, als dein Vater starb?

– Es war besser. Wir waren noch immer arm, aber es gab kein Gebrüll und keine Schläge mehr.

– Warst du nicht traurig?

– Nein, niemand war traurig, wir freuten uns sogar. Dann fingen an die Kerle, zu meiner Mutter zu kommen. Ich habe es gehasst. Ralf, mein Bruder genoss aber das auch. Er lauschte, während ich mir das Kissen aufs Ohr presste, damit ich nichts hörte. Dann landete Ralf auch auf der Straße. Zuerst kam er in eine Besserungsanstalt für Jugendliche. Später verschwand er. Die schönste Zeit war, als wir mit meiner Mutter zu zweit blieben. Wir sprachen nicht viel, sie tat ihre Arbeit und ich auch.

– Bist du nicht zur Schule gegangen?

– Doch, und ich ging gerne. Am Schluss der Grundschule empfahl der Lehrer meinen Eltern, sie sollen mich weiter in die Schule schicken, weil ich im Zeichnen und in der Musik begabt sei. Mein Vater wollte davon nichts hören und so musste ich auch Maurer werden, wie er. Ich mochte diese Arbeit nicht, wenn ich nur konnte, las ich oder spielte auf der Mundharmonika und zeichnete. Als mein Vater starb, hatten wir zum ersten Mal Weihnachten. Mutter kochte etwas Gutes und backte einen Mohnstollen, sogar ein Geschenk bekam ich. Ein Zeichenblock und Farbstifte. Das erste Bild malte ich noch am selben Abend für sie. Sie steckte es mit Reisnägeln an die Wand. Vielleicht hängt es immer noch dort.

– Hattet ihr keinen Weihnachtsbaum?

– Ah, woher! Ich bewunderte ihn durch die erleuchteten Fenster anderer Leute.

– Dann hatte ich es aber viel besser als du.

– Und trotzdem bist du von Zuhause weggegangen.

– Ich ging von der Großmutter weg. Ich hatte kein Zuhause mehr.

– Jetzt hast du auch keines.

– Aber ich habe euch, Dich und Elisabeth, ihr gehört wirklich zu mir und liebt mich. Als ich damals am Bahnhof ankam, hast Du mir die Haare gestreichelt, ich hob den Kopf und sah Deine Augen und es war, als hätte ich Dich schon immer gekannt, dann nahm ich Deine Hand.

– Ich glaube, ich liebte dich schon als du vor dem Bahnhof auf der Mauer weintest.

– Alois ich kenne dich schon lange, du warst auch in der Burg Elisabet und sogar Willi auch.

– Du hast schon davon erzählt, aber ich verstehe es nicht.

– Elisabeth war dort ein Mann. Was glaubst du, warum liebe ich Elisabeth so sehr? Dich liebe ich auch, aber es ist anderes.

– War ich eine Frau in der Burg?

– Nein ein Mann, ein Mönch.

– Komm, gehen wir weiter, Kleines!

– Gehen wir! – Und sie gingen wie immer Hand in Hand. Emy traute sich nie, jemanden um Geld zu fragen,

31

das machte immer Alois. Manchmal bekamen sie etwas, aber es kam öfters vor, dass sie abgewiesen wurden:

– Geht arbeiten, ich arbeite auch für mein Geld.

SIEGFRIED

Elisabeth ging die leicht ansteigende Straße hinan. Es fiel ihr jedes Mal schwer, los zu gehen, aber nicht zu gehen, das war ihr beinahe unmöglich. Sie kam sich vor wie ein Teenager, die ihren angehimmelten Lehrer im Geheimen beobachtet. Wegen des Klavierspiels ging sie dorthin. Schon von Weitem hörte sie ihn üben. Vor dem Haus setzte sie sich auf die Eingangstreppe. Die Stufen machten einen Bogen gegen die Hauswand, dort saß sie und war niemandem im Weg. Einmal schaute sie auf sein Namensschild, er hieß Siegfried vom Blautal. (Welch schöner Name, niemand, der ihn je spielen hörte, wird diesen Namen vergessen.) Er spielte gerade Mozarts A-Dur Sonate, diese leichte, tänzerische mit den Variationen. Mozart tat gut für die Seele, er löste sie aus der Schwere und erhob sie. Der Hausmeister kam heraus, um den Gehsteig zu kehren. Sie kannten sich schon. Einmal, als er sie immer wieder dort sitzen sah, fragte er: – Was machen Sie hier?

– Ich höre dem Klavierspiel zu. – Sie konnte nicht wissen, dass der Hausmeister Siegfried von Blautal von ihr erzählte, und er bat ihn, wenn er sie wieder sieht ihm Bescheid zu sagen. Jetzt übte er eine Beethoven Sonate. Um Elisabeth verschwand alles, die Menschen, die Straße, alles. Sie war jung und saß mit ihren Eltern im Bartók Saal. Rubinstein spielte. Als das Konzert zu Ende war, war sie wie gelähmt. Wilder Applaus feierte den Pianisten, sie konnte nicht klatschen, kaum aufstehen. – Plötzlich merkte sie auf, als ein etwa vierzig jähriger Mann vor ihr stand.

– Guten Tag, ich bin Siegfried von Blautal und hörte von unserem Hausmeister, sie kämen öfters hierher. – Elisabeth schaute hoch. Ein junger gut gekleideter Mann stand vor ihr, mit braunen Haaren und warmblickenden braunen Augen. Der Mann war durch ihr Schweigen irritiert und sprach weiter:

– Gefällt ihnen mein Spiel?

– Ja, ich mag es sehr, wie sie spielen.

– Mögen sie Musik?

– Vor allem Klaviermusik.

– Mögen sie Musik nur, oder verstehen sie auch etwas davon? – In Elisabeth erwachte etwas aus ihrer Zeit als Lehrerin, als die Korrektur in ihrem Leben alltäglich war.

– Ich glaube, ich verstehe auch etwas davon. Im langsamen Satz der Beethoven Sonate, so um den dreiundzwanzigsten Takt herum ist der Akkord falsch. Es ist ein Dominant-Septakkord in E-Moll. – Dann schämte sie sich, wie kommt sie dazu, einen solchen Künstler zu kritisieren.

– Entschuldigen sie, das ist mir jetzt nur so herausgerutscht. – Siegfried sah sie an, wie wenn er ein Gespenst sehe. (Nein sie war nicht verrückt, schon gar nicht mit diesem Wissen und mit diesen großen, klugen, grauen Augen!)

– Kommen Sie, gehen wir hinein und Sie zeigen mir die Stelle. – Elisabeth nahm ihren Rucksack und ging mit ihm. Im Eingang stellte sie den Rucksack auf den Boden. Siegfried schaute sie erst jetzt bewusst an. Sie war beinahe so groß wie er und sehr mager.

– Ich habe keine Flöhe oder Läuse mitgebracht – lächelte sie. – Sie gingen in das Zimmer mit dem Flügel, die Noten waren noch auf dem Ständer. Elisabeth suchte den falsch gespielten Akkord aus und schlug ihn richtig an. Siegfried schaute ihr über die Schulter.

– Ja, sie haben recht. Wollen sie nicht spielen? – Elisabeth fiel erst jetzt auf, dass sie sich noch nicht vorgestellt hatte. Sie streckte ihm die Hand entgegen:

– Von lauter Dominant- Septakkord hatte ich vergessen mich, vorzustellen: ich bin Elisabeth Schwarz. Lassen sie mich wirklich spielen? Ich hatte seit zehn Jahren keine Taste unter den Fingern!

– Ja ich würde sie gerne hören, aber zuerst muss ich in der Akademie anrufen, ich sollte nämlich in einer viertel Stunde unterrichten. – Er nahm sein Telefon:

– Grüß' Gott Agate würden sie bitte Sophie Maurer ausrichten und in einer Stunde auch Stefan Bauer, dass ich aus beruflichen Gründen heute verhindert bin. Die Stunde werde ich nachholen. Ja, das Zimmer mit der Nummer sechzehn ist meins. Um zwei Uhr bin ich dort. Danke. – Elisabeth saß schon vor dem Flügel und hatte die Mozart Sonate vor sich. Siegfried setzte sich in einen Sessel.

– Ich höre. – Sie legte ihre Finger auf die Tasten und es war ein Gefühl, wie wenn sie ihr neugeborenes Kind oder den Körper des Geliebten berührt hätte. Zuerst war sie noch unsicher, dann vergaß sie alles und spielte. Als sie mit der Mozart Sonate fertig war, fing sie an, Beethovens C-Dur Sonate die Pathetique ohne Noten zu spielen. Diese Sonate kannte sie gut, sie war ihr Prüfungsstück am Ende des vierten Gymnasiumjahres. Oh wie jung war sie damals, war verliebt und ging mit Matthias in einem weiten, weißen Kleid am Donauufer entlang. Plötzlich merkte sie, was sie tat und hörte auf zu spielen:

– Entschuldigen sie ich vergaß mich. – Siegfried staunte:

– Haben sie wirklich seit zehn Jahren nicht gespielt?

– Nein, wo auch. Aber vielen Dank, dass sie mich spielen ließen, sie haben mir eine große Freude bereitet. So, ich gehe.

– Wollen sie nicht noch ein wenig bleiben und mit mir einen Kaffee trinken? Ich habe jetzt viel Zeit und gehe erst auf die zwei in die Akademie.

– Vielen Dank, aber ein Glas Wasser wäre mir lieber.

– Ich kann zum Wasser auch Kaffee kochen.

– An den besseren Orten bekommt man zum Kaffee ein Glas Wasser – lächelte ihn Elisabeth an. Siegfried kam mit zwei Tassen und zwei Gläsern Wasser zurück. Sie setzten sich an den niedrigen Tisch zwischen den Sesseln.

– Das ist ein gutes Kaffeehaus, eines mit Musik! – bemerkte Elisabeth lächelnd.

– Haben sie wirklich seit zehn Jahren nicht gespielt?

– Nein, aber ich habe immer den Totentanz von Liszt bei mir. Die Noten kann ich schon auswendig und höre sie auch. – Der Mann schaute sie nur an.

– Liszt Totentanz? Ich getraue mich nur das Titelblatt anzuschauen. Haben sie das Stück auch schon gespielt? Jetzt verstehe ich gar nichts mehr!

– Nein, ich habe es nur einmal in meiner Jugend gehört, meldete mich an der Musikakademie an und setzte es mir als Ziel: Soweit wollte ich kommen. Aber spielen werde ich es nie können. – Sie stand auf.

– Bleiben sie doch noch ein bisschen. – Sie setzte sich wieder. – Warum sind sie keine Pianistin? Oder sind sie es doch?

– Es ging nicht, ich hatte wahnsinnig Lampenfieber. Wenn ich mich zu einem Auftritt überreden ließ, weil man mir sagte, man müsste das auch üben und sich daran gewöhnen, ging ich irgendwie mit steifen Beinen bis zum Klavier. Meine Hände waren eiskalt und schwitzten zugleich. Halbtot beendete ich das Vorspiel und danach musste ich mich einen ganzen Tag erbrechen. Im vierten Gymnasium spielte ich als Schulabschluss die Pathetique und wurde ohnmächtig auf der Bühne. Meine Aufnahme an der Musikhochschule hatte ich schon bestanden, aber es hätte keinen Sinn gehabt, weiter zu machen. Dann ging ich auf die Naturwissenschaftliche Universität und studierte Mathematik und Physik.

– Aha, daher das Auswendiglernen der Noten, das Gehirn des Mathematikers. – lachte Siegfried. – Kommen sie in mein Solokonzert? Ich bringe eine Eintrittskarte mit. Es ist am 24. März an der Akademie im Kodaly Saal. – Elisabeths Gesicht strahlte, dann blickte sie an sich herunter und das Leuchten verschwand. Mit so viel Trauer und Verzicht sagte sie:

– So? Herr von Blautal. Ich habe sehr wenig Geld, kann mir kein Kleid, keine Schuhe kaufen und anderen gebe ich auch davon. – Siegfried kamen beinahe die Tränen, als er die Veränderung sah.

– Lassen sie bitte diesen Herrn von Blautal ich möchte nur einfach Siegfried sein – sagte er nervös. – Ich habe genug Geld und muss für niemanden sorgen. Sie geben von dem wenigen was sie haben auch für andere, man muss nicht nur geben, sondern auch annehmen können. Elisabeth schaute ihn gerührt an. Er könnte ihr Sohn oder Schüler sein und fleht sie nun an, um ihr Kleid und Schuhe kaufen zu dürfen.

– Danke Siegfried, das besorge ich schon, aber ich möchte ein junges Mädchen mitnehmen, bringen sie mir lieber noch eine Karte, die bezahle ich.

– Nichts zahlen Sie! Aber ich hätte ihnen sehr gerne ein Kleid gekauft.

– Nein. Dafür nehme ich auch die zweite Karte an.

– Gut, ich beuge mich dem höheren Willen, aber Elisabeth, wenn sie mir wieder zuhören wollen, sitzen sie nicht auf der Treppe, läuten sie und kommen sie herein. Für mich ist es eine Freude, beinahe eine Ehre, wenn sie hier sind. – Elisabeth stand auf.

– Ich danke Ihnen Siegfried, für den Kaffee, für das Klavier und für alles. – Er begleitete sie zum Ausgang, zum Abschied fragte er:

– Darf ich Sie umarmen? – Elisabet hatte schon den Rucksack an, beugte sich ihm leicht zu und breitete die Arme aus. Vorsichtig umarmte er sie und spürte, wie unglaublich mager sie war.

WILLI

Elisabeth war wieder am Bahnhof. Sie setzte sich auf die niedrige Mauer und fütterte die Tauben. Sie wartete auf Emy und Alois. Willi kam und setzte sich zu ihr. Elisabeth brach ein größeres Stück vom Brot ab und streckte es ihm hin:

– Du hast heute Morgen noch sicher nichts gegessen.

– Nein, aber du weißt es doch Liesel, dass ich etwas anders brauche. Gibst du mir Geld für Wein?

– Willi, wenn du das nicht noch einmal ohne Liesel sagst, gebe ich dir gar nichts! Du weißt, wie sehr ich diese Liesel hasse.

– Elisabeth gibst du mir Geld für Wein?

– So ist es ganz anders – und sie nahm fünfhundert Forint aus der Hosentasche und reichte es ihm. – Willi wegen dir komme ich noch in die Hölle!

– Macht nichts ich werde dort auf dich warten. Komme gleich. – Und er watschelte davon. Bald war er wieder zurück, setzte sich neben sie, schraubte die Flasche auf und trank.

– Ich habe mir das, mit der Hölle überlegt. – Elisabeth war mit ihren Gedanken schon beim Konzert und schaute ihn fragend an.

– Glaubst du, man kann auch dort Wein kaufen und ich gebe dir das Geld dafür?

– Nein. Du kaufst mir Wein, aber dabei gibst du auch. Verstehst du was ich meine? – Elisabeth staunte über den Gedankengang. (Sieh mal an, was in einem Menschen steckt!)

– Willi, wann hast du angefangen zu trinken?

– Ich weiß es nicht.

– Wieso weißt du es nicht, warst du nicht dabei, als du anfingst?

– Doch, aber ich war noch sehr klein?

– Wie?

– Als ich mit meinen Schwestern ins Waisenhaus kam, so mit acht Jahren, war ich schon ein Alkoholiker.

– Wieso kamst du ins Waisenhaus?

– Meine Mutter starb und mein Vater brachte uns dort hin. Er und mein Großvater haben mir schon als kleines Kind Wein gegeben. Aber ich sehe Sepp sitzt auf unserer Bank, ich gehe zu ihm.

– Geh' nur. – Beim Weggehen drehte sich Willi noch einmal um.

– Meine Mutter hieß auch Elisabeth, sie war die Liesel. – Dann setzte er sich zum Sepp und sie unterhielten sich, so lange sie noch sprechen konnten. Nach einigen Stunden konnte man das, was sie zum Mund herausließen, nicht mehr sprechen nennen. Elisabeth achtete darauf, nicht in ihre Nähe zu kommen. Sie taten ihr leid, aber das unartikulierte, zusammenhanglose Gestammel machte sie nervös.

ALOIS SPIELT MUNDHARMONIKA

Emy und Alois kamen. Emy ließ sich neben sie auf die Mauer plumpsen.

– Huh! Jetzt bin ich müde, wir sind sehr viel gegangen. Warst du auf dem Königssteg?

– Ja, und ich habe den Pianisten kennengelernt. Stellt euch vor ich bekomme zwei Eintrittskarten von ihm für seinen Soloabend. Emy, wir gehen zusammen in das Konzert!

– Ich auch?

– Ja mit mir. – Emy jubelte.

– Wir beide zusammen im Ausgang? Aber was ziehen wir an? Ich habe keine Kleider.

– Ich auch nicht, wir besorgen uns etwas. – Emy merkte erst jetzt, wie traurig Alois war.

– Könnte nicht Alois anstatt mir gehen?

– Ich möchte mit dir gehen. Wenn Alois mitkäme, was würdest du solange alleine machen? Alois kann gut hierbleiben und auf unsere Sachen aufpassen.

– Geht nur, es ist so wie du sagst, Elisabeth. Wem könnten wir Emy anvertrauen, dem besoffenen Willi?

– Emy hat bald Geburtstag, das ist mein Geschenk für sie, aber an ihrem Geburtstag bekommt ihr Geld von mir, damit ihr ein bisschen feiern könnt. – Emy sagte nichts, schmiegte sich einen Moment an sie und legte den Kopf auf ihre Schulter. Elisabeth streichelte ihre Haare. Alois schaute sie an.

– Ich gehe jetzt kurz weg und lasse unsere Sachen hier. – Er nahm aus der Vordertasche des Rucksackes seine Mundharmonika heraus und ging.

– Jetzt ist er traurig, versteckt sich, wo ihn niemand hört und spielt auf seiner Mundharmonika. Elisabeth, der liebe Gott ist mir doch nicht böse weil ich so glücklich bin, obwohl Alois unglücklich ist. Großmutter sagte immer, man müsse für jede Freude mit Leid bezahlen, so ist es besser, man freut sich schon gar nicht. Das ist Überheblichkeit.

– Wie darf man nach deiner Großmutter überhaupt sein?

– Ein folgsames Mädchen sein, in die Kirche gehen und Gott für unsere Sünden um Vergebung anflehen.

– Wie lange hast du bei der Großmutter gelebt?

– Dreizehn Jahre.

– Warum bist du davongelaufen?

– Wegen dem Großvater. Die Großmutter hat mich anständig versorgt, hat für mich gekocht und liebte mich. Sie nahm mich immer in die Kirche mit. Ich ging gerne in die Kirche, um die Bilder anzuschauen und die hohen, farbigen, Glasfenster. Immer waren auch Blumen und Kerzen da. Der Herr Pfarrer schenkte mir kleine Heiligenbilder, die ich sammelte. Alle waren sehr lieb mit mir. Aber dann verprügelte mich der Großvater, weil ich meine Turnsachen verloren hatte. Ich musste mich niederknien und meine Unterhose ausziehen und meinen Po hochhalten. Dann schlug er mich zuerst mit seiner Hand und nachher mit seinem Gurt. Ich weinte, flehte ihn an, da kam plötzlich die Großmutter ins Zimmer. Sie sagte etwas sehr Seltsames:

– „Sie nicht, Franz, die andere hast du schon genug geschlagen!" – Verstehst du das?

– Ich glaube schon. Wahrscheinlich hat er auch deine Mutter geschlagen.

– Einmal, als die Großmutter krank war, musste ich im Keller Kohlen holen. Großvater hatte dort eine alte Kommode, in dem er seine Schrauben, Nägel und Werkzeuge aufbewahrte. Ich zog eine Schublade heraus, einfach so aus Neugierde und fand so etwas wie Zeitungen mit Bildern drin. Es waren Bilder von Frauen, die an das Bett gekettet waren. Sie hatten gar nichts an, außer den Ketten. Jemand stand neben dem Bett und schlug sie mit einer Peitsche. Ich erschrak sehr und dachte, das wird er auch mit mir machen. In der Nacht konnte ich nicht schlafen und beschloss, davonzulaufen. Am nächsten Tag, als die Großmutter in der Kirche war, packte ich einige Sachen zusammen, auch meinen Teddy und landete hier bei euch. Haben deine Eltern dich nie geschlagen?

– Nein, es gab keinen Grund dafür, aber sie hätten mich nie geschlagen. Es waren die liebsten Menschen auf der Welt, die ich je kannte.

– Wo sind sie jetzt?

– Gestorben. Aber Emy, der liebe Gott hat uns auch die Schönheit, die Liebe und die Freude gegeben. Man muss dafür dankbar sein und die Schwierigkeiten, die Trauer annehmen. Wenn du glücklich bist, dienst du auch ihm, er will das so.

– Ich bin oft sehr glücklich, ihr seid für mich da und ich darf euch lieben. Aber Elisabeth, woher hast du immer Geld?

– Ich bekomme welches. – Sie schwiegen. Elisabeth wollte ihr nicht erzählen, wie Matthias sie aufgesucht hatte. Damals wohnte sie noch bei ihrer Freundin, bei der sie noch immer gemeldet ist. Matthias sagte:

– Ich weiß nicht, warum du weggegangen bist, aber ich kenne dich gut und weiß du würdest nie ohne Grund kopflos davonlaufen. Ich kann mir auch nicht vorstellen, dass du wegen einem anderen Mann mich verlassen hast. Dein Kind kannst du nicht aufziehen, so bleibt Priska bei mir. Sie ist auch meine Tochter und ich liebe sie sehr, wie ich dich auch liebe. Jeden Monat werde ich dir auf diese Adresse fünfzigtausend Forint schicken. Du kannst nicht betteln, Elisabeth, lieber verhungerst du.

– Aber Matthias, ich habe euch verlassen.

– Die Mutter meines Kindes halte ich in Ehren und möchte ein wenig für sie sorgen. Aber suche nie den Kontakt zu Priska. – Von da an kamen die fünfzigtausend Forint auf die Adresse der Freundin und sie suchte ihre Tochter nicht. Sie hätte weiter bei Silvia wohnen können, aber sie hatte auch ihren eigenen Lebensstil und ihre eigene Vorstellung, wie es sein müsse. Sie selber war nicht unordentlich, aber Silvia machte alles noch einmal, was sie schon erledigt hatte. Wenn sie ein Klavier gehabt hätte, wäre sie wahrscheinlich geblieben. Auch jetzt geht sie noch jede Woche zu ihr, um zu baden und ihre Wäsche zu waschen. Sie wird Silvia wegen des Kleides für das Konzert fragen.

– Elisabeth, die Tauben haben Hunger, sie trippeln hier um unsere Füße.

– Und du, hast du nicht auch Hunger? Komm, wir gehen in den kleinen Laden und kaufen etwas. – Sie gingen über den Bahnhofplatz. Plötzlich blieb Elisabeth stehen und schaute in eine Richtung. Emy blickte auch dorthin und sah eine junge, hübsche Mutter mit ihrem etwa vierjährigen Mädchen den Platz durchqueren. Elisabeth rief heiser:

– Priska! – Die junge Frau wandte den Kopf und eilte weiter. Das Mädchen hatte aber den Ruf auch gehört und wollte stehen bleiben.

– Komm Andi, wir müssen gehen. – Das Kind stemmte seine Füße auf den Boden und die Mutter musste es nach sich ziehen.

– Mami, die Frau hat dich gerufen, sie hat Priska gesagt. Gib ihr etwas es ist eine arme Frau!

– Komm, wir haben keine Zeit. – Das Mädchen ging widerwillig mit und schaute andauernd nach hinten. Emy sah ihre Augen. Von irgendwoher kannte sie diese Augen. Elisabeth rührte sich.

– Kennst du sie? Du hast Priska gerufen.

– Es war meine Tochter, die ich seit zwölf Jahren nicht mehr gesehen hatte und das Mädchen ist vermutlich meine Enkelin.

– Daher waren mir ihre Augen so bekannt. Es sind deine Augen!

– Komm, gehen wir in den Laden. Was möchtest du haben.

– Wenn ich darf, Apfelsaft und ein Stück Kuchen.

– Was wollen wir Alois kaufen?

– Er mag lieber Salziges. – Sie gingen zum Bahnhofplatz zurück, setzten sich wieder auf die Mauer und sahen Alois nahen.

– Fehlt dir deine Tochter nicht? – fragte Emy.

– Ja und nein, jetzt habe ich dich.

– Woher kommst du eigentlich? Du hattest liebe Eltern, du hast eine Tochter und spielst Klavier? – Alois stand neben ihnen.

– Einmal werde ich es euch erzählen, aber bitte lasst mich jetzt allein.

NACHT KASSE 28.

Anna saß in der Kasse Nr. 28. Es waren nur wenige Menschen im Laden, sie hatten nicht viel zu tun. (Vor zwanzig Jahren war es auch eine solche Nacht als Gordon an der Kasse stand. Er bezahlte und sie sagte ihm die Zahlen auf Englisch. Er war überrascht und fragte, wo sie Englisch gelernt hätte? – In der Schule antwortete sie. – Auf den nächsten Tag machten sie einen Zeitpunkt für ein Treffen im Astoria Hotel aus. Zu Hause sagte sie natürlich, dass sie Tischtennis spielen gehe. Gordon lachte viel über ihr Englisch und sie lachte mit. Am folgenden Tag lud er sie schon zum Abendessen ein. Sie gingen in den „Mátyás Keller" in den alten Teil von Buda. Gordon war leicht betrunken und sie fuhren mit dem Taxi in sein Hotel. Von da an blieb sie die nächsten drei Tage mit ihm. Bei der Arbeit hatte sie sich krankgemeldet. Gemeinsam schauten sie sich die Stadt an, fuhren mit dem Schiff auf der Donau, und gingen in den Budapester Prater. Dort schoss Gordon ihr einen Teddybären, der wurde später Emys Teddy. Dann flog er nach England zurück und versprach, an Weihnachten wieder zu kommen. Bis dorthin könnten sie einander schreiben und er ließ ihr seine Adresse da. Ach, wie naiv war sie doch damals. Sie wusste, ihre Eltern werden sehr wütend sein aber sie dachte, sie würden sich freuen über den englischen Verehrer. Als sie nach Hause kam, war nur die Mutter zu Hause. Mit zugebundenem Kopf und vom Weinen geröteten Augen saß sie in der Küche.

– Wo warst du? Dein Vater schlägt dich tot, wenn er heimkommt. Ich habe drei Nächte nicht geschlafen, nur gebetet, du mögest wieder nach Hause kommen. Als sie erzählte, wie sie mit einem Engländer unterwegs war fing die Mutter an die Kreuze zu schlagen:

– Ein Engländer! Diese Satansbrut alle zusammen. Der Herr Pfarrer hat von einem englischen König erzählt, der eine neue Religion erfunden hat, weil er mit dem Heiligen Vater nicht zufrieden war. – Als ihr Vater nach Hause kam, hat er sie so verprügelt wie noch nie zuvor. Er schlug wieder ihren nackten Hintern, ihre Schenkel zuerst mit der Hand dann mit seinem Gürtel, riss sie an den Haaren und bearbeitete sie mit dem Fuß. Die Mutter weinte in der Küche, getraute sich aber nicht, hinein zu kommen. Als sie zu ihrem Vater aufblickte, hatte sie das Gefühl, er genieße sein Tun. Dann rannte er davon. Sie hörte nur einen lauten Knall und später erfuhr sie, wie ihre Mutter von einer Ohrfeige samt dem Hocker auf den Küchenboden gefallen war. Am nächsten Tag konnte sie kaum gehen und das Sitzen an der Kasse war eine Qual. Aber sie konnte mit niemandem darüber sprechen, da sie schon fast zwanzig Jahre alt war.

An Weihnachten kam Gordon wieder. Sie wusste schon, dass sie schwanger war, aber den Eltern sagte sie nichts davon. Ihre Lage zu Hause war sowieso schon schlimm genug. Die Mutter sprach nur das Notwendigste mit ihr. Der Vater gar nicht mehr und weigerte sich, mit ihr am Tisch zu sitzen. Die Liege aus dem Schlafzimmer hatten sie in die Speisekammer bugsiert. Man konnte die Türe nicht schließen. Der Raum hatte keine Fenster, eine 40 Watt Birne hing an einem Kabel als Beleuchtung. Nur seitwärts konnte sie ins Bett steigen und über ihr standen Gurken und Marmeladen Gläser auf den Regalen. Niemand fragte sie, wenn sie wegging und wohin sie ginge. Sie wurde ausgestoßen wie eine Aussätzige. Auf der Liege sitzend schrieb sie ihre Briefe an Gordon. Aber es kamen keine Antworten von ihm. Bis sie einmal in der Mülltonne seinen zerrissenen Brief entdeckte. Sie sagte nichts, schickte aber Gordon die Adresse von ihrer Freundin Evi. An Weihnachten war sie nur mit ihm zusammen. Sie genoss das bequeme Hotelzimmer, das schöne Bad, das gute Essen und liebte ihn. – Sie sollte eine eigene Wohnung nehmen – schlug Gordon vor und ließ ihr eine größere Summe da. Auch weiter werde er ihr Geld schicken und nachdem das Kind geboren ist, werde er sie beide nach England mitnehmen.

– Warum kannst du mich nicht jetzt schon mitnehmen?

– Ich baue noch mein Geschäft auf, du und das Kind, ihr solltet ein sicheres, gutes Leben haben.

– Leben deine Eltern noch?

– Und ob sie leben! Mein Vater mischt sich immer in meine geschäftlichen Angelegenheiten ein, obwohl ich ihn nicht darum bitte und meine Mutter ist ewig um mein Wohlergehen besorgt.

– Mit mir sprechen sie schon gar nicht mehr, das ist auch nicht besser. Wie soll das Kind heißen?

– Wenn es ein Mädchen wird, Emylia, das ist der Name meiner Mutter, wenn es ein Junge wird, John, wie mein Vater. Anna ihr werdet ein schönes Leben haben. Komm wir gehen aufs Zimmer. – Nur Gordon nannte sie Anna, mit der ungarischen Panni konnte er nichts anfangen. Und sie ging, vertraute ihm und liebte ihn. Bis Silvester waren sie zusammen, damals hatte sie ihn das letzte Mal gesehen.

Sie hatte zwanzig Minuten Pause. Am Automat hinten im Lager nahm sie sich einen Kaffee. Ja, hier schrieb sie mit Hilfe eines Wörterbuchs ihre Briefe. Sie wartete auf seine Briefe und auf ihn. Sie hoffte und von der Hoffnung war sie schon glücklich. Drei Jahre wartete sie, bis sie eines Tages anstatt eines Briefes seine Hochzeitsanzeige bekam. Er heiratete eine Mary und schickte von nun an auch kein Geld mehr. Damals im Januar suchte sie sich eine Wohnung. Sie fand eine billige Zweizimmerwohnung in einem achtstöckigen Panelblock. Das kleinere Zimmer richtete sie als Kinderzimmer ein. Von Gordons Geld kaufte sie ein Kinderbett und einen Kinderwagen. Ihre Kolleginnen halfen ihr die Kücheneinrichtung und die Möbel zusammen zu stellen. Am 27. April wurde Emy geboren. Mit ihren blauen Augen, mit dem rosigen Gesicht und dem blonden gelockten Haar war sie ein bildschönes Kind. Sie lächelte immer und nur sehr selten weinte sie. Als sie zu laufen und sprechen anfing, plapperte sie immer zu. Sie sprang und tanzte. Manchmal hob Anna sie hoch und drehte sich mit ihr: – Flieg' Feenprinzessin! – Emy kreischte vor Freude, dann faste sie mit ihren dicken Händchen ihr Gesicht und gab ihr große, nasse Küsse. Sie liebte Emy sehr, ihre ganze Liebe gehörte ihr. Emy war neun Monate alt, als ihre Mutter sie aufsuchte. Auf einmal stand sie vor der Tür.

– Lässt du mich herein?

– Guten Tag. – Sie machte die Türe auf. Emy lag im Laufstall und versuchte schon, zu krabbeln. Die Mutter trat zu dem Kind hin und schaute es an.

– Du hast ein wunderschönes, kleines Mädchen, Anna. – Ihre harten, strengen Gesichtszüge wurden weich. Lächelnd sah sie auf das in ihre Richtung zappelnde und lachende Kind. Emy sprach auf ihre Weise in kindlichen, girrenden Lauten mit ihr und zwischendurch stieß sie kleine Jauchzer aus. Die Mutter sah Anna fragend an.

– Sicher, du kannst sie herausnehmen. – Behutsam nahm sie Emy hoch und hielt sie vor sich hin. Emy streckte ihre Händchen aus, als wollte sie streicheln.

– Meine Enkelin! – sagte sie mit einer so weichen Stimme, wie Anna sie noch nie sprechen gehört hatte. (Vielleicht kann die Mutter auch lieben? Auch sie war einmal jung und bekam ein Kind. Warum verhärtete sie sich so? Wieso floh sie in die Kirche? Um Vater zu entrinnen? Auch war er kein schlechter Mensch. Er wollte nicht, dass seine Frau arbeitete. Lieber nahm er noch zusätzlich Arbeit an. Sie schlief mit ihnen zusammen im Zimmer, jedoch liebten sie sich nie, sie beteten nur. Warum nicht? Ihre Mutter hatte sich in den Glauben geflüchtet, weil sie ihren Mann nicht mehr liebte? Bis jetzt dachte sie gar nicht daran, doch damit wäre auch das Verhalten des Vaters zu erklären.) Von da an besuchte sie ihre Mutter regelmäßig. Freudig schob diese Emy im Kinderwagen, spielte und lachte mit ihr, liebte sie mehr, als sie je ihre eigene Tochter geliebt hatte. Emy wurde von allen geliebt, sie war freundlich und schön, wirklich wie eine Prinzessin, eine Fee. Als der Mutterschaftsurlaub vorbei war, bekam Anna im nahe gelegenen Coop eine Stelle. Dort wurde sie auch unterstützt, indem sie ihr die Frühschicht ließen, damit sie Emy in den Hort bringen und später im Kindergarten abholen konnte. Und dennoch brachte sie Emy zu ihrer Mutter! Weil sie dachte die Mutter liebe das kleine Mädchen und würde Emy anderes behandeln wie sie behandelt wurde.

Es war drei Uhr morgens, um diese Zeit gibt es kaum Kunden und alle sind besonderes müde. Die Beine können sie kaum ausstrecken und nach hinten lehnen können sie sich auch nicht. Jolanda haben sie entlassen, weil sie immer einschlief. Von halb sechs an wird es dann wieder besser, weil die ersten Kunden schon kommen. Nachher die unverschämten Buben von Karl und morgen kommt er auch nach Hause. Sie liebt sie nicht, im Gegenteil sie hasst sie. Irgendwann wird sie Emy finden.

DER KLEIDERKAUF

– Emy wach auf, wir gehen Kleider kaufen. – Emy öffnete ihre Augen und sah Elisabeths liebes, blasses Gesicht über sich geneigt.

– Geh' Kleines – ich warte hier auf euch – sagte Alois. Emy erhob sich noch schlaftrunken.

– Ich gehe noch schnell auf die Toilette. – Alois schaute ihnen nach. (Dieses Leben ist nicht wirklich für Emy. Alles erduldet sie, aber sie gehört nicht auf die Straße. Kein Wunder, wie sie Elisabeth liebt. Elisabeth gehört auch nicht auf die Straße. Wir wissen nicht, was für ein Geheimnis in ihrem Leben ist. Aber wer gehört denn überhaupt auf die Straße? Wenn ich Arbeit suchen würde, wo wäre Emy den ganzen Tag?)

Emy und Elisabeth gingen zur Bushaltestelle. Aus Gewohnheit griff Emy nach Elisabeths Hand, zog sie aber rasch zurück. Elisabeth merkte es wohl, aber ohne eine Miene zu verziehen schritt sie weiter.

– Gehen wir nicht zu Fuß?

– Nein, ich weiß nicht, wohin wir überall noch hingehen müssen, fahren wir lieber ein Stück mit dem Bus. – Der Stoßverkehr vom Morgen war schon vorbei und so konnten sie nebeneinandersitzen. Emy rutschte vorsichtig näher an Elisabeth.

– Kaufen wir wirklich auch Kleider für mich?

– Ja, so kannst du nicht in ein Konzert gehen.

– Auch für dich?

– Für mich ist es schwer Kleider, zu finden. Was in der Länge passen würde ist zweimal so breit wie ich. Was dachtest du, warum trage ich Männerhosen?

– Wo gehen wir jetzt hin, zu den Maltesern?

– Das hätte nicht viel Sinn, wir gehen auf die Vácer Straße, dort ist ein großer Gebrauchtkleider- Laden.

– Darf ich dir etwas sagen? – Elisabeth schaute sie fragend an. – Aber es kann sein, dass es Blödsinn ist.

– Sag nur!

– Weißt du, ich habe seit meiner Kindheit eine Fee, die mich in der Nacht immer mitnimmt.

– Wohin nimmt sie dich mit?

– Siehst du, ich weiß es nicht genau. Einmal sahen wir im Schaufenster eines Reisebüros mit Alois ein Bild von der schottischen Meeresküste, ich glaube dort hin.

– Ans Meer?

– Nicht nur. In eine Burg, die hoch auf den Felsen über dem Meer steht.

– Und was ist in dieser Burg?

– Vieles, und es ist sehr kalt dort. Es sind hohe, graue Steinwände mit Teppichen bedeckt, Betten hinter Vorhängen und zwei langbeinige, große, struppige Hunde, aber vor denen habe ich keine Angst.

– Bist du denn auch dort?

– Ja, du auch und Alois auch, sogar Willi.

– So wie wir jetzt sind?

– Nicht doch! – lachte Emy.

– Wie denn?

– Das ist komisch, du, Alois und ich wir sind Männer und Willi ist eine Frau. Mein Vater ist so etwas wie ein Burggraf. Aber ihn kenne ich nicht. Du bist mein Lehrer und bist sehr streng. Ich nenne dich Magister Isaak.

Immer hast du nur schwarze und graue Kleider an und alle haben Angst vor dir, sie sagen, du seist ein Zauberer.

– Hast du auch einen Namen und fürchtest du dich auch vor mir?

– Nein, weil ich dich sehr liebe. Ich heiß Ian.

– Wer ist Willi?

– Er ist Ludowika, sie war meine Amme, aber blieb weiterhin bei mir. Sag' ist das alles nur Blödsinn und denke, ich es mir nur so aus? Ich glaube zwar nicht, weil ich immer Neues und immer mehr erfahre.

– Es muss nicht deine Fantasie sein. Millionen von Menschen glauben an die Seelenwanderung.

– Was ist das?

– Die Reinkarnation. Ein Wiedergeboren- Werden in verschiedenen Zeiten an verschiedenen Orten. Seien wir doch nicht so überheblich und denken wir nicht als einzige die Wahrheit zu wissen, wobei alle anderen in ihrem Glauben rückständig oder gar dumm wären. Siehst du, ich komme aus einer jüdischen Familie. Issak ist ein sehr alter jüdischer Name. Bei deinem Magister handelt es sich wahrscheinlich um einen Kabbalisten.

– Bei dieser Seelenwanderung kann man Frau oder Mann sein?

– Oh ja, man bekommt das Geschlecht, was möglich macht, die Verfehlungen aus früheren Leben gut zu machen und sich weiter zu entwickeln. Aber komm, wir müssen aussteigen.

– Du warst nicht nur damals sehr gescheit, bist es jetzt auch noch, ich verstehe alles, wenn du es erklärst.

– Emy, Liebes, ich habe beinahe dreißig Jahre unterrichtet.

– Darf ich dir noch von der Burg erzählen?

– Sicher, wir haben Zeit und mich interessiert es. – Sie stiegen aus dem Bus und gingen auf der Straße weiter, bis sie zu dem gesuchten Kleiderladen kamen. Das Angebot war sehr groß und Emy fühlte sich fremd.

– Schau dich um und nachher besprechen wir es –, sagte Elisabeth und fing an, selber zu suchen. Ab und zu blickte sie zu ihr hinüber. Emys Gesicht war vor Freude und Aufregung gerötet. Sie nahm etwas heraus und tat es wieder zurück. Sie dachte, Elisabeth würde es bezahlen und wusste nicht, was für eine Größe sie brauchte. Das verwirrte sie. Unterdessen fand Elisabeth eine kurze schwarze Jacke, die eng geschnitten war, aber für sie die richtige Ärmellänge hatte. Mit den Kleidern hatte sie weniger Glück. Entweder zu kurz oder zu weit. Sie bezahlte die Jacke und ging zu Emy hinüber. Sie weinte schon fast vor Unentschlossenheit.

– Nun, hast du etwas gefunden?

– Nein.

– Was gefällt dir? – Emy zog ein mit Rüschen verziertes Sommerkleid hervor aus weißem mit blauen Blümchen bedruckten Stoff.

– Wie findest du das?

– Ist sehr schön für kleine Mädchen bei der Firmung. Suche etwas Festlicheres. – Emy nahm ein langes, glitzerndes mit Pailletten besetztes schweinchenrosa Kleid vom Bügel.

– Und das?

– Genau das Richtige für Straßenmädchen auf ihrem Sonntagsspaziergang.

– Gut, dann das? – Sie zeigte ein dunkelblaues Matrosenkleid mit Faltenrock und dem viereckigen weißen Kragen.

– Jetzt kannst du das Gebetbuch nehmen und mit deiner Großmutter in die Kirche gehen. – Emy war verzweifelt, aber Elisabeth auch, sie hatte nicht gedacht, dass mit Emy der Einkauf so schwierig werden würde.

– Nichts ist gut was ich aussuche, suche du mir etwas!

– Emy, wir gehen in ein Konzert, es ist März, du bist kein kleines Mädchen, aber auch kein Straßenmädchen. Du bist neunzehn Jahre alt und du bist hübsch. Wir müssen etwas finden, was zu deinem Alter und deiner Persönlichkeit passt. – Nun fing Elisabeth an zu suchen und fand einen Minirock aus purpurfarbigen Samt, eine dicke, leicht mit Silber durchwobene Strumpfhose. Nachher ein türkisfarbiges T-Shirt, dem am Hals ein Muster aus dem Stoff herausgeschnitten und die Ränder mit Silber gefasst waren. Da es zu leicht war, kam noch eine hellgraue Jacke dazu. Emy probierte die Sachen an und als sie vor dem Spiegel stand, gefiel sie sich sehr. Sie dachte nicht mehr an ihre unglückliche Kleiderwahl.

– Elisabeth, manchmal denke ich, es wäre doch gut, so zu leben wie andere Leute. Du gehst am Morgen zum Schrank und suchst dir die Kleider aus, die du anziehen möchtest.

– Sicher, aber komm, wir brauchen noch Schuhe. – Sie fanden nichts. Elisabeth zahlte und sie gingen hinaus.

– Jetzt gehen wir zum chinesischen Kaufhaus und schauen, ob wir dort etwas finden. – Nach einem etwa zwanzigminütigen Fußmarsch kamen sie an. Es gab eine große Auswahl an Schuhen. Elisabeth hatte mit den Schuhen dasselbe Problem wie mit den Kleidern. Aber sie fand doch eine schwarze Ballerina mit etwas höherem Absatz. Unterdessen probierte Emy auch Schuhe an. Als sie zu ihr trat, hatte sie gerade hellblaue Sandalen an, die mit goldenen Plastikblumen verziert waren.

– Schön, nicht wahr? – Elisabeth seufzte nur.

– Gefallen sie dir nicht? Sie würden gut zum hellblauen T-Shirt passen und glänzen auch.

– Und zu der grauen Strumpfhose und zum roten Minirock?

– Dir gefällt nie, was ich aussuche.

– Soll ich das Sprüchlein wieder von vorne aufsagen: Es ist März, wir gehen in ein Konzert usw. – Emy wurde trotzig.

– Du hast gesagt, ich bin hübsch, du hast mir farbige Sachen gekauft. Ist es nur nicht gut, weil ich es will? – Langsam wurde Elisabeth ärgerlich.

– Nein, nicht deswegen, sondern weil es geschmacklos ist. Wir gehen nicht nach Kalifornien an den jährlichen Schönheitswettbewerb der erwachsenen Barbie-Puppen. Suche etwas Dunkleres. – Emy wählte einen Lackstiefel, der ihr bis über die Knie reichte. Wenn Elisabeth kurze Haare gehabt hätte, wären sie ihr zu Berge gestanden.

– Ich müsste mich sehr bemühen, um solche geschmacklosen Schuhe auszusuchen. Wenn du zwanzig paar Schuhe hättest ginge es noch. Aber wo und wann willst du diese Schuhe tragen? Im November in der Unterführung mit langen Lackstiefeln oder in himmelblauen Sandaletten? Wie hat dich deine Mutter und Großmutter gekleidet?

– Mami kaufte mir immer süße Kleidchen, rosenrot oder hellblau, mit Rüschen und Schleifen und ganz goldige Haarspangen. Die Großmutter strickte mir anständige Strümpfe, braune und dunkelblaue. Sonst Faltenröcke, Pullover und weiße Blusen für den Sonntag. Hosen kamen nicht in Frage. Diese gebrauchten Jeans sind meine ersten Hosen. – Sie fanden ein paar hübsche Halbschuhe aus schwarzem Leder, mit einem feien Silberstreifen am Rand als Abschluss. Elisabeth kaufte Emy noch ein Paar weiße Sportschuhe und für sich Strümpfe. Es stellte sich heraus, dass Emy nur zwei Unterhosen hatte. Sie suchte sich drei aus, eine weisse mit Rüschen, eine hellblaue und eine rosenrote. Scheu schaute sie zu Elisabeth. Diese aber lächelte nur.

– Emy, ich brauche jetzt einen Kaffee, komm, wir suchen eine Konditorei. – Emy freute sich über die Aussicht und schlenderte glücklich neben Elisabeth einher. Als Kaffee mochte nur sie nur Cappuccino und durfte sich auch einen Kuchen aussuchen.

– Bist du mir jetzt böse, weil ich immer etwas Anderes wollte?

– Überhaupt nicht. Jetzt war es so, wie du es dir gewünscht hast, so wie andere Leute auch. Wie wenn eine Mutter mit ihrer Tochter einkaufen geht. Du hast nicht daran gedacht, dass ich es bezahle und ich behandelte dich wie die Mutter ihre unmögliche Tochter. Willst du noch einen Kuchen?

– Darf ich?

– Sonst würde ich dich nicht fragen.

– Ja gerne, noch eine Cremeschnitte. Aber wo werden wir uns umziehen, wenn wir in das Konzert gehen?

– Bei meiner Freundin Silvia. Dort werden wir auch baden, die Haare waschen und uns anziehen.

– Müssen wir weit laufen?

– Wir gehen nicht zu Fuß. Aber gut, dass du mich erinnert hast, ich kaufe im DM ein Duschgel, das auch zum Haarewaschen geeignet ist.

– Woher weißt du das alles?

– Nicht immer habe ich so gelebt, und ich bin vierzig Jahre älter als du. – Sie bezahlten und gingen in die Drogerie. Elisabeth kaufte das Duschgel und Emy entsetzte sich am Preis. Für sich kaufte sie eine elfenbeinfarbene Haarspange, um ihre Haare hochzustecken und für Emy zwei kleine mit Strass verzierten Schmuckspangen, seitlich in ihre Haare. Nun waren sie fertig mit dem Einkauf. Elisabeth ging los und sagte so nebenbei:

– Komm, wir gehen nach Hause. – Plötzlich gewahrte sie, Emy nicht neben sich zu haben. Sie schaute zurück und sah sie an der belebten Ringstraße auf dem Gehsteig stehend weinen. Sie ging zu ihr zurück.

– Wo ist zu Hause? – fragte Emy. Elisabeth umarmte sie und weinte ebenfalls.

– Dort, wo wir geliebt werden, dort sind wir zu Hause. – So standen sie im Mittagsverkehr.

SIEGFRIED HAT SCHWIERIGKEITEN

Elisabeth ging die Königstegstraße hinauf. Von Weitem hörte sie schon, wie Siegfried ein moderneres Stück übte. Sie kam vor das Haus. Er spielte immer die gleiche Stelle. Plötzlich schlug er mit beiden Händen eine solche Dissonanz an, dass die Hunde in einem Dorf angefangen hätten zu jaulen. (Er hat Schwierigkeiten und ist wütend, dachte Elisabeth. Soll ich überhaupt läuten?) Sie wartete, aber er spielte nicht weiter, so drückte sie auf den Klingelknopf. Siegfried erschien an der Tür mit dem Gesichtsausdruck: „Wer wagt mich zu stören!" Seine Haare standen teilweise aufrecht auf dem Kopf, man sah, wie er öfters in sie gegriffen hatte. Nur ein Hemd hatte er an und war verschwitzt. Elisabeth wollte sich eben entschuldigen, als sein Gesicht sich vom freudigen Wiedersehen erhellte:

– Ich dachte eben an dich. Du kannst mir jetzt helfen! – Er schob sie buchstäblich in die Wohnung. Elisabeth fand kaum Zeit, um ihren Rucksack im Flur auf den Boden zu stellen, schon bugsierte er sie ins Zimmer und drückte sie in den Sessel.

– Schau – wendete er sich vom Flügel zu ihr – ich verstehe nicht, was Bartók in diesem Teil sagen will, was er erzählen will. – Und er fing, an den ganzen Satz zu spielen. Als er an die problematische Stelle kam, schaute er zu Elisabeth.

– Spiel weiter. – Nachdem er fertig war, schaute er wieder fragend zu ihr. – Spiel das Ganze noch einmal. – Während Siegfried spielte, schloss Elisabeth die Augen. Sie sah die Bilder vor sich, die Béla Bartok mit Tönen malte: „Über der Steppe sammelten sich die Wolken. Sie waren dunkel und es kamen immer mehr und mehr. Ein Sturm kündigte sich an. Der Wind erwachte und raste ohne Schranken über die Ebene. Es blitzte und donnerte, die Erde erbebte vom Laut. Ringsherum am ganzen Himmel zuckten Blitze und pausenlos grollte der Donner. Langsam wurde es leiser und dann ganz still. Von den Blättern der Bäume fielen die Regentropfen herab. Der erste Sonnenstrahl schaute zwischen den Wolken hindurch, und im Osten wuchs der Regenbogen von der Erde her, hoch hinauf zu der Himmelskuppel. Ein kleiner Vogel zwitscherte ängstlich. Die Sonne kam. Aus voller Kehle jubelte der Vogel. Er sang den Triumpf-Gesang des Lichtes: „Hoffnung gibt es immer, die Hoffnung des Lichtes". Siegfried spielte schon eine Weile nicht mehr, er Schaute Elisabeth mit ihren geschlossenen Augen an. (Sie sieht aus wie die Heiligen auf den Bildern der mittelalterlichen Altäre. Ein schönes, von Leid geformtes Gesicht und das Lächeln der Einsicht überstrahlt es mit ihrem Glanz.) Elisabeth öffnete ihre Augen:

– Die Stelle, die du meintest, ist der Moment vor dem Sturm. Die Sonne scheint stechend durch die Wolken. Zu hell ist das Licht, es blendet. Dieses Licht ist verhängnisvoll und kündet die drohende Dunkelheit an. (Von wegen eine Heilige! Ein Prophet mit diesen strengen, beinahe gnadenlosen, grauen Augen stellte Siegfried fest.) Er suchte die Stelle in den Noten und noch unter dem Eindruck stehend spielte er sie wieder. Er wunderte sich am meisten, wie jetzt alles richtig klang und sah erstaunt zu ihr hinüber.

– War es denn wirklich so schwer? – lächelte sie.

– Nein jetzt nicht mehr, nachdem du es erzählt hast. Du bist auch eine ausgezeichnete Pädagogin, nicht nur

Pianistin. – Erst jetzt bemerkte er, wie er die zwanzig Jahre ältere Frau duzte.

– Entschuldigen Sie, ich wollte nicht unhöflich sein, aber so im Kampf bin ich nicht zurechnungsfähig.

– Lassen wir es doch dabei, Siegfried.

– Darauf müssen wir anstoßen!

– Hast du etwas, um anzustoßen?

– Nein.

– Macht nichts, Wasser ist für alles das Beste.

– Gut, aber ich koche noch Kaffee zum Wasser. – Solange Siegfried in der Küche hantierte, versuchte Elisabeth die problematische Stelle im Bartók Stück verschieden zu spielen, bis sie von einem Indianer-Siegesgebrüll wieder zurückgerissen wurde. Siegfried rief noch einmal:

– Ich wusste es doch! – Er trabte glücklich mit den Kaffeetassen, dem Wasser und einer Flasche Pfirsichsaft auf einem Tablett in das Zimmer.

– Was hast du gefunden?

– Den Pfirsichsaft.

– Und darüber freust du dich so?

– Na hör' mal, wenn ich schon etwas wiederfinde.

– Hast du keine Lust, dich zu verheiraten, dann wäre vielleicht jemand im Haus, die wüsste, wo die Dinge sind.

– Deswegen heiraten? Ja, wenn ich Glück hätte wäre es so, aber heutzutage kann man schon froh sein, wenn man nicht auch noch die Sachen von seiner Frau suchen muss.

– Gut, dann heirate eben nicht und suche weiter. Es ist alles da für deinen Soloabend, nur die Eintrittskarten fehlen noch.

– Übermorgen werden sie hier sein. Aber ich habe etwas gedacht, Elisabeth: jeden Nachmittag unterrichte oder probe ich. Ich gebe dir einen Wohnungsschlüssel und du kannst hierherkommen und üben. Noten sind da, Wasser ist vorhanden und Kaffee kannst du dir kochen. Dem Hausmeister sage ich Bescheid.

– Du vertraust wirklich einer alten Frau, die du noch gar nicht kennst?

– Ich würde dir auch meine Kreditkarte anvertrauen, sogar mein Leben –, sagte er pathetisch.

– Jetzt mal langsam! Wie jung und romantisch du bist, aber handeln kannst du. Das letzte Mal hast du es auch so gemacht, du hast solange etwas versprochen, bis ich zum Schluss beide Eintrittskarten annahm. Deine Technik ist gut.

– Anscheinend haben wir auch griechisches Blut in der Familie. Die Griechen waren berühmt für die Fähigkeit des Handelns.

– Und die Juden.

– Wer ist hier Jude?

– Ich – sagte Elisabeth – aber ich gehe jetzt. – Sie ging zum Ausgang und Siegfried folgte ihr. Er wusste nicht, was er sagen sollte, dann nahm er ihre Hand und küsste sie.

– Die Juden sind die größten Musiker aller Zeiten. Weil ihr Gott ihnen verbot, ein Bild von ihm zu schaffen, hat sich ihr Talent Jahrtausende lang in der Musik verdichtet. – Er nahm einen Schlüssel neben der Türe vom Hacken und legte ihn in ihre Hand. – Hier ist der Schlüssel.

– Danke.

Elisabeth ging wie in Trance den Hügel hinunter. (Wie wenn ich ein Stück von der Vergangenheit wiederbekommen hätte!) Sie konnte kaum erwarten, Emy und Alois von der Neuigkeit zu erzählen. (Was sang der Vogel im Bartók Stück?)

„Es gibt immer Hoffnung, die Hoffnung des Lichtes!"

DAS KONZERT

Die Vorbereitung auf das Konzert war ein großes Ereignis. Emy war den ganzen Tag schon aufgeregt. Sie konnte sich vor Freude nicht fassen, mal sprang sie auf Alois zu und küsste ihn überall oder gegen ihre Gewohnheit überfiel sie Elisabeth stürmisch, sogar Willi wurde von ihr gedrückt. Willi hielt sie so fest, dass sie kaum atmen konnte. (Wer hat Willi das letzte Mal umarmt? Wahrscheinlich seine Mutter, als er noch ein Kind war, dachte Elisabeth.)

– Willi, erdrück sie nicht, und du Emy wirf ihn nicht um! – sagte sie lächelnd zu ihnen. Alois war nicht mehr traurig, Emys Freude überstrahlte alles. Elisabeth rief vorher ihre Freundin an. Silvia freute sich und erwartete sie herzlich. Um zwei Uhr gingen sie aufs Tram.

– Bitte, gehen wir nicht zu Fuß, ich weiß nicht, wie lange ich in den neuen Schuhen laufen könnte.

– Ich weiß es auch nicht –, meinte Elisabeth. Sie war auch glücklich und genoss die Freude des Mädchens. Silvia erwartete sie schon.

– Schön, dass du da bist Elisabeth und du auch Liebes. Zum Abendessen habe ich Erbsen und Frikadellen gemacht. Ihr esst noch?

– Wir machen uns erst parat und dann gibst du uns zwei Leintücher als Lätzchen, damit wir uns nicht bekleckern. Emy du gehst jetzt baden. – Sie gab ihr das Duschgel und Silvia ein Badetuch.

– Warte, Emy, ich hole noch den Haartrockner und dir, Elisabeth, das Bügelbrett und ich setze einen Kaffee auf – umsorgte sie Silvia. Emy verzog sich Richtung Bad und nahm die kleine Plastiktüte mit sich, die sie mitgenommen hatte. Elisabeth wunderte sich schon, was sie wohl mitschleppte. Es waren alle ihre neuen Slips, weil sie sich nicht entscheiden konnte, welchen sie anziehen sollte. Am liebsten hätte sie alle drei angezogen. Silvia stellte das Bügelbrett auf und brachte den Kaffee.

– Kann ich noch etwas helfen? – wandte sie sich an ihre Freundin.

– Wenn du diesen Mantel ein wenig mit einem feuchten Schwamm auffrischen würdest – gab ihr Elisabeth den schwarzen Mantel.

– Den Rock und den anderen Mantel mache ich auch noch. Ist sonst noch etwas?

– Es wäre schon noch etwas, ich brauchte eine schwarze Handtasche und habe noch kein Kleid. – Silvia schaute sie verdutzt an.

– Die Handtasche ist kein Problem, aber ein Kleid von mir, für dich? Ich bin zwar kein Zwerg, aber alles wird zu kurz sein und du kannst dich zweimal darin einwickeln! Aber warte mal, ich habe ein schwarzes, langes Abendkleid aus Seide, nur wird das wiederum zu weit sein und es ist dünn.

– Macht nichts, der Mantel wird es zusammenhalten, zeige es. – Silvia brachte das Kleid. Es war zwar tatsächlich aus dünnem Stoff, aber fiel schön in Falten herunter.

– Das wird gut sein.

– Ist es nicht zu wenig? Es ist noch kalt am Abend.

(Wenn du wüsstest, wie kalt es um mich und in mir ist?)

– Nein. – Silvia verstand ihre unausgesprochenen Gedanken.

– Willst du nicht wieder bei mir wohnen?

– Nein, jetzt geht es wegen Emy wirklich nicht mehr.

– Wer ist dieses Mädchen? Sie ist so entzückend, so lieb.

– Sie lebt mit ihrem Freund, einem Zigeunerjungen auch dort. Ihre Mutter hat sie verlassen. Eine bigotte Großmutter und ein perverser Großvater haben sie erzogen. Mit 17 Jahren ist sie von ihnen wegelaufen. Sie braucht mich.

– Hast du keine Angst in dieser Gesellschaft?

– Nein. Wovor? – Sie hörten, wie Emy ihre Haare trocknete.

– Elisabeth, ich habe es nie verstanden, warum du von der Schule weggegangen bist. Du bist so klug, wenn es für Lehrer den Nobelpreis gebe, hättest du ihn sicher bekommen.

– Du konntest es auch nicht verstehen, du bist keine Jüdin, du warst nicht in Auschwitz. Dort ist in mir etwas zerbrochen. Als die Nationale Partei unsere Schule übernahm, warst du auch in der Konferenz. Ich habe keine Schwierigkeiten mit meinem ungarischen Sein. Ich fühle mich auch so. Aber die Menschheit hat es erlebt, was aus Hitlers Nationalsozialismus wurde. Emy kam und sie konnten nicht weitersprechen.

– So jetzt gehe ich baden –, Silvia stand noch unter dem Eindruck von Elisabeth Worten.

– Warte, ich wasche die Badewanne aus und bereite dein Kleid vor.

– Die Badewanne wasche ich aus – sagte Elisabeth, nahm das Tuch aus Silvias Hand und ging.

– Emy hier sind deine Kleider, Elisabeth hat sie gebügelt.

– Wo sind meine Haarspangen?

– Die kommen zum Schluss. – Silvia schaute Emy beim Anziehen zu. So sauber angezogen war sie hübsch, sogar schön.

– Soll ich dir eine Frisur machen?

– Ja gerne! – strahlte Emy. Sie flocht zwei dünne Zöpfe auf beiden Seiten ihres Gesichts und befestigte sie hinten mit einem durchsichtigen Gummi. Dann steckte sie die glitzernden Haarspangen links und rechts in ihre Haare.

– Freust du dich auf das Konzert?

– Und wie! Aber auch, dass ich mit Elisabeth gehen kann. Weißt du, ich habe sie sehr lieb.

– Ich habe sie auch sehr gerne.

– Woher kennst du sie, Silvia?

– Wir haben jahrelang am gleichen Gymnasium unterrichtet, ich Geografie und Soziologie.

– Und sie?

– Mathematik und Physik.

– Oh, das ist das, was ich nie konnte.

– Wusstest du das nicht? Wenn sie dich unterrichtet hätte, hättest du es verstanden. Sie war die beste Lehrerin der Schule. Alle ihre Schüler hatte sie durchs Abitur gebracht. Ihr Motto war: – Es gibt keine dummen Schüler, nur unfähige Lehrer. – Du kannst dir denken, für diese Aussage wurde sie von den Kollegen nicht nur geliebt! Alle hatten ein wenig Angst vor ihr. Sie sprach nicht viel, aber wenn sie etwas sagte, das traf immer in die Mitte. So, ich bringe ihr jetzt das Kleid. Vor dem Bad rief sie:

– Dein Kleid hängt hier vor der Tür an der Garderobe. – Elisabeth kam angekleidet zu ihnen. Sie hatte den schwarzen Mantel angezogen und in ihren Haaren steckte schon die Haarklammer. Erst jetzt schaute sie auf Emy.

– Wie schön du bist! – Emy konnte vor Staunen zuerst gar nichts sagen, mit vorgestrecktem Kopf schaute sie Elisabeth an.

– Und du! Bist du das wirklich? – Silvia wurde aktiv.

– Jetzt hole ich etwas Rot auf deine Wangen und ich habe einen korallen-farbigen Schal, den bringe ich auch!

– Nein.

– Doch! Du siehst aus, wie der Pfarrer an einer Beerdigung und die Trauergemeinde in einer Person. – Emy grinste:

– Das hat sie mit mir gemacht, als wir Kleider kauften, jetzt bist du dran Elisabeth –, Silvia siegte und kommandierte sie anschließend in ihr Schlafzimmer, wo sie vor dem Spiegel am Kleiderschrank standen. Sogar Elisabeth war erschüttert von ihrem gemeinsamen Spiegelbild. (Das sollte sie sein und das schöne, junge Mädchen Emy? Sie waren hübsch angezogen, mit den passenden Schuhen, ihre Haare glänzten. Andere Menschen sahen ihnen aus dem Spiegel entgegen. Es tat sehr weh, die Vergangenheit und die Gegenwart schmerzte.) Emy war wie verzaubert. (Diese ernste Frau mit den großen Augen, die so viel Klugheit und Vornehmheit ausstrahlt, war die Elisabeth in Männerhosen mit dem Rucksack? Sie sollte nicht mit ihnen in der Unterführung leben. Sie hatte doch alles, was zu einem normalen Leben gehörte. Aber wenn sie sie nicht mehr hätte, würde sie sterben.) Silvia fühlte das Gewicht des Augenblicks und fragte traurig:

– Ist es nicht besser so? Ich wärme jetzt das Abendessen, ihr müsst in einer halben Stunde gehen. – Elisabeth lächelte Emy an und nahm ihre Hand:

– Komm wir gehen essen! – Hand in Hand gingen sie in die Küche.

– Silvia, jetzt kommen die Leintücher, sonst getraue ich mich nicht, auch nur einen Bissen zu essen.

– Ich kann gar nichts essen, weil ich so aufgeregt bin – sagte Emy.

– Du wirst aber essen! Heute hast du noch überhaupt nichts gegessen. – Sie bekamen zwei Handtücher und legten sie um. Emy fing an gut zu Essen. Elisabeth nahm nur von den Erbsen und aß etwas Brot dazu.

– Willst du keine Frikadellen?

– Nein, etwas ohne Knoblauch wäre besser gewesen. – Sie brachen auf. Silvia sprang schnell in ihr Schlafzimmer und kam mit einem Silberkettchen zurück, an dem ein kleines Herz hing und legte es Emy um den Hals.

– Das schenke ich dir, Emy.

Sie stiegen in den Bus. Ein Mann ließ ihnen den Vortritt und als Elisabeth sich bedankte, hob er den Hut. Emy war verstummt. Ab und zu blickte sie bewundernd auf Elisabeth. Sie lächelte, ihre grauen Augen strahlten. Wie eine Königin, dachte sie. Sie gingen in den erleuchteten Saal hinein. Der Mann, der die Eintrittskarten am Eingang entgegennahm, wünschte ihnen einen schönen Abend. Jemand wies ihnen ihre Plätze in der vierten Reihe zu. Leises aber lebendiges Gespräch erfüllte den Raum und viele, schön gekleidete Menschen warteten auf das gemeinsame Erlebnis. (So wird es wohl auch im Himmel sein) Dachte Emy, denn sie wusste, dass die Engel für den lieben Gott musizierten.

Fünf Reihen hinter ihnen saß die Fremde. Es waren zwei leere Plätze neben ihr. Sie wartete auf ihren Sohn Johannes und seine Freundin Patrizia. Wenn sie zusammen waren, vergaßen sie immer die Zeit. Sie amüsierten sich köstlich. Die beiden passten gut zueinander, sie mochte Patrizia sehr. Wahrscheinlich sind sie wieder in einem Kaffeehaus hängen geblieben und spielten ihr Lieblingsspiel. Zuerst achteten sie darauf, dass ja genug Menschen um sie herumsaßen, dann bestellten sie etwas auf Ungarisch, sprachen aber Deutsch miteinander. Nach einer Weile, wenn sie merkten, es sind schon genug Menschen aufmerksam geworden, wechselten sie auf Englisch und Johannes verlangte die Rechnung auf Französisch, was Patrizia gnädig der verdutzten Bedienung ins Ungarische übersetzte. Im Herbst wollten sie für ein Jahr nach Wien gehen, dann nach England und später nach Portugal. Sie sollten nur gehen. Sie selbst ging auch. Aber warum arbeitet sie dann noch? Für wen? Das Konzert fängt gleich an und sie sind noch nicht da! Von ihnen bekam sie die Eintrittskarte zu ihrem Geburtstag. Johannes wusste, wie sie Klaviermusik liebte. Ludwig hat sehr gut Klavier gespielt und sie hörte ihm so gerne zu. Selber kam sie nie dazu, Musik zu lernen. Dafür muss man üben und sie hatte nie Zeit. Ihr Geburtstag ist zwar erst morgen, aber das Konzert ist eben heute. Der Pianist kam und es wurde geklatscht. Er lächelte jemandem in der vierten Reihe zu. Eine ältere Frau und ein junges Mädchen saßen dort. Etwas Bewegung entstand am Eingang. Sie wusste, dass sie es waren, drehte sich um und winkte ihnen zu. Der Saal wurde schon verdunkelt, als sie sich atemlos auf ihre Stühle fallen ließen. Bis zur Pause spielte der Pianist zwei Beethoven, Sonaten. Sie schaute seinen Namen nach. Er hieß Siegfried von Blautal. Welch schöner Name. Elisabeth hörte lächelnd zu. (Jetzt stimmt der Akkord.) Emy wagte sich kaum zu rühren, so ergriffen war sie von dem Erlebnis. Es war Pause und sie gingen hinaus.

– Willst du etwas trinken? – fragte Elisabeth.

– Darf ich?

– Nein, du darfst nicht! Mach nicht so ein erschrockenes Gesicht, das war nur ein Scherz. Auch etwas essen? Aber frag nicht noch einmal, ob du darfst.

– Orangensaft und so eine Käsestange.

– Ich frage zuerst nach, ob sie frisch ist, denn Blätterteig vom Vortag schmeckt wie Paniermehl in Öl eingeweicht. – Emy lachte hell auf. Erst jetzt realisierte Elisabeth, sie hatte sie noch nie wirklich lachen gehört. Nachdem man ihr versichert hatte, die Käsestangen seien heute Abend frisch aus der Bäckerei gekommen, kaufte sie eine für Emy und den Orangensaft. Für sich bestellte sie einen Espresso und Mineralwasser. Die Fremde schaute hin, als sie das Lachen hörte. Es waren die beiden Frauen, die der Pianist angelächelt hat. Irgendwie kamen sie ihr bekannt vor. Johannes wollte Sekt holen.

– Willst du auch Sekt, Mama?

– Nein, lieber Wasser.

– Gibst du mir Geld? – Sie gab ihm ihre Geldbörse. Als sie weg waren, schaute sie wieder zu der Frau und dem Mädchen hinüber. (Nein, das kann nicht sein! Aber solche grauen Augen gibt es nicht ein zweites Mal. Das Mädchen sieht auch so aus wie das mit dem Zigeuner Jungen.) Johannes und Patrizia kamen mit dem Sekt zurück.

– Es ist mir egal, in welcher Sprache ihr sprechen wollt, aber bitte nur eine.

– Ey, Ey Sir!

– Nun werde nicht frech und gib mir meine Geldbörse zurück. Da sind auch meine Bankkarten, und ich werde staunen, wenn ich morgen irgendwo bezahlen will.

– Wie sie es wünschen, Gnädigste –, reichte ihr Johannes mit einer Verbeugung das Gewünschte.

– Patrizia ist viel normaler als du.

– Siehst du, darum brauche ich sie. Und nicht du bist ihre Mutter! Weil diese Tatsache auf moralische Grundlage gestützt, ganz spezielle Konsequenzen in der humanen Kommunikation nach sich zieht.

– Ich gehe lieber, aber kommt nicht wieder zu spät, denn es gehört auch zur Moral, seine Mitmenschen nicht ohne einen wirklichen Grund zu stören. – Beim Weggehen hörte sie noch, wie sie miteinander englisch sprachen. Im zweiten Teil war noch eine Mozart- Sonate auf dem Programm und eine Bartók Elegie.

Nach dem Konzert standen sie vor dem Eingang. Johannes und Patrizia rauchten und überlegten, ob sie ein Taxi bestellen sollen oder nicht.

– Ich hätte nichts dagegen, weil ich Morgen um halb acht auf den Zug muss. Überlegt es euch, solange ihr raucht –, sagte die Mutter. Die beiden Frauen standen auch dort und vermutlich warteten sie auf den Pianisten. Die Fremde schaute immer wieder zu ihnen hinüber. (Doch, das sind sie! Ich werde Morgen nachfragen. Wahrscheinlich stehe ich dann ganz schön blöd da!) Die Jungen beschlossen, zu Patrizia zu gehen.

– Geht nur, Hänsel und Gretel, ich bestelle mir ein Taxi.

– Wieso, reicht der Hexe ihr Besen nicht? – Für Patrizia wurde es wieder einmal zu viel.

– Diese Hexe hat uns ihr ganzes Lebkuchen Häuschen verfüttert! – Johannes trat an seine Mutter heran, küsste sie zum Abschied, wobei er sie liebevoll und treuherzig anschaute.

– Ist es sehr schlimm, dass wir dein Haus aufgegessen haben?

– Nein, mein Lieber, dafür ist das Haus da – streichelte sie seinen Kopf.

Siegfried kam heraus, ging auf Elisabeth zu, die ihre Arme zu einer Umarmung ausbreitete.

– Du kannst etwas! – sagte sie zu ihm und stellte Emy vor. Siegfried schaute sie verwundert an.

– Bist du es, Elisabeth? Ich hatte dich nur an deinen Augen erkannt. Ist das schöne Mädchen deine Tochter? Sie ist wie eine Fee.

– Nicht ganz, aber fast.

– Hat es dir gefallen, Emy? Spielst du auch Klavier?

– Es hat mir sehr gut gefallen, aber Klavierspielen kann ich nicht.

– Siegfried, morgen oder übermorgen komme ich zu dir, aber jetzt müssen wir gehen. Meine Freundin erwartet uns.

– Schade, wir hätten noch etwas zusammen trinken können und nachher hätte ich euch nach Hause gefahren.

– Auf Wiedersehn und nochmals vielen Dank für die Karten und für das Erlebnis.

– Ich danke auch – sagte Emy leise.

– Bring' einmal Emy auch zu mir mit.

– Ja, ich werde sie mitbringen, aber komm Emy, Silvia wartet. – Sie verabschiedeten sich von Siegfried und gingen. Im Bus fragte Emy:

– Weiß Siegfried nicht, wo wir wohnen?

– Ich glaube, er ahnt etwas, aber bis jetzt fand ich nicht die Kraft, um es ihm zu sagen. – Silvia erwartete sie. Elisabeth gab ihr die Handtasche und das Kleid zurück, zog die Männerhosen an und versorgte die schwarze Jacke mit Emys Kleidern zusammen in ihrem Rucksack. Emy hatte wieder ihre alten verschlissenen Jeans und einen dicken, braunen Pullover an, aber die Haarspangen behielt sie im Haar. Silvia schaute ihrer Rückverwandlung zu und es brach ihr fast das Herz.

– Wollt ihr diese Nacht nicht bei mir schlafen Elisabeth? Ich ziehe im Wohnzimmer das Sofa aus. – Beide schauten auf Emy, die mit gesenktem Kopf vor ihnen stand. Leise sagte sie:

– Danke Silvia, aber Alois wartet auf uns.

– Nach dem heutigen Abend wäre es schön, aber irgendwann müssten wir doch zurückgehen.

– Wollt ihr nicht noch etwas essen?

– Nein danke, ich habe heute schon so viel gegessen wie sonst in drei Tagen. Aber Emy, wollen wir von Silvia für Alois etwas mitnehmen?

– Ich packe die restlichen Frikadellen ein und nehmt auch Brot mit.

– Danke Silvia für alles, für deine Liebenswürdigkeit.

– Du weißt, Elisabeth, ich bin für dich, für euch immer da.

– Ich weiß es und wir kommen wieder. – Weinend umarmte Silvia sie, Emy weinte auch, nur Elisabeth weinte nicht. Auf dem Heimweg schwiegen sie, der Tag hatte sie erschöpft. Alois wartete schon sehr. Emy kuschelte sich auf seinen Schoss und schlief bald ein. Elisabeth konnte nicht schlafen. Der Steinboden war kalt und drückte sie. (Was soll ich machen? Was soll ich machen auch schon Emy wegen? Wo ist die Lösung? Mit Emy würde ich schon irgendwie unterkommen, aber sie kommt ohne Alois nicht mit mir mit. Arbeit bekomme ich nicht mehr. Ich bin zu alt. Könnte ich überhaupt noch unterrichten? Kaum. Beten möchte ich. Aber wie? Man hat es mir nicht beigebracht. Jedenfalls könnte ich es versuchen. Gott hört wohl kaum nur die gewohnten Gebete, er müsste auch den Menschen hören, schließlich ist der Mensch seine Schöpfung. – Was ist, Liesel? Führst du überzeugende Gründe an, bist wieder sehr gescheit? Glaubst du wirklich, Gott ist mit logischen Argumenten zu überzeugen? – Aber wo ist Willi, ich sehe ihn nicht.) Sie stand auf, nahm den Rucksack und ging auf den Bahnhofplatz. Willi lag auf der Bank der Alkoholiker, seine Beine rutschten seitwärts herunter. Elisabeth versuchte ihn zurück zu legen. (Einmal fällt er noch herunter und bricht sich den Hals!) Es war noch kalt, aber der Frühling lag in der Luft. (Der Frühling hat auch seinen eigenen Geruch, sagt der Physiker! Anständige Leute nennen das Duft! Überall ist die Vergangenheit und die Gegenwart. Wo ist die Zukunft?) Sie merkte nicht, wie sie zu beten begann und zu Gott sprach: „Du, der uns nach deinem Ebenbild erschaffen hast, nur du weißt von der Zukunft. In deiner Hand liegt unsere Zukunft. Allein du kannst uns in die Zukunft führen, so wie wir es verdienen. Über allem bist Du, lächelst über unsere Tränen und auch über unsere Freude. Wir sind dumme Kinder vor dir, aber Deine Kinder. Ohne Deine helfende Hand verirren wir uns, wir sind verloren. Dir gehört die Gnade, die Liebe, das Glück und die Schönheit. Hilf uns, damit wir auch helfen können.) Willi rutschte wieder von der Bank. Sie versuchte nicht mehr, ihn hochzuhieven, setzte sich auf den freigewordenen Platz, legte ihren Kopf auf den Rucksack und schlief ein. Kurz davor dachte sie noch: Ich werde auf ihn aufpassen.

DER 25. MÄRZ

Die Fremde ging kurz nach Sieben auf den Zug. Sie schaute sich in der Unterführung um. (Jetzt, wenn ich sie suche, sind sie nicht da! Vielleicht sind sie oben auf dem Platz. Es wäre nicht verwunderlich, hier ist es kalt und es zieht.) Sie ging die Treppe hinauf. (Niemand. Oder doch, dort hinten sitzt die Grauäugige und liest die Zeitung. Die Tauben trippeln zu ihren Füssen.) Sie ging hin. Elisabeth las eben die Kritik über Siegfrieds Soloabend. Ein Schatten fiel auf sie. Sie dachte, Willi wäre zurückgekommen und schaute auf, aber diese mit ihr etwa gleichaltrige Frau, die immer Emy und Alois Geld gab, stand vor ihr.

– Guten Tag, ich war gestern am Solokonzert von Siegfried von Blautal und meinte, sie mit dem Mädchen dort gesehen zu haben. – Elisabeth sagte zuerst mal nichts, schaute sie nur an. Die Fremde wurde verlegen von ihrem Blick.

– Ich glaube, Siegfried hat noch eine steigende Karriere vor sich. Ich las gerade die Kritik über sein Spiel,- sagte Elisabeth dann.

– In dem Fall waren Sie dort.

– Ja, und das Mädchen auch. Wir haben die Karten von Siegfried bekommen. – Die Fremde schaute auf die große Uhr an der Bahnhofswand und sah, dass ihr Zug vor zwei Minuten abgefahren war. Sie streckte ihre Hand Elisabeth entgegen:

– Ich bin Anna-Maria Steiner. – Elisabeth stand auf, nahm ihre Hand und stellte sich ebenfalls vor:

– Elisabeth Schwarz. – Anna-Maria fragte sich: Wie ist sie hier gelandet? Warum lebt sie auf der Straße? Elisabeth kannte diesen fragenden Blick, wie oft hatte sie ihn in den Augen der Menschen gesehen.

– Sie fragen sich jetzt, warum ich hier lebe.

– Ja, ich frage mich wirklich, ich verstehe es nicht. (Wie nun weiter?) Dachte Anna-Maria.

– Mein nächster Zug fährt in einer halben Stunde. Wollen wir nicht noch zusammen einen Kaffee trinken? Ich lade Sie ein.

– Gerne.

Elisabeth wunderte sich: Warum sprach sie mit dieser Frau so, wie wenn sie eine alte Bekannte von ihr wäre? Sicher sahen sie seltsam aus, wie sie nebeneinander zu den Gleisen gingen, sie selbst in den Männerhosen mit dem Rucksack auf den Rücken und Anna-Maria in ihrem fremden, ausländischen Stil. Aber anscheinend störte sie sich nicht, mit einem Obdachlosen unterwegs zu sein und lief neben ihr her, als ob sie in Paris schlenderten und Schaufenster anschauten. In der Nähe der Gleise setzten sie sich und Anna-Maria bestellte zwei Kaffee und ein Körbchen mit Croissants.

– Wirklich, wie in Paris – bemerkte Elisabeth – nur der Eifelturm fehlt.

– Schon, aber die Markthalle und den Westbahnhof in Budapest hat auch Eifel entworfen. Nun Elisabeth, erzählen sie doch über sich, weil ich wirklich nichts verstehe. – Elisabeth schaute sie an und hatte wieder das Gefühl sie schon immer gekannt zu haben.

– 1955 bin ich in Budapest geboren. Meine Eltern waren Juden, so ich auch. Sie sprachen nie über die Vergangenheit. In meiner Kindheit wusste ich nicht, dass wir

Juden waren. Meine Mutter war schon 38 Jahre alt, als ich geboren wurde, also schon ziemlich alt. Es waren die liebsten Menschen, die ich je im Leben kannte. Sie liebten sich sehr, aber wie sie mich liebten, wäre für sechs Kinder genug gewesen. Bei uns fiel nie ein lautes Wort oder ein Fluch. Sie taten ihre Arbeit. Mein Vater war Professor und lehrte an der Universität Geschichte und Literatur. Er spielte Klavier und meine Mutter die Geige. Es wurde bei uns sehr viel musiziert, das gehörte zu unserem Leben wie bei anderen Menschen das Radiohören. Ich fing früh an, Klavier zu spielen, schon fünfjährig. Nie machte ich ihnen Schwierigkeiten, ich war fleißig und brav. Alles ging auch gut, bis wir im Gymnasium in der Geschichtsstunde über den zweiten Weltkrieg hörten. Wir hatten einen sehr guten Geschichtslehrer, Herrn Schneider. Er konnte die Gräueltaten, die von den Nazis an den Juden begangen wurden, so lebhaft schildern, dass manche Schülerinnen weinten, ich auch. Nach der Stunde rief er mich ins Lehrerzimmer.

– Elisabeth, wollen sie mich nicht begleiten? – fragte Anna- Maria- Mein Zug fährt in fünf Minuten.

– Wohin! Zum Zug?

– Nein, nach Weißenburg. Ich möchte ihre Geschichte weiter hören.

– Zeit habe ich genug und nachher kann ich zurückfahren. – Anna-Maria zahlte. Sie eilten zum Zug und setzten sich gegenüber.

– Ich komme fast nie zu spät und das wissen meine Mitarbeiter. Meine Arbeit ist auch nicht zeitgebunden.

– Was arbeiten sie?

– Ich bin die Kulturmanagerin der Stadt. Das ist ein Bummelzug, aber genau richtig für uns. So kann ich ihre Lebensgeschichte weiterhören. – Elisabeth lächelte.

– Es wäre besser, wir würden nach Bonn fahren, bis ich damit fertig werde.

– Oder jeden Tag nach Weißenburg – lächelte Anna-Maria zurück. – Wie ging es weiter?

– Wir waren dort, als Herr Schneider mich ins Lehrerzimmer rief:

– Sie sind doch Juden, Elisabeth?

– Ich weiß es nicht, meine Eltern haben nie davon gesprochen. – Er schaute ins Klassenbuch:

– Ihr Vater heißt Aaron Schwarz und ihre Mutter ist Rebekka, außerdem wohnen sie in der Gegend der Synagoge, dort, wo die Grenze des Budapester Gettos war. Aaron und Rebekka sind typisch hebräische Namen. Ihr Name, Elisabeth hat auch den gleichen Ursprung, wurde nur durch die Heilige Elisabeth sozusagen christianisiert. Mein ganzer Name ist Anna-Elisabeth. – Anna-Maria bemerkte:

– Dann haben wir die Anna gemeinsam. Haben sie ihren Doppelamen nie benutzt?

– Nein, die Anna ist irgendwie weggeblieben. Nur in meinem Pass gibt es sie.

– Wissen Sie was, von nun an werde ich die Anna auch weglassen, wenn wir zusammen sind.

– Anna-Maria ist viel schöner als mein Name. Anna–Elisabeth tönt, wie wenn jemand einen Nagel in die Wand schlagen würde: Schwarz, Bumm! Anna, Puff! Elisabeth, Bumm, Puff! Wollen sie wirklich auf „Anna" verzichten? – Ihr Gegenüber lachte:

– Ich habe jetzt auch auf den Namen meines Mannes verzichtet, den ich wegen meinem Sohn angenommen hatte.

– Was für ein Name war es?

– Világhy.

– Er ist aber sehr schön!

– In meinem Alter reicht Maria Steiner, wenn man schon in der Rente ist.

– Aber sie arbeiten noch.

– Wahrscheinlich nächstes Jahr nicht mehr. Mein Sohn geht mit seiner Freundin für Jahre ins Ausland, dann reicht mir allein meine Rente. Aus Budapest ziehe ich auch fort.

– Wohin? – Der Zug fuhr am Velenzeär See entlang. Maria zeigte zum Fenster hinaus.

– Hier irgendwo, vielleicht am anderen Ufer nach Sukoró.

– Haben Sie denn keine Angst so alleine?

– Nein, ich habe schon an ganz anderen Orten gewohnt, aber in der Unterführung hätte ich Angst. Haben sie keine Angst, Elisabeth?

– Nein, es ist auch noch nichts geschehen wovor ich mich hätte fürchten müssen und ich bin nicht allein. Was sollte man schon von mir wollen? Ich bin alt, man sieht es von Weitem, dass ich kein Geld habe.

– Aber immer auf der Straße, auch nachts!

– Ja, das ist wohl das Schwierigste und die Kälte. Man sagt, die Kälte dringt bis in die Knochen. Bei mir dringt sie nicht mehr, sie wohnt schon darinnen. Es gibt Tage, da kann ich mich kaum bewegen. Vor allem im Winter oder im regnerischen Herbst.

– Das wird Rheuma sein. Lassen sie sich nicht behandeln?

– Wofür? Die effektivste Therapie gegen Rheuma ist die Wärme.

– Jesses! Wir müssen aussteigen –, erhob sich rasch Maria. Auf dem Bahnsteig wollte sich Elisabeth verabschieden, aber Maria kam ihr zuvor.

80

– Wollen Sie sich in der Stadt nicht ein bisschen umsehen? Es gibt eine schöne Einkaufszeile ohne Verkehr und einen Gedenkpark, dort sind auch Tauben. Ich arbeite bis etwa zwölf Uhr. Dann können wir Mittagessen gehen und um drei fahren wir wieder zusammen nach Budapest zurück. Zurzeit ist nicht viel Arbeit zu erledigen. – Elisabeth ist geblieben. Sie wunderte sich, warum sie "ja" gesagt hat. Emy und Alois wussten nicht, wo sie war, sie wusste allerdings auch nicht, wann sie zurückkämen. Willi hatte sie schon das Weingeld gegeben, er würde mit seinen Saufkumpanen den Tag schon hinter sich bringen. Hat sie überhaupt Geld für ein Mittagessen? An der Sonne war es schon schön warm. Sie spazierte und ohne sich dessen wirklich bewusst zu sein, schaute sie immer Hosen an. Vor den Geschäften waren abgeschriebene Stücke aufgehängt. Sie fand nichts Passendes. Sie gewahrte aber, wie die Verkäufer sie hinter den Schaufenstern beobachteten. Das störte sie. Bisher interessierte sie sich nicht wie sie angeschaut wurde. Dann ging sie in einen Laden und wollte eine Hose anprobieren. Man schmiss sie beinahe heraus und sie wurde nicht in die Probekabine gelassen. Sie legte die Hose auf den Tisch und ging. (Ja –, dachte sie – nicht jeder ist Siegfried oder Maria. Wer ein Penner ist, soll vor den Augen der Gesellschaft verschwinden.) Im Park setzte sie sich auf eine Bank in die Sonne und fütterte die Tauben. (Diese Bänke. Gut, dass es sie gibt. Aber wie ist es, in einem Bett zu schlafen? Ich weiß es nicht mehr. Das nächste Mal soll Emy wieder von der Burg erzählen. Maria will mein Leben weiter hören. Warum das? Und Siegfried, gab mir seinen Wohnungsschlüssel und bot das Klavier zum Üben an. Langsam verstehe ich nicht, was sich um mich bewegt, aber etwas bewegt sich, das ist sicher.) Jemand kam. Es war wieder Maria.

– Ich musste nur darauf achten, wo viele Tauben sind! Jetzt gehen wir Mittagessen. – Elisabeth schaute unwillkürlich auf ihre Hose.

– Ich würde lieber nicht gehen. – Maria bemerkte ihren Blick.

– Es ist schon wahr, diese Hose ist schrecklich.

– Ich habe gesucht, aber nichts gefunden. Aus einem Geschäft warfen sie mich beinahe heraus.

– Wo ist das Geschäft? – hob Maria den Kopf. – Wir gehen dorthin zurück! – Sie sah sehr kampfentschlossen aus, so fand Elisabeth, es sei besser, den Rückzug anzutreten.

– Wir sollten nicht zurückgehen. Das Problem ist meine Größe und meine Magerkeit.

– Ich habe eine Idee, wo wir nachschauen könnten. Der Laden ist in einer Seitenstraße.

Dort angekommen blieb Elisabeth vor dem Schaufenster stehen. Es waren T-Shirts mit Totenköpfen darauf, zerrissene Jeans und Ketten ausgestellt. Auf einem schwarzen T-Shirt sah man eine riesige, rote, ausgestreckte Zunge mit der Anschrift: „Leck mrrr..." Auf einem Plakat war in dichtem Nebel ein Mann mit grün und orange gefärbten Haaren zu sehen, wie er leicht irre, Gitarre spielte.

– Ich bin nicht verrückt geworden – antwortete Maria auf die nicht gestellte Frage. – Das ist ein Laden für Jugendliche. Die heutigen Jugendlichen sind höher gewachsen, wie unsere Generation und teilweise sehr mager. – Elisabeth blickte amüsiert zu Maria.

– Wir passen hier so hin wie der Stiefel auf den Tisch. Jetzt werden wir zu zweit herausgeschmissen!

– Das werden wir noch sehen. – Sie gingen hinein. Elisabeth täuschte sich. Laute und wilde Musik tönte aus den Lautsprechern. Zwei junge Frauen, reichlich mit Tätowierung und Piercings dekoriert, standen an der Verkaufstheke und unterhielten sich. Sie schauten zu ihnen hinüber und sprachen weiter. In aller Ruhe konnten sie sich umschauen. Elisabeth entdeckte eine rostbraune Hose. Sie war beim Bund in kleine Falten gelegt und sah so etwas weiter aus. Sie probierte sie an und sie passte perfekt, war etwas zu kurz, aber unten waren noch zwei Zentimeter umgeschlagen, man konnte sie also verlängern. Freudig zeigte sie Maria ihren Fund. Unterdessen fand Maria eine sonnengelbe Bluse aus einem leinenartigen Stoff mit kurzen Ärmeln und auch kurz geschnitten. Vorne hatte sie einen V-Ausschnitt und der ganzen Länge nach waren kleine Perlmutt Knöpfe.

– Den Saum kann man herunterlassen – zeigte ihr Elisabeth den Umschlag.

– Diese Bluse ist dazu. Ich wollte sie zum Mittagessen einladen, das ist die Vorspeise. – Sie gingen zu den Mädchen.

– Wir möchten diese Hose. Haben sie eine Schere, ich möchte sie verlängern und vielleicht kann jemand sie anschließend bügeln – organisierte Maria die nächsten Schritte. Die Verkäuferin lächelte, gab ihr die Schere und sagte:

– Ein Bügeleisen haben wir, ich werde sie bügeln. – Ihre Kollegin kicherte vor sich hin:

– Alles für den Kunden. – Sie hatten Glück, der Saum war noch einmal umgenäht. Solange die junge Frau bügelte, schauten sie sich noch mal um. Maria fand eine ähnliche Hose, aber dunkelblau.

– Die kann ich nicht mehr bezahlen – sagte Elisabeth.

– Dann ist das die Suppe.

– Wenn es so weitergeht, gibt es kein Mittagessen.

– Das befürchte ich auch, weil meine Mittagspause bald zu Ende ist. – Wir haben noch das gefunden – sagte sie zu der Verkäuferin.

– Suchen sie ruhig weiter ich kann bis zum Ladenschluss bügeln.

– Meine Mittagszeit ist vorbei, wir kommen lieber wieder. – Elisabeth bezahlte die braune Hose, Maria die Bluse und die blaue Hose. Elisabeth wollte die braune Hose und die Bluse gleich anziehen. Angekleidet kam sie zurück und sie verabschiedeten sich. Da sagte die Verkäuferin, die für sie gebügelt hatte, zum Abschluss:

– Die Idee mit der Männerhose ist super! Ich werde mir auch eine besorgen und mit einer silberschwarzen Korsage tragen. – Maria lächelte sie an:

– Probieren sie es aus – und schob die erstarrte Elisabeth zu Türe hinaus. Nach einigen Metern auf der Straße fingen sie an zu lachen.

– Ich mache Obdachlosen-Mode – sagte Elisabeth als sie wieder Luft bekam. – Seit Jahren habe ich nicht so gelacht!

– Es ging schon ganz gut, man muss nur üben. Aber Mittagessen können wir nicht mehr. Ich kaufe zwei Sandwiches, die essen wir im Park. Nachher muss ich noch eine Stunde arbeiten und dann gehen wir noch in eine Konditorei.

– Ich werde im Park auf sie warten. – Elisabeth ging noch einmal, um Brot zu kaufen. Nicht nur für die Tauben, auch für Emy, Alois und Willi. Bis Maria wieder kommt, wird sie zurück sein. Es war gut in anständigen Kleidern herum zu laufen. – (Aber diese Bergstiefel passen nicht dazu! – Jetzt mach mal langsam! Vorgestern kümmerte dich nicht, was du anhattest. – Ich werde die schwarzen Ballerina dazu tragen.) Sie saß wieder alleine auf der Bank und dachte nach. (Warum mache ich das und lasse es mit mir machen? Ich verstehe es nicht, ich verstehe das Ganze nicht. Was sagte Siegfried? Man muss nicht nur geben, sondern auch annehmen können. Siegfried ist noch nicht verdorben in der heutigen Zeit. Er ist romantisch und ein Idealist. Mich behandelt er, wie wenn er Fan von mir wäre, dabei könnte er Fans haben. Ich gehe Morgen mit Emy zu ihm.) Sie merkte, wie sie auf Maria wartete. Da kam sie auch schon und winkte von Weitem.

– So, jetzt gehen wir Kaffee trinken und suchen uns einen Platz, wo man draußen sitzen kann. Es war noch warm und sie setzten sich draußen hin. Maria bestellte Kaffee und Kuchen.

– Warum, machen Sie Maria, so einen ausländischen Eindruck?

– Weil ich fast dreißig Jahre im Ausland lebte.

– Wo?

– An vielen Orten.

– Aber wo?

– In Namibia, Israel, Argentinien, Deutschland, Schottland, etwa so.

– Aber wieso?

– Ich arbeitete am ungarischen Konsulat.

– Als Diplomatin?

– Nein, im Büro, wenn es nötig war, organisierte ich Hilfsprogramme. Mein Mann war der ungarische Konsul.

– Also daher Ihr Aussehen, wie sie sich kleiden und die Freiheit, die Sie ausstrahlen.

– Wenn man viel Elend und Leid sieht, ist es notwendig, mit der Zeit frei zu werden, sonst überlebt man es nicht. Es gibt die eigenen Wurzeln nicht mehr, keine Stütze vom eigenen Volk und von der Muttersprache. Nur der Begriff Mensch bleibt. Es ist gar nicht so einfach, die Vorurteile, die moralische Erwägung auf die Seite zu tun. Jeder Mensch ist Mensch. Ich wurde nicht obdachlos, sondern heimatlos. Aber nicht ich wollte über mich erzählen, ihre Geschichte möchte ich weiter hören.

– Also, ich erfuhr von meinem Lehrer, dass wir Juden waren. In der Schulbibliothek holte ich mir ein Buch über den Holocaust. Zu Hause sagte ich nichts, erledigte meine Hausaufgaben und fing an zu lesen. Ich war so vertieft, dass ich nicht hörte, als mein Vater hereinkam.

– Komm essen! – Ich klappte erschrocken das Buch zu. Er schaute auf das Titelblatt.

– Du weißt es? Komm essen.

– Ich will nicht essen! – Er ging hinaus und kam wieder zurück.

– Ich habe mit deiner Mutter gesprochen, komm zu uns. Ich ging ins Wohnzimmer. Sie saßen auf dem Sofa und hielten sich an den Händen. Meine Mutter war sehr traurig. Dann brach es aus mir heraus:

– Warum habt ihr mir das nicht gesagt? Von einem Fremden muss ich es erfahren! – Meine Mutter weinte und konnte nicht sprechen. Leise sagte der Vater:

– Wir wollten dich schonen.

– Ist es besser so? Ist das geschont? Es ist viel, viel schlimmer als wenn ich es gewusst hätte. – Nun schluchzte ich auch schon.

– Komm zu uns, Elisabeth. – Ich taumelte zu ihnen hin, vor meiner Mutter sank ich in die Knie und barg meinen Kopf in ihrem Schoss. Vater streichelte mir die Haare.

– Mein liebes Kind, es ist für uns sehr schwer darüber zu sprechen. Du warst für uns Alles, du hast die Schmerzen der Vergangenheit ausgeglichen. Du bist das Leben, wofür es sich zu leben lohnt. Zwei Geschwister hattest du, einen Bruder und eine Schwester. Als wir deportiert wurden nahmen sie sie uns weg und brachten sie um. Jeden Tag dankten wir Gott, weil du uns noch geboren wurdest. – Meine Mutter half mir vom Boden hoch, zog mich an sich und küsste mich weinend.

– Du einzige, du Liebste, du unser Stern, du bist alles, was wir haben.

– Mutter, ich werde alles tun, um euch Freude zu bereiten. Alles!

– Dann iss jetzt, nachher zeigen wir dir Fotos. – Elisabeth konnte kaum mehr sprechen. Die Erinnerung schnürte ihr die Kehle zu. Maria weinte schon.

– Wie ging es weiter?

– Ich war jung, freute mich des Lebens, hatte die Aufnahmeprüfung am Konservatorium bestanden. Sie wollten mich in das dritte Semester aufnehmen. Aber es ging nicht, ich hatte zu viel Lampenfieber. Dann sattelte ich auf die Naturwissenschaften um, studierte Mathematik und Physik, machte den Doktor und heiratete. Ich bekam eine Tochter und unterrichtete beinahe dreißig Jahre an einem Gymnasium.

– Na, das war kurz, aber wir sollten langsam auf den Zug gehen. Dort können sie mir noch etwas genauer erzählen. – Sie saßen im Zug.

– Wie war es mit den Fotos?

– Es waren kleine schwarz-weiße Bilder, mit dem damals üblichen gezackten weißen Rand. Meine Eltern jung. Vater war ein schlanker, junger Mann und Mutter blickte mich mit ihren großen, grauen Augen lächelnd an. Sie hatte wunderschöne Augen.

– Nicht nur sie – warf Maria liebevoll ein. Elisabeth lächelte sie dankbar an.

– Dann kam, wie meine Mutter ein kleines Kind mit Häubchen in ihren Armen hielt und mein Vater strahlend sich von der Seite zu ihnen neigte.

– Das ist dein Bruder Jakob. – Bilder vom kleinen Jakob. Sein Geburtstag im Matrosenkleidchen neben einem Schaukelpferd. Er hatte ein liebes, rundes Gesicht, braune Haare und braune Augen. Dann war Lea auch schon da. Sie war klein und zierlich, aber sogar auf dem kleinen Bild sah man ihre großen, grauen Augen.

– Wie alt waren sie als sie deportiert wurden?

– Jakob vier und Lea zwei. – Sie näherten sich Budapest.

– Wie war es nach dem Wissen vom Jude-Sein?

– Mein Vater gab mir die Bibel. Ich las so lange das Alte Testament, bis ich es auswendig konnte, dann studierte ich das Neue Testament. Alle Bücher über den Zweiten Weltkrieg, die bis jetzt verschlossen waren, durfte ich lesen.

– Hat man sie nicht in der jüdischen Religion erzogen.

– Nein, ich war nicht einmal in der Synagoge. Einen Cousin hatte ich, den ich sehr liebte, ich glaube er und seine Familie waren gläubige Juden.

– Die Budapester Synagoge ist sehr schön. Wenn ich mich nicht irre, war sie die erste, aber sicher die größte in Europa. Gehen sie einmal hin.

– Ich werde Peter, meinen Cousin suchen und hingehen. Wir sind wieder am Südbahnhof. – Sie stiegen aus.

– Elisabeth, wir könnten es so machen, ich komme eine Stunde früher auf den Zug, schaue nach wo Sie sind und wir können noch zusammen einen Kaffee trinken. Wenn es ihnen auch recht ist.

– Mir ist es sehr recht! – Sie standen vor dem Bahnhof. Emy und Alois waren in der Nähe des Taxistandes und bemerkten sie. Emy lies Alois Hand los und lief zu Elisabeth.

– Wo warst du? Was für schöne Kleider hast du an! Woher sind sie?

– Ich war in Weißenburg mit ihr – und sie deutete auf Maria. – Die Hose habe ich mir gekauft und die Bluse bekam ich von ihr als Vorspeise. Sie heißt Maria. – Emy staunte.

– Aber eine Bluse kann man doch nicht essen! Sie ist doch die Fremde!

– Jetzt nicht mehr. – Emy stellte sich artig vor:

– Guten Tag, ich bin Emy und er ist Alois. – Maria reichte ihnen die Hand.

– Vom Sehen kennen wir uns schon lange. – Dann wandte sie sich wieder an Elisabeth.

– Ich muss gehen, mein chaotischer Sohn ist sicher schon zu Hause und wie ich ihn kenne, hat er wieder vergessen, Mittag zu essen.

– Wie kann man das vergessen? – fragte Alois. Maria schluckte schwer, bevor sie ihm antwortete.

– So, dass tausend Dinge wichtiger sind. Aber es passiert nur denen, die schon immer genug zu essen hatten. Habt ihr schon gegessen?

– Nicht viel. – Maria gab ihm zweitausend Forint.

– Kauft euch etwas. – Seltsamerweise jetzt schämte sich Alois. Elisabeth begleitete Maria zum Bus. Sie schwiegen. Bevor sie in den Bus stieg sagte sie nur:

– Ich bin froh, Sie kennengelernt zu haben.
– Ich auch – antwortete Elisabeth.

MARIA UND JOHANNES

Maria ging heimwärts. Sie wohnte in der Innenstadt an der Fußgängerzone. Auf der Straße waren Kleider vor den Geschäften ausgehängt. Eine hellpurpurne Tunika fesselte ihren Blick und sie ging näher. Sie war weit, hatte große Taschen und aus demselben Stoff eine genähte Rose auf der rechten Schulter. (Das ist etwas für mich, dachte sie.) Daneben hing eine ähnliche nur kleiner, in Blassgraublau. (Das wird für Elisabeth zu ihre, blauen Hose passen. Was machst du? Seit du unterwegs bist, schaust du nur nach Kleidern für sie! Es ist noch gut, dass du nicht zwei gleiche kaufen willst. Jetzt entweder für dich oder für sie. Wird sie sie überhaupt annehmen? Den Hauptgang vom Mittagessen hatten wir noch nicht. Das wird sie sein. Morgen bringe ich sie ihr mit. Wieso denkst du eigentlich, dass es jeden Tag so weitergehen wird?)

Zuhause saß Johannes vor dem Computer und studierte vertieft etwas.

– Hallo, Johannes.

– Hallo, Mama.

– Hast du gegessen?

– Was? Nein. Ich hatte keine Zeit.

– Was war denn so wichtig?

– Ich las über Heinrich den Seefahrer und seine Seemannsschule im Internet, aber auf Portugiesisch und brauchte auch das Wörterbuch dazu.

– Du hättest nur den Reis mit dem Fleisch und das Gemüse aufwärmen können, alles steht im Kühlschrank.

– Wärmst du es mir jetzt auf?

– Ja. – Während sie das Essen wärmte, dachte sie über Elisabeth nach. Sie wusste immer noch nicht, warum diese von zu Hause weggegangen war.

– Johannes, dein Essen ist fertig! – Er kam.

– Ich esse in der Küche. Siehst du, das ist jetzt ein Mittag-Abend Essen, sehr praktisch, weil zeitsparend. Bleibst du bei mir?

– Ja. – Er setzte sich an den Tisch.

– Isst du nichts?

– Ich habe schon gegessen.

– Was?

– Ein Sandwich und ein Stück Kuchen.

– Soll ich dir deinen eigenen Vortrag über die gesunde Ernährung halten?

– Nein, ich kenne ihn.

– Du siehst so nachdenklich aus, aber irgendwie bist du schön. Was war?

– Ich habe jemanden kennengelernt.

– Einen Bräutigam?

– Nein, eine obdachlose Frau in meinem Alter. – Johannes lachte:

– Hurra! Noch jemand in deiner Sammlung? Du ziehst die Alkoholiker, Drogensüchtigen und Obdachlosen wie ein Magnet an. Ich kenne dich, wenn irgendwo einer ist, bemerkt er dich schon auf fünfzig Metern und taumelt auf dich zu. Hat sie dich auch angebettelt?

– Nein, sie bettelt nie, ich hatte sie aufgesucht.

– Noch besser, wenn sie nicht zu dir kommen, gehst du zu ihnen.

– Es ist so, wie wenn ich sie schon immer gekannt hätte. Sie füttert die Tauben.

– Dann hast du sie bestimmt schon auf Noahs Barke kennengelernt.

– Sie hat so wunderschöne graue Augen.

– Mama, was ist mit dir los? Du bist so poetisch, wie ich dich noch nie erlebt habe. Die geheimnisvolle Fremde mit den grauen Augen die Tauben fütternd! Wahrscheinlich wurde sie von ihrem Mann wegen einer jüngeren und schlaueren verlassen.

– Sie hat in Mathematik und Physik doktoriert und kann so Klavier spielen, dass man sie sofort in das dritte Semester an der Musikakademie aufgenommen hätte. Sie verließ ihre Familie.

– Jetzt verstehe ich gar nichts mehr.

– Ich auch nicht ganz, aber es hängt mit dem Judentum zusammen. – Johannes aß stumm weiter, dann bedankte er sich für das Essen und stand auf.

– Wir gehen mit Patrizia in ein politisches Kabarett.

– Kommst du heim zum Schlafen?

– Ich weiß es noch nicht.

– Nimm einen Schlüssel mit. – Bevor Johannes ging schaute er noch bei Maria herein. Er blinzelte über seinen Brillenrand hinweg. Das tat er immer, wenn er etwas Wichtiges sagen wollte.

– Mama, wenn wir weggehen, bleibst du vielleicht doch nicht allein? War sie dein Geburtstagsgeschenk? Tschüss!

– Kann sein, mein Sohn. Tschüss!

DIE NACHT IN DER WÜSTE

Elisabeth war allein und saß wieder auf der Bank auf dem Bahnhofplatz. Sie schaute zum Himmel empor. (Hier gibt es keine Sterne, beziehungsweise es gibt sie schon, man sieht sie nur nicht. Moses führte sein Volk durch die Wüste. Dort glänzten viele, viele Sterne, Millionen von Lichtpunkten. War die Nacht wirklich dunkel? Ich glaube es nicht. Ich werde Maria fragen. Sie sagte, sie hätte auch in Israel gelebt, sicher war sie einmal in der Wüste. Aber dort, wo sie wohnen möchte, am Velenceär See, sieht man die Sterne auch. Was ist mit mir los? Ich warte auf den Morgen. Warte ich auf sie?) Um sechs Uhr ging sie Milch kaufen für Emy und Alois. Willi bekam auch sein Geld. Während sie die Tauben fütterte, setzte sie sich so, dass sie auf die Bushaltestelle sah. Sie bemerkte sofort, als Maria aus dem Bus stieg und ihr entgegenkam. Elisabeth stand auf. Nun standen sie sich gegenüber und wussten nicht recht, wie sie sich begrüßen sollten.

– Guten Morgen, gehen wir frühstücken? – sagte schließlich Maria.

– Guten Morgen, gehen wir, aber jetzt bezahle ich. – Maria wollte gerade widersprechen, aber es fiel ihr ein, dass Elisabeth auch etwas tun wollte. Es muss schwer sein, immer von anderen abhängig zu sein. Von der Wohltätigkeit anderer zu leben. Sie saßen wieder an demselben Ort, wie am Vortag. Elisabeth bestellte Kaffee und Croissants.

– Wie ist das heutige Programm?

– Ich gehe zu Siegfried und nehme auch Emy mit.

– Etwas wollte ich Sie noch fragen. Wie ist es, Elisabeth, dass sie nicht auftreten konnten, aber unterrichten schon? – Elisabeth überlegte.

– Ich glaube, hier ist ein grundsätzlicher Unterschied. Wenn ich Klavier spiele, liegt meine Seele vor den anderen nackt da, ich bin schutzlos ausgeliefert. Beim Unterrichten gebe ich das Tempo an, ich halte die Zügel in der Hand, nicht davon zu sprechen, dass Mathematik keine seelische Angelegenheit ist. Aber ich wollte Sie auch etwas fragen. Gestern Nacht überlegte ich, wie wohl der Sternenhimmel in der Wüste sei. Sie lebten doch in Israel. Waren sie auch einmal in der Wüste? – Maria senkte den Kopf, drehte das halbe Croissants zwischen den Fingern, dann schaute sie auf und blickte in die Ferne.

– Ich war zusammen mit Ludwig, dem Vater von Johannes. Wir flogen nach Ägypten und machten einen einwöchigen Ausflug auf Kamelen in die Wüste. Johannes war erst vier, wir konnten ihn nicht mitnehmen.

– Ritten sie auf Kamelen?

– Ja, aber das ist gar nicht so einfach. Ludwig hat es nichts ausgemacht. Er ritt und segelte. Aber mir setzte das Kamelgeschaukel ordentlich zu und ich war sowieso nicht so sportlich wie er.

– Wie waren die Nächte?

– Das kann man kaum mit Worten beschreiben. Ein mit nichts zu vergleichendes Erlebnis. Die Erde verschwindet, wie wenn der Himmel sie in sich aufgesogen hätte. Die Sterne schwimmen an der Himmelskuppel, sie klingen, man meint, die Himmelsharmonie zu hören. Ich war damals sehr glücklich, ich liebte Ludwig über alles und er mich auch. Die Nächte in der Wüste sind kalt. Wir gingen zu zweit in die Nacht hinaus, von den anderen weiter weg, so weit, dass man das Feuer bei den Zelten nicht mehr sehen konnte. Es war dunkel um uns, vollkommen dunkel. Ludwig hielt mich, wärmte mich. Wir standen da allein in der Unendlichkeit, beinahe im Himmel, wie Adam und Eva, wohl nach ihrer Erschaffung vor Gott gestanden haben mochten. Allein, wehrlos, nur durch die Liebe uns gegenseitig schützend. Ludwig war ein gescheiter, humorvoller Mann. Ihm war nichts zu viel, er fürchtete sich vor nichts. Wenn ich müde oder mürrisch war, umarmte er mich, wiegte mich und sagte liebevolle Worte, bis ich lächelte und ihn mit meiner ganzen Liebe umarmte.

– Wieso sagen Sie, er war?

– Er starb im Gaza–Streifen, als er mit den Israeli und Palästinensern verhandeln wollte. Dort wurde er erschossen.

– Wer erschoss ihn?

– Das war gleich, nicht ihn wollten sie ermorden, sie beschossen sich gegenseitig. Er war nicht das einzige Opfer, viele Menschen starben dort in der Zeit. Oh! Ich muss gehen! Ich kann mich nicht jeden Tag verspäten. – Sie sprang auf und eilte davon. Elisabeth schaute ihr nach. (Wie muss die Erinnerung ihr wehgetan haben. Sie verlor ihren Mann, den Menschen, den sie über alles liebte und von ihm wiedergeliebt wurde. Ohne Abschied, ohne Gruß ist Maria davongerannt.) Elisabeth zahlte und ging, um Emy zu suchen.

PAUL WIRD KRANK

Anna ging nach der Nachtschicht heimwärts. Sie war müde, aber nicht so sehr wie sonst. Das Tram fuhr durch die Gegend, wo ihre Eltern wohnten. (Wie viele Jahre habe ich sie schon nicht gesehen? Leben sie überhaupt noch?) Von einem plötzlichen Impuls ergriffen stieg sie bei der nächsten Haltestelle aus. (Ich schaue nach!) Das Namensschild war noch da. Sie klingelte. Eine alte, zitterige Stimme fragte:

– Wer ist da?

– Ich bin's, Anna. – Schweigen, keine Antwort. – Mutter, deine Tochter Anna! Lässt du mich herein? – Der Türöffner summte. Sie ging hinauf. In der Wohnungstür stand ihre Mutter. Sie sah bestürzt ihr altes, verbittertes, runzliges Gesicht.

– Guten Tag.

– Kommst du herein? – In der Küche hat sich nichts verändert, nur das Bild vom Papst war ein anderes.

– Vater?

– Er starb vor zwei Jahren. Gott bestraft mich für meine Sünden.

– War Emy einmal bei dir?

– Ja, sie kam mit einem Zigeuner und wollten was zum Essen haben. Ich sagte ihr, sie könnte was bekommen, aber der Zigeuner kommt mir nicht über die Schwelle.

– Weißt du, wo sie ist?

– Nein, sie hielt die Hand des Zigeuners und sie gingen wieder weg. Ach Gott, mit was habe ich das verdient! – Die Verbitterung überwältigte auch Anna.

– Mit was? Damit, dass mein Vater ein perverser Sadist war. Damit, dass der Herr Pfarrer vergessen hat, dir zu sagen, dass ein Zigeuner auch ein Mensch ist! Du tust gut daran, wenn du um meinen Vater betest. Vielleicht heben ihn die Teufel für einen Moment aus dem Kessel, in dem er in der Hölle schmort. Nie hast du jemanden geliebt, nur Gott. Glaubst du, ausgerechnet er weiß es nicht, wie du wirklich bist? Vergiss mich für immer oder bete auch um mich. Aber vielleicht ist es am besten, wenn du um dich selber betest! – Ihre Mutter weinte:

– Ich habe Emy geliebt. – Anna ließ die schluchzende, alte Frau stehen und ging. Im Treppenhaus fing sie auch an zu weinen. (Ich werde Emy suchen, ich habe niemanden, vielleicht hat sie ihren Teddy noch.) In der Wohnung angekommen erledigte sie die Hausarbeit. Sie kochte saure Kartoffeln und wollte Speck dazu braten. Irgendetwas war in ihr zerbrochen. Es läutete.

– Wer ist da?

– Ich habe einen eingeschriebenen Brief.

– Komm nicht hinauf, Bruno, ich fühle mich nicht gut.

– Hat der „Shrek" etwas gemerkt?

– Nein, vielleicht ein anderes Mal.

Brüllend und sich prügelnd kamen die Buben an. Sie schmissen ihre Sachen auf den Boden und stürmten in die Küche.

– Was gibt es zum Essen Schnepfe?

–Saure Kartoffeln und Speck. – Sie stellte ihnen die Teller hin.

– Weißt du noch immer nicht, dass ich keine Kartoffeln mag? – reklamierte Paul.

– Und ich hasse Speck! – ergänzte Thomy. – Ich weiß nicht, was Vater an einer so kleinhirnigen Gans mag?

– Er hält sie nicht wegen ihres Gehirns, sondern wegen ihre ...

– Verschwindet, ihr frechen Bengel! Ich will euch nicht mehr sehen –, schrie Anna sie an, nahm ihre Teller und schüttete das Essen in die Mülltonne. Die Buben schwiegen verdutzt, so etwas gab es noch nie.

– Was sollen wir jetzt essen? – fragte Thomy kleinlaut.

– Das, wofür euch euer Vater Geld gibt, und jetzt ab in euer Zimmer, ich kann euch nicht mehr sehen! – Sie gingen stumm davon. Anna brachte die Küche in Ordnung und legte sich hin. Sie war erschöpft. (Ich habe Emy wegen denen verlassen, ich kann sie nicht ausstehen. Heute Nacht arbeite ich nicht, wenn Karl kommt, will ich mit ihm reden. Aber was? Ich konnte noch nie mit ihm reden. Aber wollte ich überhaupt je mit ihm reden?) Sie erwachte von einem vorsichtigen Kratzen an der Tür. Thomy stand mit erschrockenem Gesicht vor ihr.

– Ich weiß nicht, was mit Paul los ist. Er liegt auf dem Bett und weint, weil er Schmerzen hat. – Anna ging in das Zimmer. Paul lag mit angezogenen Beinen und gerötetem Kopf da. Sie vermutete er hätte Krämpfe, vielleicht eine Kolik oder Blinddarmentzündung. Ein Arzt muss her, dachte sie.

– Ich rufe einen Krankenwagen.

– Nein! Ich habe Angst! – brüllte Paul. – Thomy, lass das nicht zu. Wo ist Vater? Ich will Vater!

– Hör auf zu schreien ein Arzt muss kommen, damit es aufhört. Thomy, willst du ihn ins Spital begleiten?

– Nein, ich habe auch Angst. – Der Arzt kam, schaute ihn schnell an und drückte ihn auf dem Bauch.

– Sehr wahrscheinlich eine Blinddarmentzündung – und wies auch schon die Pfleger an, ihn in den Krankenwagen zu tragen.

– Nein! Ich will nicht – weinte Paul.

– Du musst keine Angst haben, deine Mutter kommt auch mit – tröstete ihn der Arzt. Keiner der Buben sagte, dass sie nicht ihre Mutter sei. Anna saß hinten im Wagen beim schluchzenden Paul. Er bekam noch eine schmerzstillende Injektion und wurde ruhig.

– Bleibst du bei mir, bis sie mich operieren?

– Ich bleibe. – Paul streckte seine Hand nach ihr aus. Sie nahm die Hand und stellte erstaunt fest, wie klein diese Hand noch ist. Paul schlief ein. Im Spital angekommen nahmen sie ihn gleich zur Operation mit. Sie wartete, bis er im Krankenzimmer war und erwachte.

– Bist du hiergeblieben?

– Ja, aber ich muss bald gehen, Thomy wartet, er weiß nicht, was mit dir ist und Vater kommt heute Abend. Morgen besuchen wir dich mit Thomy. Versuch jetzt zu schlafen, dann geht es dir schnell besser.

– Ja – sagte Paul und schloss die Augen. Bevor Anna wegging neigte sie sich zu ihm und küsste ihn auf die Wange. (Vielleicht liebe ich sie doch?) Zu Hause wartete Thomy nervös auf sie.

– Haben sie ihn operiert?

– Ja, er schläft. – Thomy ließ den Kopf hängen.

– Anna, danke. Hat es noch etwas vom Mittagessen ich habe Hunger. Würdest du es aufwärmen?

–Ja.- Dann kam Karl an und sie erzählten ihm, was los war. Er war froh, dass Anna alles erledigt hatte. Als er sich im Schlafzimmer ihr näherte hielt sie ihn zurück.

– Karl, ich will dir vorher noch etwas sagen.

– Was? Ihr habt schon alles erzählt.

– Nicht wegen Paul, ich will mit dir über meine Tochter sprechen.

– Was gibt es über diese dumme, kleine Göre zu sprechen?

– Ich werde sie suchen.

– Mir kommt sie hier nicht herein, wenn du das willst, kannst du auch gehen!

– Ich gehe! – Karl wurde wütend und machte einen Schritt auf sie zu.

– Was? Du hast von mir eine Familie bekommen, du machst mit deinem Geld, was du willst! – Da knallte die Türe auf und Thomy stand mit blitzenden Augen da.

– Rühr sie nicht an!

– Willst du auch eins, du Bengel?

– Nur zu, etwas Anderes, als Schlagen kannst du ja nicht! Wenn sie weggeht, gehen wir auch mit. – Karl ging jetzt auf ihn los. Nun warf sich Anna dazwischen.

– Lass ihn, du hast sie schon genug geschlagen. Glaubst du es reicht zum Vatersein, Schläge auszuteilen und Geld zu geben? – Karl war verblüfft, sein Sohn und seine Partnerin hielten gegen ihn zusammen. Er rannte aus der Wohnung. Sie gingen in die Küche.

– Anna, wir wussten nichts von deiner Tochter.

– Ihr konntet es auch nicht wissen. Ich hatte sie wegen eurem Vater verlassen und brachte sie zu meinen Eltern, von wo sie auch mit siebzehn Jahren wegging.

– Warum?

– Meine Mutter ist eine bigotte Katholikin und mein Vater war ein perverses Schwein.

– Und dort hast du sie hingebracht?

– Ja, ich dachte ich werde es an euch gut machen.

– Das hast du auch. Unsere Mutter hat uns verlassen, du warst die Einzige, die gut zu uns war und wir waren nur unverschämt zu dir, aber das wird nicht mehr so sein. Wenn du weggehst, gehen wir mit dir mit. – Anna schaute in das traurige Gesicht des Kindes.

– Morgen gehen wir Paul besuchen, ich habe es ihm versprochen. Soll ich dir einen Kakao machen?

– Ja, aber trinke du auch einen mit mir. – Anna stellte zwei Becher mit Kakao auf den Tisch und machte ein Pack Kekse auf. Dann setzte sie sich zu ihm.

EMY UND SIEGFRIED

Elisabeth wartete am Morgen schon an der Bushaltestelle auf Maria. – Guten Morgen. Gehen wir Kaffeetrinken?

– Guten Morgen, gehen wir. – Die Selbstverständlichkeit des gemeinsamen Frühstücks war seltsam. Die Bedienung sah nur zu ihnen hinüber und fragte:

– Wie immer? – und brachte den Kaffee und das Körbchen mit den Croissants an den Tisch.

– Wir haben vorgestern den Hauptgang vom Mittagessen noch nicht gegessen. Ich habe ihn mitgebracht. – Maria nahm die hellblaue Tunika aus ihrer Tasche.

– Wie schön! Zu der blauen Hose? Aber nun habe ich für eine Weile wirklich genug gegessen.

– Sie sind noch nicht übergewichtig!

– Nein – lachte Elisabeth.

– Wie viele Jahre haben sie am Gymnasium gearbeitet, Elisabeth? Für diese Zeit steht ihnen eine Rente zu.

– Dreiundzwanzig, dann haben sie mich hinausgeschmissen, besser gesagt, mir empfohlen zu gehen, so musste ich kündigen.

– Aber warum?

– Das ist zu lang, für das haben wir jetzt keine Zeit.

– Wir haben im Institut einen Juristen, ich werde ihn bitten, dem nachzugehen. Ich muss auch wissen, ob mir nach Ludwig eine Rente zusteht oder ein Ausgleich. Es wäre gut, wenn ich eine größere Summe Geld bekäme, dann könnte ich das Haus am See kaufen. Die Bank gibt mir nur Kredit, den ich bis zum siebzigsten Lebensjahr zurückzahlen muss. Mein Sohn geht mit seiner Freundin ins Ausland. Neben ihren Sprachstudien werden sie auch arbeiten. Meine Rente reicht für mich zum Leben, aber für ein Haus habe ich kein Geld. Wahrscheinlich brauchen wir Ihre Papiere und die Diplome.

– Die habe ich nicht bei mir, aber ich werde sie holen. Es wäre schon gut, wenn ich nicht mehr auf die Unterstützung von meinem Mann angewiesen wäre.

– Wenn ich zurückkomme, schaue ich nach, wo sie sind.

– Ich werde hier bei den Tauben sein.

– Jetzt muss ich gehen – stand Maria auf, beglich die Rechnung und ging auf den Zug. Elisabeth schaute ihr nach. Sie war eine adrette Frau, immer gut angezogen und dezent geschminkt. Ihre braunen Haare waren zwar gefärbt, aber wahrscheinlich war dieses Braun ihre wirkliche Haarfarbe. Sie selber hatte auch braune Haare, bevor sie grau wurden.

Nun ging sie Emy suchen. Sie saß mit Alois und Willi auf der Bank.

– Emy, ich gehe jetzt zu Siegfried. Kommst du mit? – Emy sprang von der Bank.

– Ich komme. Etwas muss ich dir erzählen, heute Nacht war wieder die Fee da und hat mich mitgenommen. – Sie gingen los. Alois schaute ihnen nach. (Sie sehen so aus wie ein Kind und eine Erwachsene. Wir sehen auch so aus. Ich halte immer ihre Hand und jeder sieht, wie wir zusammengehören. Sie halten sich nicht und trotzdem sieht man es, vielleicht noch mehr als bei mir und Emy. Wenn ich Emy nicht hätte, wer würde noch zu mir gehören? Ich schaue mal nach meiner Mutter.)

Elisabeth und Emy gingen den Hügel hinauf.

– Glaubst du, Siegfried hat mich ernsthaft eingeladen?

– Ernsthaft.

– Die Fremde, die du kennengelernt hast, war auch in der Geschichte mit der Burg. Ich habe sie erkannt.

– Wer war sie?

– Der Burgherr der benachbarten Burg. Er nahm uns auf, als wir fliehen mussten.

– Maria? Hast du sie erst jetzt erkannt? Erzähle einmal zusammenhängend die ganze Geschichte.

– Es ist schwierig, weil immer neue Sachen dazu kommen.

– Weißt du noch immer nicht, wer dein Vater war?

– Nein. – Sie kamen bei Siegfried an und er freute sich sehr.

– Ich habe euch schon gestern erwartet, Elisabeth. Hallo Emy.

– Guten Tag, Herr von Blautal.

– Nicht doch! Bin ich denn so ein alter Onkel in deinen Augen? Ich könnte dich ja heiraten.

– Das geht nicht wegen Alois.

– Elisabeth sagte mir, ich sollte mich verheiraten. Aber bei dir habe ich keine Chance mehr.

– Siegfried, pass auf, was du sagst, Emy glaubt alles wortwörtlich.

– Gut, dann werde ich dich heiraten.

– Prima! Entweder eine zwanzig Jahre jüngere oder zwanzig Jahre ältere. Gibt es niemanden in der Mitte?

– Nein, am besten wird es sein, wenn ich euch beide heirate, das ergibt den richtigen Durchschnitt.

– Für zwei Frauen müssten wir in einem arabischen Land leben.

– Ich gehe nicht weg, ich bleibe bei Alois und Elisabeth soll auch nicht weggehen!

– Da hast du es, wie ich sagte wortwörtlich! Emy, Siegfried macht nur Spaß.

– Kommt rein, ich habe Kuchen gekauft, wir wollen ein bisschen feiern.

– Warum, hast du Geburtstag? – erkundigte sich Emy.

– Nein, nur so, weil ihr hier seid. Ich gehe in die Küche.

– Siegfried unterhalte dich mit Emy, ich gehe in die Küche. – Siegfried schaute sie etwas unsicher an.

– Wenn du meinst, dass du damit zurechtkommst? – Als Elisabeth in die Küche kam verstand sie seinen letzten Satz. Auf der Anrichte sah sie auf einen Blick einige Zeitungen, ein paar saubere Socken, zwei nicht abgewaschene Tassen mit den Löffeln darin, drei offensichtlich trockene Brötchen, Orangen und Apfel in einer Schale, fertige Müslimischung in einem Glas, daneben die Kaffeemaschine, der Kaffee offen in der Verpackung, Noten der Schubertlieder, Katzenfutter, eine Kerze, Zündhölzer und eine Tomatenkonserve. Im Kühlschrank fand sie zum Glück die Milch und den Kuchen. Sie suchte Tassen und Teller zusammen und setzte den Kaffee auf. Aus dem Zimmer hörte sie Emy lachen. Siegfried improvisierte auf dem Klavier und Emy musste erraten was für ein Tier er spielte.

– Das ist der Bär.

– Bingo! Der Teilnehmer bekommt eine Eintrittskarte in den Zoo.

– Das ist jetzt eine Hummel.

– Nein kleiner.

– Dann eine Mücke.

– Grösser.

– Die Biene.

– Richtig aber erst beim dritten Anlauf, dafür gibt es keinen Gewinn.

– Also, das weiß ich jetzt nicht. – Siegfried spielte Akkorde und machte immer wieder einen Sprung auf die Oktave.

– Das ist der Igel – rief Elisabeth aus der Küche.

– Getroffen! Dafür gibt es einen gratis Eintritt ins Disneyland und ein Mittagessen mit Micky Maus. – Elisabeth packte alles auf ein Tablett und kam zu ihnen.

– Für diese Leistung wird auch Mini Maus mit euch zu Mittag essen.

– Jetzt verstehe ich, warum du dich so über den Pfirsichsaft gefreut hast.

– Na, siehst du! Elisabeth, im Herbst werde ich wieder einen Soloabend geben. Dieses Mal nur Bach. Hilfst du mir?

– Wieso brauchst meine Hilfe bei deinem Können?

– Ich hätte es gerne, wenn du die Stücke auch üben würdest und dann spielen wir sie uns gegenseitig vor und besprechen sie.

– Bach ist nicht so schwer.

– Gerade das ist das Schwere. Es soll nicht eintönig und langweilig sein. Seine innere Dynamik, der Klang, der unmittelbar zu Gott spricht ist schwer zu finden.

– Das tönt spannend. Wir machen es.

– Ich werde die Noten kennzeichnen und lasse sie auf dem Klavier liegen. Aber ich möchte dann auch etwas vom Liszt-Stück hören. Hast du noch den Schlüssel?

– Ja, aber wir gehen jetzt, Siegfried, wenn du noch arbeiten willst hast du noch Zeit.

– Kommt bald wieder. Emy, bekomme ich noch zum Abschied einen Kuss von dir? – Emy gab ihm bereitwillig einen.

– Von Elisabeth willst du keinen? Du hast ihn wirklich verdient.

– Schon, aber sie ist nicht so großzügig wie du.

Elisabeth lachte. – Jetzt gibt es Nichts, du musst auch von mir einen annehmen.

– Oh ich ertrage sehr viele davon. Alle zehn Minuten einen. – Elisabeth küsste ihn auf die Wange und bemerkte trocken:

– Also, du brauchst doch einen Harem.

Am Nachmittag bemerkte Elisabeth Maria schon von Weitem. Sie stand auf und ging ihr entgegen. Zuvor hatte sie sich im Waschraum umgezogen. Sie zog die blaue Bluse zu der blauen Hose an. Damit wollte sie Maria Freude bereiten. Den Gedanken: sie möchte gefallen, verscheuchte sie. Maria strahlte.

– Ich habe gute Neuigkeiten. Durch einen kleinen juristischen Dreh bekommen Sie nun die Rente für die dreiundzwanzig Jahre als Lehrerin. Viel ist es nicht, so siebzig bis achtzigtausend Forint ungefähr. Das ist auch schon etwas. Im Institut würden wir jemanden in Halbzeitanstellung benötigen. Können sie mit Computer umgehen? – Elisabeth schaute sie mit einem Ausdruck an, als ob sie fragen würde: – Bist du bei Trost?

– Ach, bin ich blöd! Eine Physikerin und Lehrerin?

– Die Computer des Gymnasiums habe ich programmiert, so kam die Schule billiger davon.

– Die andere gute Nachricht ist für mich. Nach Ludwig werde ich auch Geld bekommen. Sein Gehalt war besser als das meine und natürlich in ausländischer Währung. Setzen wir uns doch. Im Übrigen ist diese blaue Kombination fast besser als die andere. – Etwas entfernt vom Bahnhof setzten sie sich.

– Elisabeth, ich brauche ihre Papiere. Geben Sie sie mir und ich werde sie bei uns kopieren lassen.

– Ich hole sie.

– Es wird eine Zeit in Anspruch nehmen, aber es ist nicht so schlimm, weil es vom Institut gemacht wird. Ich werde auch anfangen, ein Haus zu suchen. Kommen sie mit mir? Auf den Herbst möchte ich das Haus haben, doch es braucht Zeit, um das Richtige zu finden.

– Ich komme gerne mit. – Maria sah sie fragend an, doch traute sich nicht, die Frage zu stellen, die sie eigentlich wollte. Elisabeth schaute auf die Glasplatte des Tisches. Unter dem Glas waren die eisernen Füße sichtbar. (Wie einfach und überblickbar ist die Konstruktion eines solchen Tisches. Sie wollte mich fragen, ob ich mit ihr dort wohnen würde. Schon hat sie mir Arbeit verschafft. Die menschliche Seele ist nicht so einfach oder doch nur: Wir machen es uns schwer mit unseren Ängsten und Zweifeln. Sie fragte mich nicht und so ist es besser. Ich kann Emy nicht verlassen, dass sie Emy und Alois in ihr Haus aufnimmt ist unmöglich.) Maria schaute auf Elisabeths geneigten Kopf. (Jetzt verzichtet sie wegen den Jungen. Wir werden sehen, was das Schicksal bringt, es hat noch Zeit.)

– Auf Haussuche gehen wir mit dem Auto.

– Gut, in diesem Falle können Sie fahren.

– Dort wo ich zuweilen lebte, musste man es können und nicht nur irgendwie. – Marias Telefon klingelte, sie nahm auf.

– Hallo Mama, wir sind jetzt nachhause gekommen. Wann kommst du? Wir haben Hunger.

– Und ihr, zu zweit, seid nicht im Stande, etwas aufzuwärmen.

– Es gibt nichts aufzuwärmen, weil du gestern vergessen hast zu kochen.

– Ich bringe Pizza mit.

– Lieber zwei Hamburger für jeden.

– Wo wart ihr?

– Ich wollte Patrizia die Bakas Straße zeigen.

– Warum?

– Damit sie echte Drogenabhängige sieht.

– Seid ihr nicht verdroschen worden?

– Nein, sie haben uns nur gejagt.

– Und?

– Zwei Polizisten sind dazwischengekommen.

– War das Nostalgie, mein Sohn? Hat dir Argentinien gefehlt?

– Die schönen Kindheitserinnerungen vergisst man nicht so schnell.

– Patrizia wird noch genug davon sehen, wenn ihr im Ausland seid. Jetzt lass mich, ich komme bald.

– Hast du wieder ein Rendezvous?

– JA! Auf Wiedersehn! – erhob Maria ihre Stimme. – Ich liebe ihn sehr, doch ist er auch anstrengend. Warum konnten sie nicht etwas für sich zum Essen kaufen? Sie sparen! Weil sie wissen, dass ich sie immer versorge. Es ist ganz gut, wenn sie alleine bleiben. Jetzt muss ich aber gehen. Morgen treffen wir uns wieder.

– Heute Abend hole ich meine Papiere, auf Wiedersehen und erfolgreiches Füttern – verabschiedete sich Elisabeth lachend.

– Auf Wiedersehn bis Morgen. (Jetzt habe ich beinahe Gute Nacht gesagt, das tönt als würde ich spotten!)

Elisabeth fand Emy und Alois nicht. (Dann gehe ich jetzt zu Silvia.) Silvia freute sich als sie kam.

– Gut, bist du da. Aber wieso bist du so hübsch? Was ist los?

– Ich habe die Sachen bekommen.

– Du willst mir wohl nicht weismachen wollen, die neuen Kleider nach der letzten italienischen Mode bei der Hilfsorganisation bekommen zu haben.

– Nein.

– Dann woher?

– Ich habe jemanden kennengelernt.

– Einen Bräutigam?

– Nein, eine mit mir gleichaltrige Frau. Silvia, ich brauche meine Papiere.

– Für was?

– Wegen Arbeit.

– Es hat noch gefüllte Peperoni vom Mittagessen. Wir essen und dann kannst du der Reihe nach alles erzählen.

– Es gibt nicht so viel zu berichten.

– Elisabeth! Heute vor einer Woche warst du eine unter dem Rucksack gebeugte, in Männerhosen steckende Obdachlose! Jetzt hast du schöne Kleider an, du willst wieder arbeiten und das soll nicht viel sein?

– Gut, ich erzähle es, aber ich will schnell duschen und mir die Haare waschen.

– Mach das. – Elisabeth verschwand im Badezimmer und Silvia begann langsam die Peperoni aufzuwärmen. (Gebe Gott, dass sie wieder auf die normalen Gleise kommt. Dieser Penner ist nicht sie! Wer war in der Lage, sie aus dem heraus zu holen? Sicher nicht ein Mann. Nie würde Elisabeth einen Mann anmachen.) Elisabeth kam und sie setzten sich.

– So, jetzt fang mal an.

– Es begann alles sich mit dem Konzert zu ändern. – Dann berichtete sie über ihre Bekanntschaft mit Maria. Sie erzählte alles vom Kleiderkauf bis zu der geplanten Haussuche.

– Möchte sie, dass du mit ihr zum See gehst, um dort zu wohnen?

– Das vermute ich.

– Aber sie hat dich nicht gefragt.

– Nein, aber ich sollte sie bei der Haussuche begleiten.

– Würdest du mit ihr zusammenwohnen können?

– Mit ihr schon, aber Emy darf ich nicht verlassen und sie verlässt Alois nicht. Ich kann doch nicht Maria bitten, sie auch noch in ihr Haus aufzunehmen.

– Das wahrlich nicht. Vielleicht Willi auch noch dazu! – lachte Silvia. – Schläfst du heute hier?

– Nein, ich weiß nicht, was mit Emy und Alois los ist.

– Warum machst du das? Es sind doch nicht deine Kinder.

– Ich habe meine Tochter verlassen und wahrscheinlich tue ich Busse.

– Der alte Jude! Ist noch gut, du streust dir nicht Asche auf den Kopf.

– Der ist auch ohne Asche schon grau genug! Aber die Busse ist nicht nur ein jüdischer Brauch. Denk doch an die christlichen Eremiten. Es war sogar üblich, den Körper zu misshandeln, weil die physischen Schmerzen das Triebleben gebannt hatten und dadurch man Gott näherkam.

– Jawohl Frau Lehrerin!

– Oh, wie lange ist das schon her.

– Aber dafür bekommst du jetzt eine Rente.

– Ich habe nicht gesagt, es war überflüssig. Übrigens, Siegfried gab mir seinen Wohnungsschlüssel, damit ich an den Nachmittagen auf seinem Flügel üben kann.

– Siehst du, es gibt doch Menschen, die dein wahres Wesen erkennen.

– Dabei kennt mich niemand so wie du. Danke Silvia, danke für alles. Jetzt gehe ich.

– Es wird sich zeigen, was noch aus dem werden soll, jedenfalls wünsche ich dir von Herzen die Veränderung.

KATI UND ALOIS

Elisabeth kam auf den Bahnhofsplatz, wo Emy und Alois schon auf sie warteten. – Wo wart ihr?

– Ich habe Emy zu meiner Mutter gebracht.

– Einfach so?

– Nein, als ihr heute Vormittag bei Siegfried wart, ging ich zu ihr.

– Nach wie vielen Jahren?

– So vier oder fünf.

Am Vormittag ging Alois in den achten Bezirk. Er wusste noch nicht, ob er zu seiner Mutter hineingehen werde oder nicht. Er stand auf dem Innenhof, als jemand vom vierten Stock herunterrief; wen er suche? – Er schaute hinauf.

– Guten Tag, Herr Müller.

– Du bist es, Alois. Gut, dass du wieder einmal nach deiner Mutter schaust. Es geht ihr nicht gut, sie hat viel Bauchschmerzen.

– Ich werde zu ihr gehen. – Er stand vor der Wohnungstür und klopfte zaghaft an. Dabei wusste er sie würde ihn nicht hören, denn der Fernseher ging in voller Lautstärke. (Soll ich klingeln?) Dann drückte er einfach auf die Türklinke und trat in die Küche. Seine Mutter saß zusammengekrümmt am Küchentisch.

– Mutter – sagte er leise. – Sie erschrak, hob den Kopf und ihre Augen waren glasig vor Schmerzen. Dann erhob sie sich und ging zitternd auf Alois zu:

– Du bist, es Alois? Du bist, es wirklich mein Junge? – Alois fing ihren taumelnden Körper auf und drückte sie an sich.

– Ich bin es, Mutter, aber setz dich, oder leg dich lieber hin. – Er führte sie zum Bett, half ihr und setzte sich an den Bettrand. Zärtlich streichelte die Mutter die große Hand ihres Sohnes.

– Du warst letzte Woche mit diesem blonden, kleinen Mädchen da. Ist sie deine Freundin? Liebst du sie?

– Ja, es ist Emy und ich liebe sie sehr. Hast du uns gesehen?

– Ich habe gerade das Treppenhaus geputzt.

– Wieso hast du nichts gesagt?

– Ich wusste nicht, ob du es wolltest.

– Mutter, bist du krank?

– Ich habe sehr viel Bauchschmerzen.

– Warst du schon beim Arzt?

– Nein, ich befürchte etwas Schlimmes.

– Wäre nicht besser, es zu wissen?

– Alois, du hast auch nicht gewusst, dass Wagner nicht dein Vater ist, nur Ralf ist sein Sohn.

– Und meiner?

– Er war Abteilungsleiter in der Spinnerei.

– Das ist jetzt auch egal, aber ich bin doch sehr froh, nicht meines Vaters Sohn zu sein. – Beide lachten über die komische Wendung des Satzes. – Jetzt weiß ich wenigstens, warum ich größer bin als ihr.

– Bring doch Emy zu mir. Oder schämst du dich, eine Zigeunerin als Mutter zu haben?

– Ich habe mich noch nie für dich geschämt. Nur konnte ich die fremden Kerle, die zu dir kamen, nicht mehr ertragen. Jedes Mal hatte ich das Gefühl, sie tun dir weh und war eifersüchtig auf dich. Du solltest niemanden außer mir haben. Ich weiß, es war eine kindliche Dummheit. Dann dachte ich, ich werde schon zeigen, was für ein Mann ich bin. Ein solcher. Meine Arbeitsstelle habe ich verlassen, weil ich den ewigen Zigeuner nicht ertrug. Gab es etwas Schweres zu tun, so hieß es: – der Zigeuner sollte es machen. Ging etwas schief, so war es wieder der Zigeuner! Ich lebe mit Emy am Südbahnhof, sie hat kein Zuhause mehr. Eine ältere Frau kümmert sich um uns. Sie wohnt auch dort.

– Alois, was hätte ich machen sollen? Wagner hat mir das wenige Geld, das ich für die Arbeit als Hausmeisterin bekam, auch weggenommen und versoffen. Ich habe nichts gelernt. Ihr hattet Hunger, brauchtet Kleider und Schulsachen. Aber bring doch Emy heute Abend zu mir. Ich koche euch eine Kartoffelsuppe und backe Pfannkuchen.

– Kannst du mit deinen Schmerzen kochen?

– Es tut schon nicht mehr so weh, weil ich so glücklich bin.

So ging Alois zurück, holte Emy und ging mit ihr zu Kati. Emy begrüßte sie, liebevoll:

– Grüß' Gott. Sie sind Alois Mutter?

– Ach wie schön du bist, Liebes! – Kati umarmte sie mit leuchtenden Augen. – Kommt ich habe für euch gekocht und Pfannkuchen gebacken! – Sie küsste und streichelte Emy immer wieder. Das erzählten sie alles Elisabeth.

– Nun, wie geht es weiter?

– Wir wissen es noch nicht, aber wir werden sie öfters besuchen.

– Hat sie nicht gesagt, ihr sollt dort schlafen?

– Doch.

– Und? – Sie schwiegen. Alois schaute auf dem Boden. Emys Augen füllten sich mit Tränen und beinahe weinend sagte sie:

– Ich will nicht ohne dich sein. Alois und Kati liebe ich sehr, aber die Vorstellung, du würdest allein hier in der Unterführung schlafen, ertrage ich nicht. – Elisabeth dachte an ihre eigenen Worte bei Silvia und zog das weinende Mädchen an sich.

– Ich bin doch für dich auch da. Du wolltest doch von der Burg erzählen.

– Soll ich? Wirklich?

– Ja, ich möchte es hören.

– Ich auch – sagte Alois.

EMYS GESCHICHTE

Sie saßen zu dritt auf der Bank. Willi bemerkte sie, kam auch zu ihnen und setzte sich neben Emy. Sie fing an, ihre Geschichte zu erzählen:

– Es ist lange her und war weit weg von hier. Wir lebten alle zusammen auf einer Burg am Meeresufer. Dort war es kalt, immer blies der Wind und im Herbst und im Winter heulte der Sturm durch die Gänge und die Zimmer. Die Wellen schlugen donnernd an die Felsen. Wenn jemand ins Wasser fiel, gab es keine Rettung. Die Boote der Fischer wurden umgeworfen. Nur durch Gottes Gnade erreichten sie das Ufer. Wir lebten alle dort. Elisabeth war mein Lehrer, ich nannte ihn Master Isaak. Er hatte immer schwarze Kleider an und war sehr streng. Alois war Pater Benedikt und Willi Ludowika, meine Amme. An eine Mutter kann ich mich nicht erinnern. Mein Vater war der Burgherr. Ich weiß jetzt, wer es war, Siegfried. Die Burg hatte dicke, graue Steinmauern. Das ganze Jahr über brannte ein großes Feuer im Saal. Dort standen auch die Betten mit Vorhängen vom Raum abgegrenzt. Mehrere schliefen in einem Bett auf Fellen. Nur Master Isaak hatte eine eigene Kammer. Der Frühling und der Sommer waren sehr schön. Der Wind blies auch anders. Spielerisch ergriff er unsere Mäntel, wenn wir ausritten oder auf die Jagd gingen. Das Licht streichelte uns und die Sonnenuntergänge färbten wunderbar die Wolken. Mein Lehrer begleitete mich immer. Er zeigte mir verschiedene Pflanzen und Steine und sprach von ihnen auch darüber, welche Heilwirkung sie besaßen. Er wies die Diener an, sie zu sammeln. Nachts schloss er sich in seine Kammer ein und machte daraus Pulver oder Salben. Niemanden ließ er herein, nicht einmal mich.

– Später Ian, wenn du älter bist. – Wir saßen an einem langen Tisch im Rittersaal. Es waren immer viele Menschen da. Mein Platz war neben meinem Vater und auf der anderen Seite saß Isaak neben mir. An den langen Winterabenden kamen Spielleute in die Burg. Sie sangen, machten Späße, sprangen herum. Oft tanzten wir Reigentänze, nur Isaak nicht, wie er auch nie jagte. Dabei war er der beste Schütze von uns allen. Das stellte sich während der Kampfspiele heraus. Wenn er seine Pfeile schoss oder die Lanze warf, traf er immer die Mitte. Aber er hörte auf an den Spielen teilzunehmen. Alle hatten Angst vor ihm. Sie sagten, er sei ein Zauberer. Nur ich nicht, weil ich ihn sehr liebte. Auch lebte Arthur Mc Fin, mein gleichaltriger Kamerad, bei uns der wie ein Bruder war. Mein anderer Lehrer war Pater Benedikt. Er kam von weit her. Der Weg war lang, deshalb war er nicht immer da aber er kam oft und für längere Zeit. Von ihm lernte ich die Heilige Schrift kennen, schreiben und lesen, über das Aussehen der Erde und die Geschichte. Er kannte sich in unserer Gegend besser aus als irgendjemand der dort lebte. Das hat uns dann auch das Leben gerettet, als ein feindlicher Clan unsere Burg überfiel. Wir saßen in der Halle am Tisch, als wir Geschrei, und Waffengeklirr hörten und auf die obere Mauer hinausrannten. Im Burghof war der Kampf in vollem Gange. Fremde töteten die Wachen und die Diener. Zurück in den Saal bewaffneten sich alle und ein Teil der Gefolgsleute meines Vaters besetzten die Treppe. Wir hörten die Kämpfenden allmählich näherkommen. Mein Vater hatte in beiden Händen ein Schwert und kämpfte am Eingang des Saales. Die Hunde bellten wild, man konnte sie nicht halten. Ich wollte zu Vater stürzen und auch Arthur, aber der Pater zog uns in eine Nische, die mit einem Vorhang verdeckt war. Issak war verschwunden, kam aber bald zu uns zurück und hatte einen Sack auf der Schulter. Ludowika stand zitternd und weinend dabei. Ich sah zu, wie mein Vater in die Knie sank und blutend liegen blieb. Die beiden Hunde lagen auch schon tot auf dem Boden. Dem einen wurde der Bauch aufgeschlitzt und dem anderen war der Kopf halb abgeschnitten. Ich wollte hinausstürzen, doch Isaak hielt mich am Arm fest. Sein Griff war so stark, dass ich sicher den Arm gebrochen hätte, wenn ich Widerstand geleistet hätte. Pater Benedikt führte uns auf einer geheimen Treppe in den Burgkeller. Dort ging es über die Klippen ins Freie. Wir warteten noch eine Weile unter einem Felsvorsprung, bis es ganz dunkel wurde. Der Weg in der Nacht war gefährlich. Wir mussten sehr achtgeben, um nicht in das Meer zu stürzen. Endlich kamen wir in den Wald und gingen Richtung Inland.

– Pferde – horchte Isaak in die Nacht.

– Ach! Wenn wir doch auch welche hätten, wäre alles einfacher – sagte Arthur.

– Ich glaube, sie sind ohne Reiter – meinte der Pater.

– Wartet ich rufe sie! – Isaak begann ein leises, aber durchdringendes Trillern von sich zu geben. Wir hörten, wie die Pferde näherkamen und immer engere Kreise um uns zogen, bis sie stehen blieben. Es waren vier Tiere. Wir hatten je eins und Benedikt nahm Ludowika hinter sich aufs Pferd. So ritten wir durch Wälder und Schluchten gen Südosten. Es war stockfinster, wir mussten sehr auf den Weg achten.

– Morgen kommen wir bei der benachbarten Burg an. Der Burgherr ist dein Pate Ian – sagte Isaak. Plötzlich hörten wir die Verfolger nahen. Wie rote Irrlichter flackerten ihre Fackeln in der Nacht.

– Es gibt keine Rettung – sagte Benedikt und stieg vom Pferd. – Kommt, wir wollen beten und mit dem Wort Gottes auf den Lippen unserem Los entgegensehen. – Ludowika kniete neben ihn hin.

– Ich werde kämpfen! – sagte ich entschlossen.

– Ich auch, stellte sich Arthur mir zu Seite.

– Wollt ihr nicht lieber noch am Leben bleiben? – wandte sich Isaak zu uns.

– Doch! – hob Ludowika weinend den Kopf. – Wir waren auf einer Lichtung in deren Mitte eine große Tanne stand. Ihre Äste reichten bis zum Boden.

– Dann setzt euch unter die Tanne mit dem Rücken zum Stamm. Haltet euch an den Händen. Ich werde mich später auch zu euch setzen. Aber sprich mich nicht an das würde meinen Tod bedeuten und damit auch den euren. Sagt nichts, rührt euch nicht, gleich, was geschehen mag. – Wir taten, was er sagte. Er hob einen Beutel aus seiner Tasche. Es war ein glänzendes Pulver wie Gold darin, nahm etwas davon in die Hand und zog fünf Kreise um den Baum, indem er in einer fremden Sprache halb singend etwas immer wiederholte. Nachher setzte er sich von uns etwas entfernt auch unter die Tanne, winkelte die Knie an, stützte sein Kinn darauf und schaute regungslos in die Ferne. Obwohl er saß und die Augen offen hatte, war es, als ob er tot wäre. Unsere Pferde waren verschwunden. Die Feinde kamen ganz nah an uns heran, aber sahen uns nicht, obwohl sie mit ihren Fackeln sogar unter die Tanne leuchteten. – Während Emy erzählte, schaute sie gerade aus, wie wenn sie einen Film sehen würde und davon den anderen, die ihn nicht sahen, berichtete. Plötzlich schrie sie auf:

– Die beiden mit den Fackeln waren die Großmutter und der Großvater! – Sie warf sich auf Elisabeth und krallte sich an ihrem Arm fest. Elisabeth zog sie an sich. Alois stand auf und küsste sie auf den Kopf. Willi verstand zwar nicht so genau, was geschah, streichelte aber ihren Rücken.

– Kannst du weitersprechen? – fragte Elisabeth.

– Ich weiß es nicht.

– Alois, bring ihr einen Orangensaft und kaufe dir auch etwas. – Willi wurde auf das Trinken hellhörig.

– Und ich? – meldete er sich.

– Bring ihm ein Bier.

– Entschuldigt, aber es war für mich auch neu und ich bin sehr erschrocken. – Emy richtete sich auf. Alois kam mit den Getränken und sie bemerkten erst jetzt, dass Elisabeth die einzige war, die nichts zu trinken bekam.

– Wir teilen den Orangensaft, Elisabeth.

– Teilen wir.

– Kleines kannst du weitererzählen? Es war eben, so spannend.

– Ich glaube, ich kann.

Wir saßen bis zum Morgenrauen unter der Tanne. Isaak regte sich.

– Wir können gehen, sie sind schon weit weg.

– Die Pferde sind auch weg.

– Sie sind zurückgekommen. – Wir schauten zwischen den Ästen der Tanne auf die Lichtung und tatsächlich weideten alle vier dort. Beim fahlen Licht des Morgens bemerkten wir erst, wie erschöpft Isaak war. Er konnte kaum gehen.

– Pater, wie weit ist es noch? – fragte ich Benedikt.

– Etwa drei Stunden.

– Das schafft Isaak nicht!

– Doch, ich schaffe es, reite du neben mir und lege deine Hand auf die Mitte meines Rückens. – Der Weg war beschwerlich. Arthur ritt auf der anderen Seite von Isaak und achtete, dass er nicht aus dem Sattel kippen möge. Benedikt mit Ludowika hinter sich führte uns an. Bei hellem Sonnenschein kamen wir auf die grüne Aue. Schafe weideten auf den Hügeln und wir sahen die Burg. Auf dem Turm flatterte die Fahne des Burgherrn im Wind. Die Wachen bemerkten uns und ritten uns entgegen. Sie geleiteten uns in den Burghof. Dort angelangt fiel Isaak ohnmächtig vom Pferd. Sie trugen ihn weg. Der Burgherr Dougles Mc'Load, mein Pate, kam uns entgegen, führte uns in die Halle und ließ gewürzten warmen Wein bringen, und alle möglichen Köstlichkeiten tischten uns seine Diener auf.

– Ist dein Vater tot Ian,

– Ja.

– Dann bist du jetzt der Herr auf Greenhead.

– Daran habe ich noch gar nicht gedacht.

– Wie seid ihr davongekommen?

– Master Isaak machte etwas, was uns unsichtbar werden ließ.

– Wieder er? – Ich verstand ihn nicht und schaute verdutzt drein. Er lachte: Du weißt nicht, wer er ist?

– Mein Lehrer. Weißt du mehr?

– Er ist viel mehr als nur dein Lehrer. Weit im Süden, in seiner Heimat, gehörte er einem sehr hochstehenden, gelehrten Orden an. Dann traf er einen arabischen Arzt und lernte von ihm die Heilkunst. Darüber war sein Orden empört und sie schlossen ihn aus. Er musste auch seine Heimat verlassen. Für Jerusalem kämpfte er auf unserer Seite, weil er im Herzen doch ein Jude war. Das nahmen ihm die Araber übel. So kam er mit uns in den Norden. Auf dem Weg half er uns sehr viel. Er heilte, wusste die Gefahren im Voraus und wenn es nötig war, kämpfte er. Es gab keinen besseren Schützen unter uns als ihn. Wir wunderten uns, woher er diese unendliche Kraft hatte, den langen Ritt mit uns zu machen, denn er war kein Ritter und das lange Reiten nicht gewöhnt. Wir lebten in Jerusalem drei Jahre lang am Hof von König Balduin als seine Ratgeber. Was weißt du von deinem Vater, Ian?

– Gar nichts.

– Wenn du der Burgherr wirst, solltest du über deine Familie Bescheid wissen.

– Du weißt es?

– Ja, dein Vater war mein bester Freund. Er war Franke. Er hieß Gillbert de Boisensen. Nun, er war wirklich ein Christ, was man von uns Schotten nicht behaupten konnte. Einmal waren wir in Alexandrien. Von einem Schiff trieben sie Gefangene zum Sklavenmarkt. Es waren Menschen aus dem Frankenland und aus dem Norden. Dein Vater erboste sich darüber sehr. Er wollte sie mit seinen Männern befreien und wir eilten ihm zur Hilfe. Es war nicht einfach, weil die Mameluken hart „das Eigentum ihres Herren" verteidigten. Wir nahmen die Befreiten mit uns in die Heimat. Unter ihnen war auch ein junges Mädchen Ealin, die Tochter eines schottischen Adligen, Mc' Kensy. Sie wich nicht von der Seite deines Vaters. Dein Vater verliebte sich in sie und wollte sie heiraten. Aber die

Töchter der schottischen Adligen durften nur Schotten heiraten. Ich schrieb Mc' Kensy einen Brief, in dem ich ihm darüber berichtete, wer seine Tochter befreit hatte. Er hatte nichts gegen die Heirat einzuwenden und gab Deinem Vater seinen Namen. Deswegen bist du auch ein Mc' Kensy. Ich hatte zwei Burgen, eine von meinen Eltern und die andere von meinem Großvater, Greenhead. Ich schenkte Gillbert Greenhead und das dazugehörige Land. Als wir durch abgebrannte Dörfer ins Frankenland ritten, kamen wir durch eine vom Krieg verheerte Gegend. Es lagen von Füchsen und Wölfen verstümmelte Leichname am Wegesrand. Das Wasser war dadurch vergiftet und der Gestank war unerträglich. Wir ritten, so schnell wir nur konnten, weiter. Da hörten wir einen Hilferuf und Weinen. Trotz des bestialischen Gestanks blieb Gillbert stehen, überließ uns Eelain und ging mit gezogenem Schwert, die um Hilfe Rufende zu suchen. Er fand zwischen den verkohlten Balken eines Hauses ein junges Mädchen. Es hatte das Bein gebrochen. Die Feinde dachten, es sei tot. Sie hatte nur überlebt, weil von einem Felsen hinter dem Haus frisches Wasser aus einer Quelle floss. Sie kam auch mit uns, sie ist Ludowika und wurde später deine Amme.

– Deswegen hinkt sie? Aber sag', wie war es mit meiner Mutter? Ich kann mich nicht an sie erinnern.

– Sie starb nach drei Jahren, bei der zweiten Geburt. Dein Vater hat nie ihren Tod überwunden, darum wurdest du auch nicht auf eine andere Burg zur Erziehung geschickt. Du gleichst ihr mit deinen rötlichen Haaren und deinen grünen Augen.

– Dafür kam Arthur zu uns.

– Aber zuerst heirateten sie und wie MC Kensy es versprochen hat, gab er ihm seinen Namen und den Titel.

Ich nannte ihn Patrik anstatt Gillbert, den bei uns niemand aussprechen konnte.

– Darf ich zu Master Isaak gehen?

– Ich frage nach, wie es ihm geht und komme mit dir. – Man meldete, es ginge ihm besser. Zusammen suchten wir ihn auf. Er saß in seinen Mantel gehüllt auf der Schlafbank. Ein Feuer brannte und eine Magd bemühte sich um ihn. Aus einem Kelch trank er etwas. Lächelnd empfing er uns. Ich sprang zu ihm hin, kniete vor ihn nieder und trotz meiner männlichen Erziehung barg ich meinen Kopf in seinem Schoss und weinte.

– Danke, danke Master Isaak, mein Vater ist tot, bleibe du bei mir. Ich will auch so ein Mensch werden wie du einer bist. – Er legte mir segnend die Hand auf den Kopf.

– Solange du mich brauchst, werde ich bei dir bleiben.

– Ich danke dir auch, Master Isaak für das, was du für Ian getan hast,- sagte der Burgherr. – Ich habe Ian die Geschichte seiner Familie erzählt, er muss es wissen, wenn er der Herr auf Greenhead sein wird. Nun rufe ich Hilfe aus der Nachbarschaft und wir werden Ians Burg zurückerobern.

– Sir Douglas, ihr und Ians Vater tatet auch nicht weniger für mich, aber ohne den Pater wären wir nicht davongekommen.

– Seid ihr alle meine willkommenen Gäste und verfügt über alles nach eurem Gutdünken. Jetzt lasse ich euch allein.

– Ian, wollen wir auf die Mauer gehen?

– Geht es dir schon so gut?

– Ich brauche nicht viel Zeit, um mich zu erholen.

Einer der langbeinigen Hunde, ein Weibchen hat sich zu mir gesellt. Von nun an wich es nicht von meiner Seite.

Stunden lang wartete es vor den Türen auf mich. Mit seinen bernsteinfarbenen Augen sah es mich an, wie wenn es seinen langvermissten Herrn wiederbekommen hätte. Einmal auf einem Ausritt sagte Isaak zu mir:

– Es ist ein Irrtum, dass wir Menschen uns die Tiere aussuchen. Wir können sie halten, sie züchten, aber sie wissen, zu wem sie gehören. – Sir Douglas hörte seine Worte.

– Ian, wenn du deine Burg wieder, hast, schenke ich dir May. Für dich als neuer Burgherr soll es dein erster Hund sein. Dann sprengte er mit Isaak davon. Sie unterhielten sich viel. Am Tisch saß Isaak neben ihm und sie beschlossen, wenn ich Isaak nicht mehr brauchen werde, wird er zu ihm übersiedeln. Wie sie so nebeneinander ritten, sahen sie wie Könige aus. Wir blieben drei Monate auf der Burg. Allmählich traf die Hilfe ein. Benedikt ritt zu seinem Kloster zurück. Er hatte sich in Ludowika verliebt und sie wurde schwanger von ihm.

– Ich werde aus dem Orden austreten beschloss Benedikt. Ich müsste es nicht tun, denn nie würden sie es erfahren, aber ich will für mein Kind sorgen und seine Mutter in Ehren halten. Wenn ich in der Hölle leiden muss, leide ich lieber für meine Taten als für ein Leben in Verlogenheit. – Ein Tag vor unserm Angriff kam er zurück. Seine Kutte hatte er abgelegt und war als Ritter gekleidet. Er war ein sehr starker Mann und konnte vor allem mit dem Schwert sehr gut umgehen. Wir stürmten die Burg. Arthur und ich mit Isaak und Douglas führten die Schlacht an. Es war beängstigend, wie wir vorwärtsstürmten. Sir Douglas hatte sich schon immer über Gewalt und Ungerechtigkeit empört. Er kämpfte für den Sohn seines besten Freundes. Isaak kämpfte auch für mich. Sein schwarzer Mantel flatterte hinter ihm her, wie wenn er Flügel hätte. Wir eroberten, nicht ohne Verluste, die Burg zurück. – Emy hörte auf.

– Ging es nicht weiter? War Maria wirklich Mc'Load? – fragte Elisabeth.

– Ja, sie war es. Sicher ging es weiter, aber ich weiß nicht mehr. – Alois schaute von der Seite Willi an.

– Dieser Pater hatte aber einen merkwürdigen Geschmack, was Frauen angeht.- Sie dachten, Willi hätte von der Geschichte nicht viel mitbekommen, doch hob er den Kopf.

– Was willst du? Ich war eine Bomben – Frau! – Alle lachten und Emy bat:

– Wollen wir heute Nacht nicht alle zusammen hier auf der Bank bleiben?

– Es wird eng werden – meinte Elisabeth.

– Wir wärmen uns dafür gegenseitig.

– Bleiben wir wirklich alle zusammen? – fragte Willi und sein Gesicht spiegelte eine solche Freude, wie sie es noch nie an ihm gesehen hatten.

Elisabeth erwachte früh. Sie ging auf die Toilette, um sich zu waschen und um die Zähne zu putzen. Sie war allein. Sie merkte, wie dieses öffentliche Ausgeliefertsein sie nun störte. Früher kümmerte sie nicht, wer sie sah. (Was ist los mit mir? Der Mensch ändert sich schnell, wenn er auf die richtigen Gleise kommt, wie Silvia es sagt.) Sie kaufte Milch und Brot und gab es ihnen. Dann wartete sie auf Maria. Sie kam noch früher an als sonst. Ihr morgendliches Kaffeetrinken war schon zu einer festen Gewohnheit geworden. (Wenn das so weitergeht, dass sie einmal zahlt und ich das nächste Mal, gebe ich die Hälfte meines Geldes dafür aus, dachte Elisabeth.) Sie setzten sich.

– Ich habe meine Papiere mitgebracht.

– Sehr gut, ich nehme sie mit und dann können wir beginnen.

– Gestern Nacht wurde es spät. Wir saßen alle zusammen auf der Bank und Emy erzählte uns von ihrer Fee.

– Fee?

– Ja sie hat von Kindheit an eine Fee, die sie in der Nacht mitnimmt. – Maria lächelte.

– Sie hat wohl viel Fantasie.

– Das ist es ja, eben nicht. Sie berichtete von Sachen und von Schauplätzen so getreu, dass ich alles vor mir sehen konnte. Es spielt in der Vergangenheit, in einer Burg im schottischen Hochland, die sie aber gar nicht kennen kann. Ich glaube, den anderen ging es auch so. Nach und nach erkennt sie die Menschen ihrer Geschichte auch in der jetzigen Zeit. – Maria lächelte nicht mehr.

– Sie erkennt alle? Am Ende mich auch noch.

– Ja, und was für eine wesentliche Rolle Sie spielen in der Geschichte!

– Das möchte ich aber genau wissen. Morgen gehen wir auf Haussuche. Ich habe schon einige Adressen ausgesucht. Wir haben den ganzen Tag Zeit, dann können Sie mir auf dem Weg alles erzählen. – Maria nahm ihr Telefon und rief Johannes an. Nach einer Weile meldete er sich.

– Was willst du von mir mitten in der Nacht?

– Es ist halb acht. Musst du nicht um neun in der Schule sein?

– Bis dorthin ist es noch eine Ewigkeit.

– Steh auf und iss etwas. Morgen brauche ich das Auto und zwar den ganzen Tag.

– Wir wollten einen Ausflug machen.

– In der kommenden Zeit brauche ich wahrscheinlich das Auto auch mehr.

– Warum? Du fährst mit dem Zug umsonst.

– Ich will Häuser anschauen. Aber neben meinen Reisen mit dem Zug zahle ich das Benzin für eure Ausflüge, es gehört mir und ich komme dafür auf. Langsam könntest du merken, was du für Dienstleistungen genießt! Patrizia ist viel normaler als du.

– Das hast du schon einmal gesagt. Hat es noch etwas von deinem Lebkuchenhaus? Das möchte ich zum Frühstück essen.

– Schau dich um, du gehst mir auf den Geist mit deinen ewigen Widersprüchen.

– Schon gut, nur kein Stress, bist du wieder mit Elisabeth zusammen?

– JA! Und ich möchte, bevor ich gehe mit ihr noch einige Sätze wechseln.

– Dann wechsle! Tschüss.

– Tschüss. – Maria wandte sich empört zu Elisabeth. – Er kann so nervtötend sein.

– Aber Sie sprechen miteinander, ich habe seit zwölf Jahren nicht mit meiner Tochter gesprochen – sagte sie traurig. – Maria schämte sich.

– Sie haben Recht und wir lieben uns sehr. Aber Elisabeth, wir können nicht abwechselnd den Kaffee bezahlen. Ihr halbes Geld werden sie dafür ausgeben. Lassen sie mich jetzt noch bezahlen, das wird sich auch ändern. Jetzt muss ich aber gehen. Geben Sie mir bitte ihre Papiere. – Elisabeth begleitete sie zum Zug. Maria schaute noch einmal von den Stufen des Zuges auf den Bahnsteig hinunter. (Diese Augen!)

– Ich erwarte sie – sagte Elisabeth leise.

– Ich komme. – Die Türen schlossen sich und der Zug fuhr ab. Elisabeth setzte sich wieder an den Tisch, wo sie vorher waren.

– Noch einen Kaffee bitte. – Emys Geschichte klang in ihr nach. Sie stand noch immer unter dem Eindruck. Zu ihnen zurückgehen wollte sie jetzt nicht.

PETER UND DIE SYNAGOGE

Sie ging in eine Telefonzelle und suchte die Nummer von ihrem Cousin Peter auf. Wenn sie Glück hatte, war er zu Hause und sie hatte Glück.

– Hallo Peter, ich bin's, Elisabeth. – Sie hörte am Schweigen, dass er nicht wusste, wer sie war. – Elisabeth Schwarz, deine Cousine.

– Du? Elisabeth? Ich habe seit einer Ewigkeit nichts von dir gehört. Wo bist du? Wir müssen uns treffen!

– Das will ich auch. Peter, kannst du mit mir in die Synagoge gehen?

– Dazu brauche ich eine Bewilligung, aber in deinem Fall wird es keine Schwierigkeiten geben, ich werde anrufen. Kannst du um zehn im Kaffee Abel sein? Ich habe jetzt noch eine gute Stunde eine geschäftliche Besprechung und anschließend können wir uns treffen.

– Ja, ich werde dort sein.

– Bis dann, ich freue mich so sehr, dich zu sehen.

– Ich mich auch. – Bis zehn Uhr hatte Elisabeth noch reichlich Zeit. Sie stieg nicht in den Bus, sondern ging zu Fuß. In der Gegend der Synagoge hatte sie mit ihren Eltern gewohnt. Sie lief die bekannten engen Straßen entlang. Vor dem Haus, wo sie damals wohnten, blieb sie stehen und blickte zum zweiten Stock zu dem Fenster hinauf, das zum Wohnzimmer gehörte. (Dort las früher Vater im Sessel unter der Stehlampe und Mutter saß auf dem Kanapee und stickte. Wie die Erinnerung weh tat, wie schmerzvoll die Vergangenheit war.) Das Kaffeehaus

Abel war klein, als sie eintrat entdeckte sie sofort Peter. Er ist auch älter geworden, hatte schon eine Glatze und die Kippa war auf seinem Kopf. Um sie zu begrüßen stand er auf, umarmte und küsste sie.

– Komm, wir setzen uns und essen einen feinen koscheren Kuchen, du bist mein Gast.

– Wie lange habe ich kein koscheres Essen gehabt, das letzte Mal als Mutter uns noch kochte.

Um diese Zeit waren nicht viele Menschen im Raum und sie konnten sich in aller Ruhe unterhalten. Der Tee und der Kuchen wurden gebracht.

– Elisabeth, wieso bist du von deiner Familie weggelaufen? Niemand wusste, wo du bist. Auch deine Arbeit hast du aufgegeben.

– Es wusste niemand, weil ich nicht darüber sprechen wollte.

– Aber mir erzählst du es doch, oder? – Elisabeth rührte in ihrer Teetasse. (Noch habe ich niemandem davon gesprochen außer Maria. Und warum ihr? Ich möchte es auch Peter erzählen. Ich will es.)

– Peter, meine Eltern hatten mir nicht gesagt, dass wir Juden sind. Im Gymnasium in einer Geschichtsstunde über den Zweiten Weltkrieg stellte es sich heraus. Mein Lehrer sagte es mir. Dann erzählten mir die Eltern, ich hätte zwei Geschwister gehabt, die als kleine Kinder in Auschwitz getötet wurden als die Familie deportiert wurde. Viel später, ich war schon verheiratet, kam ich auf einer Busreise nach Krakau. Auf dem Programm war auch Auschwitz und Birkenau. In Auschwitz stand ich vor den großen Brennöfen, sah vor mir, wie meine kleinen Geschwister hineingeworfen wurden, sah die Flammen und hörte ihre Schreie. Ich hatte damals auch schon ein

Kind. Ich sah die Bilder von den bis auf die Knochen abgemagerten, kahl geschorenen Juden in dieser schrecklichen, gestreiften Bekleidung, die Knochenberge, die Gaskammern, das Massengrab. Peter, da ist in mir etwas zerbrochen. Ich lernte die Vergangenheit kennen und verlor die Zukunft. Das Vertrauen in die Zukunft, in das Leben. Es half nicht einmal, dass Auschwitz schon beinahe zu einer touristischen Attraktion geworden ist und von den vielen Besuchern leergefegt wurde. Mitten auf dem Platz des Todes saß eine Frau und spielte Cello. Ein modernes aber ausdruckstarkes Stück. Die Notenblätter von dem vor ihr stehenden Notenständer hatte der Wind weggeweht. Sie hat es nicht bemerkt, da sie sowieso nicht auf sie schaute. Ich hob sie auf und legte sie zurück. Sie blickte mich kurz an und sie weinte. Bis dahin war ich wie gelähmt, dann kauerte ich mich vor ihr auf den Boden und schluchzte. Weinend spielte sie weiter. Im Bus haben sie mein Fehlen bemerkt und suchten mich. Als ich aufstand, blickte mich die Cellistin durch ihre Tränen lächelnd an. Wir sprachen nicht, aber unsere Seelen trafen sich dort im Kreise der Opfer. Ich lebte weiter, aber vergessen konnte ich dieses Erlebnis nie. Etwas zerbrach in mir, der Glaube an das Leben. Die Hoffnung starb.

– Warum bist du nicht zu uns gekommen? Du gehörst doch zu uns.

– Ich habe überhaupt keine Erziehung im Glauben bekommen. Ich hatte keinen Gottesbegriff, war schon erwachsen als das passierte. Meine Eltern waren schon tot. Nun lebte ich weiter, tat meine Arbeit, aber sprach mit niemanden darüber.

– Warum hast du mit dem Unterrichten aufgehört?

– Die rechte Partei übernahm die Leitung der Schule. Sie kamen in eine Konferenz und stellten die neuen Richtlinien vor. Als Geschenk brachten sie einen bronzenen Turul mit. Er stand im Lehrerzimmer. Ich konnte mich nicht zurückhalten und meldete mich zu Wort.

– Was hast du gesagt?

– Nicht viel.

– Aber was?

– Ob man sich nicht mehr daran erinnerte, wohin Hitlers Nationalsozialismus führte? Millionen von Juden wurden ermordet. – Es geht natürlich um etwas Anderes, hieß es. Von der ewigen Unterdrückung des ungarischen Volkes, von der Bewahrung und Schätzung der alten Werte! – Aus ihrer Sicht hatten sie recht. Peter, ich bin auch eine Ungarin und fühle mich auch so, die Sprache meines Volkes ist meine Muttersprache. Ich weiß, wie im Laufe der Geschichte, das ungarische Volk geknechtet und diskriminiert wurde. Aber ist es nicht seltsam, wie wenig die Rede davon ist, dass Ungarn im Krieg an Hitlers Seite kämpfte? Die Menschen verrieten ihre Nachbarn aus Angst und meinten, damit das eigene Leben gesichert zu haben. Jedenfalls rief mich der Direktor einige Tage später zu sich und fragte, ob ich so bei ihnen weiterarbeiten könnte. An meiner Arbeit war nichts auszusetzen, sie konnten mich nicht entlassen. Aber ich sollte mir überlegen, ob ich nicht eine neue Arbeitsstelle suchen möchte. Matthias sagte nur, wie dumm es von mir war, den Mund nicht halten zu können. An meiner Arbeit hätte sich nichts geändert. Leider ist das, alles geschehen, aber es ist nun die Vergangenheit und man muss für das Jetzt, für die Zukunft leben und kämpfen. Wenn ich den Turul nicht mag, so sollte ich nicht hinsehen. – Wie wenn wirklich diese seltsame Missgeburt aus der Mischung einer Taube und dem Mäusebussard mein größtes Problem gewesen wäre. Matthias war ein aktives Mitglied der Kommunistischen Partei. Meine Eltern freuten sich darüber, als ich ihn heiratete. Nun kündigte ich und suchte Arbeit. Aber es war wie wenn sich alles gegen mich verschworen hätte! Am Schluss fand ich eine Stelle in einer Grundschule und musste in der siebten und achten Klasse unterrichten. Ich verstand mich nicht auf diese Altersstufe. Ich verstand ihre Seele nicht, ihre Haltung, dass sie nicht lernen wollten. Da erlitt ich zum ersten Mal im Leben als Lehrerin eine Niederlage. Von nun an war ich auf Matthias Geld angewiesen. Er sagte nichts, aber wir lebten natürlich leichter von zwei Einkommen. So war es auch kein Problem gewesen die Raten für sein neues Auto, einem VW Golf, zu zahlen. Priska war auch unglücklich, sie bekam nicht so viele, modische, neue Kleider mehr, und für einen Teenager sind Kleider und die Jungs das Wichtigste. Da nahm ich eines Nachts meinen Rucksack und einige Kleider und ging, ohne eine Nachricht zu hinterlassen, weg.

– Wie lebst du ohne Geld?

– Ich wohne in der Unterführung am Südbahnhof, aber Matthias lässt mir jeden Monat fünfzigtausend Forint zukommen.

– Das ist nicht viel. Wie wäre es, wenn ich dir monatlich auch dreißig Tausend schicken würde? Es wäre doch schon etwas menschenwürdiger. – Elisabeth wollte gerade ablehnen, da fiel ihr aber Emy ein.

– Danke Peter, das wäre gut. Kannst du mich jetzt in die Synagoge führen?

– Ja, ich werde dich hinführen. Den Rabbiner habe ich nicht erreicht, aber wir fahren hin. Du wartest im Auto, während ich in das Rabbinat hineingehe. Warst du nicht durch ihre Organisation in Ausschwitz?

– Doch.

– Das ist schon ein Plus. – Tatsächlich, in zehn Minuten hatte Peter die Erlaubnis erhalten. Sie gingen zur Synagoge. Die Leute, die die Eintretenden überprüfen, wollten ihren Pass sehen. Ein älterer Mann nahm ihn entgegen.

– Sind sie die Tochter des Herrn Professor Schwarz?

– Ja. Kannten Sie meinen Vater?

– An der Universität hat er mich auch unterrichtet. Wir schätzten ihn sehr. – Sie gingen hinein. Die Größe des Raumes, die hohen Wände und der Lichteinfall waren überwältigend. Oben auf der Empore spielte jemand die Orgel. Die Töne erfüllten den ganzen Raum, sie klangen und wirbelten wie wenn das ganze Gebäude aus Musik gebaut gewesen wäre. Sie setzten sich und hörten zu. Elisabeth flüsterte:

– Zwischen der Orgel und dem Klavier besteht ein großer Unterschied. Das Klavier schlägt die Saiten an und diese schwingen. Die Orgel dagegen ist ein Blasinstrument, sie benützt die Luft für das Schwingen der Pfeifen. – Die Musik hörte auf und eine junge Frau kam. Sie war rund und voller Leben, auch flüsterte sie nicht, dazu gab es auch keinen Grund.

– Hallo Peter! – rief sie.

– Hallo Esther, hast du für heute genug geübt? Komm, ich stelle dir meine Cousine vor. – Esther kam zu ihnen.

– Ich bin Elisabeth Schwarz.

– Ich bin Esther Rosenfeld – sagte sie und gab ihr zwei Küsse.

– Elisabeth spielt sehr gut Klavier – informierte sie Peter. – Kannst du ihr die Orgel zeigen?

– Klar doch – und schon ging sie los mit Elisabeth im Schlepptau. Oben angekommen erklärte sie die Funktion der Orgel:

– Siehst du, die Klaviatur ist nach Höhen und Tiefen aufgeteilt. Zum Glück gibt es schon den elektrischen Blasebalg. Stell dir vor, zu Bachs Zeiten haben ihn Menschen betätigt. Die waren sehr groß. Entweder haben sie sich abgewechselt oder haben zu zweit gedrückt. Ich weiß es nicht. – Elisabeth schaute auf die Noten. – Willst du es versuchen? Du spielst. Ich setze mich neben dich und versuche, die Register und die Pedale zu bedienen. Aber bereite dich darauf vor, dass ich manchmal vor dir durchgreifen werde oder über dich klettere.

– Probieren wir es aus –, lachte Elisabeth. Sie versuchten es. Später meinte Peter es war gar nicht so schlecht gewesen. Mit der Zeit saß Esther halb auf Elisabeth und griff vor ihrer Nase durch, ihr linkes Bein wollte sie über Elisabeths Bein heben um das Pedal zu erreichen, sodass sie, diese fast von der Bank stieß. Sie verknoteten sich dermaßen ineinander, dass sie sich nicht mehr rühren konnten. Lachend beendeten sie das Experiment und lachend kamen sie zu Peter zurück. – Ich fühlte mich wie eine Spinne, die ihre Beine verheddert hat –, kicherte Esther. – Also, dann auf Wiedersehen, ich habe schon lange nicht mehr so lustig geübt. Wir werden uns sowieso noch sehen. – Sie ging los, sprang aber wieder zurück und gab ihnen zwei knallende Küsse. Dann stürmte sie davon.

– Das ist Esther! – sagte Peter. – Kommst du zu uns zum Mittagessen?

– Ich kann nicht, ich werde erwartet.

– Von wem und wo?

– Von Emy und Alois am Bahnhof.

– Verreist ihr?

– Nein, sie wohnen auch dort und Willi auch.

– Jetzt mal langsam. Wer sind diese Menschen?

– Emy ist ein neunzehnjähriges Mädchen und Alois ist ihr Freund.

– Und Willi?

– Ein Zigeuner, ein Alkoholiker. Vielleicht glaubte aber auch Siegfried, dass ich kommen würde.

– Hm ... Siegfried?

– Er ist Pianist. In der letzten Zeit haben wir uns angefreundet und ich helfe ihm, sein nächstes Konzert vorzubereiten. Dann kommt nach drei Uhr Maria zurück, sie muss ich auch treffen.

– Sag bloß nicht, Maria sei eine obdachlose, besoffene aus dem Kloster herausgeschmissenen None!

– Nicht doch, sie ist nicht obdachlos und keine Nonne, besoffen auf gar keinen Fall, dann hätte sie ein solches Leben, wie sie es lebte, nicht führen können.

– Wie lebte sie?

– Sie war an den ungarischen Konsulaten tätig und bereiste die halbe Welt. – Peter schaute sie belustigt an.

– Elisabeth, für eine Obdachlose hast du recht viel zu tun und eine vielseitige Sammlung. Mir gefällt es nicht, wie du lebst, aber es ist deine Entscheidung. Jetzt sag' mir, wohin ich das Geld schicken soll. – Elisabeth gab ihm Silvias Adresse und Peter fuhr sie zurück zum Südbahnhof. Bevor sie ausstieg, sagte er noch:

– Da ich dich gefunden habe, will ich dich nicht wieder verlieren.

– Du wirst mich nicht verlieren, ich werde mich melden. – Peter ging zu seiner Familie zum Mittagessen und Elisabeth, um die Tauben zu füttern. (Von dieser Verpflichtung habe ich ihm gar nicht erzählt.) Sie wartete auf Maria und schaute nach wann die Züge aus Weißenburg ankommen. Einmal ging sie zu früh an den Bahnsteig. Mit dem nächsten Zug kam sie an, und mit Freude verkündete sie, alles abgegeben zu haben. Die Sache könne ihren Lauf nehmen.

– Das wird sicher Monate dauern.

– Im Institut werden wir es beschleunigen. Vergessen Sie nicht, es wird von einem Anwalt bearbeitet, abgesehen davon, dass unser Anwalt wie eine Bulldogge ist. Wenn er auf etwas beißt, lässt er so bald nicht wieder los. Was haben Sie heute gemacht?

– Ich habe meinen Cousin besucht und er hat mich in die Synagoge mitgenommen.

– War es gut mit ihm?

– Ja, sogar die Orgel durfte ich ausprobieren. Gehen wir morgen Häuser anschauen?

– Ja, wir gehen. Noch heute Abend werde ich Johannes den Autoschlüssel abnehmen.

– Wenn er ihn aber nicht hergibt? – Maria sah Elisabeth verständnislos an.

– Das gibt es nicht, sonst kann er das Auto nicht haben. Er lamentiert und argumentiert, aber ist mit den Positionen im Klaren. Drei Häuser können wir anschauen. Sie sind nah beieinander. Ich werde bei den Taxis stehen, seien sie um halb acht dort.

– Ich werde dort sein. – Sie gingen Richtung Ausgang.

– Elisabeth, warum kamen Sie auf den Bahnsteig?

– Ich habe auf Sie gewartet. Was für ein Auto haben Sie?

– Einen roten Toyota Yaris, aber ich werde auch drinnen sitzen.

– Natürlich, es war wieder die Genauigkeit des Mathematikers, was dann in Debilität umschlagen kann!

– Nein, nur das genaue Wissen – lachte Maria. – Gute Nacht.

– Auf Wiedersehen bis morgen. – Im Bus realisierte Maria, wie diese gute Nacht schon wieder wie Spott klang. (Schrecklich!) Elisabeth fand Emy und Alois auf der Bank.

– Ist die Familie wieder beisammen?

– Nicht ganz –, stellte Alois fest – Willi fehlt noch. Ich schau nach ihm, vielleicht hat er sich schon irgendwo ausgestreckt. – Emy und Elisabeth blieben alleine.

– Emy, morgen werde ich lange weg sein. Ich gehe mit Maria zum See, um Häuser anzuschauen.

– Aber du wirst mich doch nicht verlassen?

– Nein. – Emy schmiegte sich an sie.

– Könnten wir heute Nacht nicht wieder auf der Bank bleiben? Es ist nicht so kalt und es regnet nicht. – Alois kam zurück.

– Er liegt dort unter den Büschen, auf den weggeworfenen Zigarettenkippen und dem Müll. Ich konnte ihn nicht einmal bewegen.

– Lass ihn wir wollen uns ausruhen so wie wir können. Emy will heute wieder auf der Bank bleiben.

– Bleiben wir, obwohl das Schlafen im Sitzen mit meinen langen Beinen nicht so einfach ist.

– Meine Beine sind auch nicht gerade kurz. Erinnert ihr euch noch, wie es ist, in einem Bett zu schlafen?

– Ich nicht mehr – entgegnete Emy.

– Gut – sagte Alois.

– Lass uns jetzt schlafen. – Emy schlief bald ein. Man hörte sie schnaufen. Auf der einen Seite wärmte sie Alois, auf der anderen Elisabeth. Sie kuschelte sich, zwischen ihnen wie ein Kätzchen. Alois schlief auch ein, nur Elisabeth konnte nicht schlafen. (Wie warm schon die Luft heute Nacht ist, dabei ist es erst Anfang April. Warum erwarte ich den morgigen Tag so? Nicht mein Haus suchen wir. Warum begleite ich Maria? Warum will sie, dass ich sie begleite? Warum, warum, warum? Es gibt zu viele offene „Warums". Ich warte auf etwas. Auf was warte ich denn? Heute sagte ich zu Peter, ich hätte meine Zukunft verloren. Warte ich auf ein Wunder, das sie mir zurückbringt, wie Emys Fee das tat? Obwohl die Fee ihr die Vergangenheit zurückbrachte. Ihre Geschichte werde ich morgen Maria erzählen. Ich bin gespannt, was sie dazu sagen wird. Lieber Gott, gib mir noch vor morgen früh etwas Schlaf, ein wenig Ruhe, ich bin müde. Spreche ich mit Gott?)

KARL

An dem nächsten Tag erwartete Anna Karl aus München zurück. Auch Paul konnte morgen aus dem Spital nach Hause kommen. Thomy hatte ihr Zimmer aufgeräumt und staubgesaugt. Mit Anna bezogen sie Pauls Bett neu. Thomy erwartete seinen Bruder, er wusste gar nicht, dass er ihn so vermissen würde.

– Thomy, was isst Paul gerne?

– Diese gewürzten, saftigen Hühnerbruststreifen mit Kartoffelbrei und Kirschenstrudel.

– Das werde ich für ihn kochen, jedoch Kirschen gibt es noch nicht. Wie wäre es mit Kirschen Kompott?

– Das ist auch gut.

– Morgen Vormittag werde ich ihn abholen.

– Ich will auch mitkommen!

– Du hast doch Schule.

– Ich komme trotzdem mit.

– Dann komm mit.

Zu Mittag war Paul schon zu Hause. Er war noch bleich und konnte nicht schnell gehen, war aber sehr glücklich. Während Anna das Mittagessen kochte saßen die Buben auf Pauls Bett und spielten an dem Handy. Sie aßen in der Küche. Paul war entzückt über das feine Mittagessen.

– Bevor euer Vater kommt, sollte ich noch ein wenig schlafen.

– Leg' dich nur hin, wir waschen ab. – Anna meinte, nicht recht gehört zu haben.

– Ihr könnt abwaschen?

– Natürlich, im Kinderheim mussten wir auch abwaschen.

– Von nun an werden wir jeden Abend besprechen, was ihr zum Mittagessen wollt.

– Wir schreiben lieber eine Liste, die wir dann an den Küchenschrank kleben. – Anna legte sich hin. Thomy und Paul schrieben eine komplizierte Liste, mit allen ihren Wünschen, zwei Schranktüren voll.

Karl sprach weder mit Thomy noch mit Anna. Die Tatsache, wie sein Sohn und seine Lebensgefährtin zusammenhielten, störte ihn. So war ihm die dreitägige Reise nach München sehr willkommen. – Ein wenig weg von hier! – Er kam an, grüßte und erkundigte sich nach Paul. Nachher ging er zu ihm ins Zimmer. Anna folgte ihm.

– Geht es dir gut, Paul?

– Ja Papa, es war gut, nachhause zu kommen. Anna hat mir mein Lieblingsessen gekocht. – Karl schaute auf Thomy.

– Hast du ihn auch abgeholt? – Thomy starrte verlegen auf seine Schuhe, da er die Schule geschwänzt hatte.

– Ja, und ich war nicht in der Schule.

– Noch heute Abend werde ich deinen Lehrer anrufen und dich entschuldigen.

– Danke Papa.

– In zwei Tagen fahre ich nach Hamburg. Zum Wochenende könnte ich wieder zurück sein. Was haltet ihr aber davon, wenn ich dortbleibe und ihr am Donnerstag mir nachfliegt? Wir werden uns irgendwo einquartieren und schauen uns zum Beispiel im Hafen um. – Die Gefragten brachten vor Verwunderung kein Laut heraus. So was gab es noch nie. – Wollt ihr nicht?

– Doch, doch, doch! Fliegen wir? Gehen wir zusammen? Ich habe Angst vor dem Fliegen – sagte Paul.

– Ich auch! – bemerkte kleinlaut Thomy.

– Anna wird bei euch sein.

– Was das betrifft, bin ich auch noch nie geflogen.

– Dann fürchtet euch zu dritt und haltet euch an den Händen, bis euch die Angst langweilt! Thomy, Paul wie wäre es, wenn ich Anna heiraten würde? – Die beiden brachen in ein solches Freudengebrüll aus, dass die Fensterscheiben klirrten.

– Hurra! Wir haben dann auch eine Mutter! Wir werden eine Familie sein.

– Könnte ich vielleicht auch etwas dazu sagen? – warf Anna ein.

– Du wirst doch nicht nein sagen, oder? – flehte Paul sie an. Anna blickte auf die beiden aufgeregten Kinder. (Was würde sich ändern? Nichts. Vielleicht wäre es sogar besser. Die Kinder lieben mich und auch Karl auf seine Weise. Sie hängen an mir. Gordon hatte ich sehr geliebt und was war das Ergebnis? Emy.)

– Ich sage ja und werde es mit Papa besprechen. – Daraufhin sprang Paul aus dem Bett und umarmte und küsste sie, wo er nur konnte. Thomy überfiel sie von der anderen Seite. Dann umarmten sich die Buben und sprangen im Zimmer herum, den Siegesgesang der Fußballspieler grölend, solange, bis Pauls Operationsnarbe weh tat. Karl und Anna flohen aus dem Zimmer. Der Nachbar von unten klopfte schon mit dem Besenstiel an die Decke.

– Jetzt sind sie in dem Alter, wo man ihnen schon mehr bieten sollte – stellte Karl fest.

– Sie sind schon längstens in dem Alter, wo man ihnen etwas hätte bieten sollen.

– Anna, die Buben lieben dich sehr.

– Das weiß ich und ich liebe sie auch.

– Ich liebe dich, auch Anna. Nie habe ich dich betrogen. Jede mir denkbare Freiheit habe ich dir gelassen. Suche Emy.

– Ich werde sehen.

– Hast du einen Wunsch?

– Lass uns das Schlafzimmer neu einrichten.

– Suche die Möbel aus, das was dir gefällt. Komm –, sagte er und nahm Annas Hand. Sie wussten nicht, dass Thomy und Paul in einem Bett zusammengekuschelt lagen. Paul weinte noch ein bisschen, weil er so glücklich war.

DIE HAUSSUCHE

Sehr früh am Morgen zog sich Elisabeth im Waschraum an. Für den Ausflug wählte sie die rostbraune Hose und die gelbe Bluse. Kurz nach sieben stand sie schon in der Nähe des Taxistandes. (Vielleicht kommt Maria früher.) Fünf Minuten vor halb acht kam sie an. Sie fuhren aus der Stadt heraus. Auf der Autobahn war viel Verkehr.

– Bei Kápolnásnyék gehe ich von der Autobahn, dann wird es ruhiger. Ich möchte Emys Geschichte hören und bin neugierig auf meine Rolle.

– Hat Johannes den Autoschlüssel bereitwillig ausgeliefert?

– Ja, aber er meckerte noch ein wenig herum. Ich sagte ihm noch einmal, dass ich jetzt das Auto mehr brauchen werde.

– Sie fahren wirklich sehr gut, Maria. Wo gehen wir jetzt hin?

– Zuerst nach Velencefürdő, in ein Immobilienbüro, dort holen wir den Schlüssel ab. Das Haus steht an der Grenze von Velencefürdő und Gárdony. Dieses Haus liegt auf unserem Weg am nächsten. – Sie holten den Schlüssel.

In der Beschreibung hieß es, das Haus stünde auf einem doppelten Grundstück und das Dachgeschoss sei ausgebaut. Die ganze Gegend war im Stil, beziehungsweise in der Stillosigkeit der Siebzigerjahre bebaut worden. Kleine, selbst gebaute Häuschen, mit allem, was dem Geschmack und den Möglichkeiten der Menschen entsprach. Es war, wie wenn das ungarische Volk damals den „Do it your self"-Kurs in Europa begonnen hätte: Farbig angestrichene, in verschiedene Formen geschweißte, Eisen Häge, mit Kacheln ausgelegte Wände, liebevoll gepflanzte Büsche und Bäume. Das Ganze hatte etwas Rührendes, aber ein Architekt hätte von dem Anblick Gallensteine bekommen.

– Von dieser braunen Ölfarbe, die sie überall verwendeten, bekomme ich Durchfall – bemerkte Maria.

– Vielleicht gab es nichts Anderes. Hier haben die ärmeren Menschen gebaut.

– Wahrscheinlich haben sie recht. – Vor den kleinen Häusern, näher am See, standen auf neu erschlossenen Parzellen sinnlose, den maurischen Stil imitierende Villen-Monster, mit Türmchen und Balkonen und überflüssig bebauter Grundfläche. Sie gingen durch das eiserne Tor in den verwilderten, mit Unkraut überwucherten Garten. In seiner Mitte stand eine wunderbare Schwarzpappel.

– Bis jetzt ist dieser Baum das Beste, aber wegen eines Baumes kaufe ich kein Haus. Ich will nicht in einer Hundehütte wohnen.

– Eine Hundehütte hat kein so zuckerhutartiges Dach – lachte Elisabeth.

– Sie haben später auf ein Flachdach, der Grundfläche entsprechend, den oberen Teil aufgebaut, in der Mitte schön hoch, damit sie Platz hatten für die hochgewachsenen, stehend schlafenden Gäste.

– Aber schauen wir es doch auch von innen an. – Das Innere des Hauses entsprach dem Äußerem.

– Hier haben wir nichts verloren. Wir bringen den Schlüssel zurück.

– Was ist das Nächste? – erkundigte sich Elisabeth.

– In der Nähe des Agarder Pop-Strandes ein neueres, größeres Haus. Der Besitzer erwartet uns dort. Ich werde anrufen. – Maria vereinbarte ein Treffen auf halb elf. Sie brachten den Schlüssel zurück und hatten noch Zeit, aber nicht genug, um einen Kaffee zu trinken.

– Nachher gehen wir Mittagessen. Haben Sie Fisch gerne, Elisabeth?

– Ja, nur Fischsuppe aus Karpfen nicht.

– Man kann auch Forelle haben, hier ist ein Fisch-Restaurant, der „Hai".

– „Hai", hier? Mir scheint, hier gibt es bei überall Schwierigkeiten mit den Maßen!

– Das Gebäude hat wegen seines Aussehens diesen Namen erhalten.

In Agard erwartete sie der Besitzer schon beim Haus. Er war ein kleiner Herr mit Glatze und sich rundendem Bierbauch. Dienstbeflissen öffnete er die Türen des Autos.

– Küss' die Hand, die Damen, kommen sie herein, ich bin Béla Varga – stellte er sich vor. Sie gaben ihm auch die Hand und sagten ihren Namen. Er geleitete sie in das Haus.

– Wünschen sie eine Erfrischung nach der Fahrt? Es hat Fruchtsäfte, Mineralwasser, ich kann aber auch Kaffee kochen.

– Danke, einen Kaffee und etwas Wasser würden wir gerne annehmen – bedankte sich Maria für die Einladung.

– Nehmen sie doch Platz am Esstisch. – Sie setzten sich und konnten so in Ruhe sich umschauen. Die Küche, das Wohnzimmer und der Essbereich waren ein großer Raum. Das ganze Haus glänzte vor Sauberkeit. Der scharfe Geruch des Putzmittels mischte sich mit nach Tanne duftendem Lufterfrischer. Auf den Küchenschränken wechselten die Farben rosenrot, froschgrün und zitronengelb sich ab. Unter dem glänzenden verchromten Pult war die Abwaschmaschine. Ein großer, roter Kühlschrank stand neben dem Elektroherd mit Glaskeramik Platten. Der Esstisch war aus Glas und darunter sah man seine Aluminium Beine. Sie saßen auf Stühlen von gebogenem Plexiglas. Die größte Wand, des Wohnbereiches hatte eine paprikarote Tapete und diagonal verlaufende, orange Streifen durchteilten die Fläche. Alle übrigen Wände waren weiß. Auf einer hing ein großformatiges Ölbild, das ruinenhafte Fabrikgebäude in schwarz und grau darstellte. Gegenüber dem beachtlichen Flachbildfernseher stand die Eckgarnitur aus weichem, silbergrauen Plüsch. Sie sah aus wie ein im Koma liegender Elefant. Herr Varga brachte den Kaffee und setzte sich zu ihnen.

– Meine Frau Bianka hat alles eingerichtet. Sie wollte es geschmackvoll und praktisch machen. Sie hat einen sehr guten Geschmack. Es waren schon Interessenten aus Österreich da und sie waren entzückt. Das Inserat ist auch auf dem Internet. Viele Menschen werden angesprochen. Es gibt zwei Badezimmer und ein WC. Das Gästezimmer ist hier unten mit Duschkabine. Im Keller sind die Waschmaschine und der Trockner. Dort unten ist auch die Tiefkühltruhe von 200 Liter Fassungsvermögen. Die Garage ist elektronisch zu bedienen. Unter dem Dach sind drei Schlafzimmer und die Bäder.

– Wir werden alles anschauen, Herr Varga.

– Was ist das Baumaterial? – erkundigte sich Elisabeth.

– Betonplatten, mit dem besten Abdichtmaterial auf Polyesterbasis verfugt. Man spritzt es in die Ritzen, es bleibt keine Spalte, es gibt keinen Durchzug und man hört nichts von außen her. Deswegen ist auch die Klimaanlage montiert. Man muss kein Fenster öffnen, nur die Temperatur einstellen.

– Wo fließt das Abwasser hin?

– Vorläufig noch in den See, wird aber vorher gereinigt. Eine große Kläranlage ist schon in Planung. – Maria stand auf.

– Wir werden jetzt das Haus anschauen.

– Gehen sie nur und lassen sie sich Zeit, ich werde hier unten sein. – Im Keller war nicht viel zu sehen, außer, dass er groß und sauber war. Die Tiefkühltruhe beherrschte den Raum.

– Darin hat sogar eine Leiche Platz – bemerkte Maria trocken.

– Arsen und Spitzenhäubchen? – lachte Elisabeth.

– Die wurden doch im Keller vergraben!

– Also doch nicht Panama! – Das Obergeschoss war spannend. Zuerst schauten sie die Badezimmer an. Eins war in tiefem Meeresblau gestaltet. Muntere Fischlein und Tintenfische tummelten sich auf den Kacheln. Die Abschlussleisten zeigten geöffnete Muscheln mit jeweils einer Perle in ihrem Innern. Das andere war in vornehmem Elfenbein gehalten, mit Purpur und Gold verziert. Sogar die Wasserhähne waren golden.

– Man kann entweder ein Erlebnis im Tiefseetauchen haben oder den sinnlichen Genuss von Kleopatras täglichem Bad in der Eselsmilch –, spottete Maria.

– Ich kann beim Milchbaden mit dem besten Willen nicht das Prinzip der Reinigung entdecken.

– Es ist auch nicht dafür da, sondern für die Schönheit!

– Dann sind die beiden Bäder natürlich klar. Zuerst das Meerwasser, dann die Milch und anschließend wird das ganze klebrige Zeug unten in der Duschkabine abgewaschen – faste Elisabeth die logische Nutzung zusammen.

– Und dann, ab in die Kühltruhe, damit es lange anhält – ergänzte Maria den Prozess – nun kommen die Schlafzimmer dran. Das ist das größte. – Die Wände waren mit einer dem Dschungel nachempfundenen Tapete belegt, sie bedeckte sogar die Zimmerdecke. Hinter giftgrünen, fleischigen Blättern lugten Affen neugierig hervor. Über riesige rote Blumen flatterten Kolibris. Unten in der Ecke blickte ein blutrünstiger Jaguar auf die Schlafenden.

– Biankas guter Geschmack – murmelte Maria.

– Für sie kann es gut sein, aber ich bekomme Brechreiz davon.

– Vor dem Mittagessen trinken wir einen Magenbitter. – Die anderen Zimmer waren kleiner und einfacher in der Ausstattung. Das eine mit hellblauer Tapete und weißem Spitzenmuster. Daneben eins mit grasgrünen Wänden und blauen Tür- und Fensterrahmen.

– Bianka hat an alles gedacht, hier eins für das romantische Mädchen und dazu eins für den Jungen mit dem Rollbrett. – Sie gingen wieder zum Hausherrn zurück und setzten sich zu ihm.

– Vielen Dank für die Gelegenheit, Herr Varga. Wie ist der Preis für das Haus – erkundigte sich Maria.

– Zweiunddreißig Millionen. Es ist alles neu, allein die Dschungeltapete hat dreihundert Tausend gekostet.

– Ja, es ist des Geldes wert, aber für meinen Anspruch ist das Haus zu groß. Eine Familie müsste hier wohnen.

– Da sie es auf dem Internet haben und auch ausländische Kunden, werden sie es verkaufen können – lächelte ihn Elisabeth beim Abschied zu. Maria wünschte ihm noch viel Erfolg beim Verkauf und sie fuhren los. Nach einer kurzen Strecke bog Maria zum See hinunter, hielt an und sie stiegen aus.

– Nach diesem Wunder von Vargas brauche ich frische Luft. – Sie spazierten über den grün-grau kräuselnden Wasserspiegel des Sees hinaus bis zum Ende des Steges. Elisabeth seufzte:

– Lieber eine Lehmhütte mit Strohdach, als Biankas guter Geschmack. Und das sagt eine Obdachlose! – Sie lachten.

– Jetzt kommt genau das. Ein altes Bauernhaus mit Rieddach. Aber wir wollen doch erst Mittagessen gehen. Ich möchte dabei Emys Geschichte hören.

Sie saßen im „Hai", bestellten gegrillte Forelle und viel Salat. Elisabeth erzählte und Maria hörte aufmerksam zu. Manchmal nahm sie einen Bissen, aber Elisabeth kam kaum wirklich zum Essen. Als sie fertig war, schaute sie Maria fragend an.

– Sogar mich verzaubert die Geschichte, obwohl ich Emy nicht kenne. Das ist erstaunlich. Es tönt wie ein vollkommen identisches Geschehen aus der damaligen Zeit. Woher sollte sie die irischen Wolfstöter-Hunde kennen oder die Betten für mehrere Personen, die Namen, die Verhältnisse? Ich kann nichts dazu sagen, aber ich habe schon so viel gesehen und erlebt, dass ich die Idee der Reinkarnation nicht ausschließe. In der westlichen Esoterik heißt, dass es zwischen jeder wesentlichen Inkarnation tausend Jahre vergehen. König Balduin hat etwa vor tausend Jahren gelebt.

– Mir erging es auch so und ich glaube den anderen auch.

– Fahren wir jetzt zum nächsten Haus? Kaffee trinken können wir anschließend.

ZU HAUSE

Sie umfuhren den See und suchten das Haus auf der hügeligen Seite in Sukoró. Es lag erhöht auf dem Berghang. Die Besitzer wohnten nebenan. Hinter dem Gartenhang bellte wild ein weißer Puli. Eine junge Mutter mit ihrem Kind auf dem Arm kam zu ihnen.

– Sei still, Pajti! – sagte sie zum Hund. Maria stellte sich vor. – Es war das Haus meiner Eltern, hier nebenan. Meine Mutter ist im Januar gestorben und wir haben es noch nicht ausgeräumt. Ein Ziehbrunnen gehört dazu, früher holte man das Wasser von dort. Aber das Nötigste wie die Elektrizität, die Wasserversorgung und die Kanalisation wurden schon vor zehn Jahren gemacht. Das Dach ist noch das alte Rieddach. Hier ist der Schlüssel. – Und sie reichte Maria einen großen, eisernen Schlüssel. – Schauen sie alles an, mich finden sie hier. Sie gingen durch das silbergrau ausgeblichene Holztor und kamen in den Hof. Das niedrige, rietbedeckte Haus mit der Bogen-Terrasse stand etwas nach hinten versetzt. Der ehemalige Stall war im rechten Winkel dazu gebaut. Das Haus war weiß gestrichen, in der Mitte die grüne Türe und je zwei Fenster auf beiden Seiten. Hinter dem Grundstück fiel das Gelände sanft den Hang abwärts. Bevor es den Berg herunterging, stand ein stattlicher Nussbaum mit einem grob gezimmerten Holztisch und Bänken darunter. Sie setzten sich und betrachteten die Aussicht, die weit über den See bis auf das andere Ufer sich ihnen öffnete. Das Grün des Frühlings jauchzte, die biegsamen, gelben Äste der Trauerweiden schaukelten im sanften Wind. Über dem See lag Dunst und hoch oben auf dem Himmelszelt segelten weiße Schäfchenwolken. Schweigend saßen sie nebeneinander. In Marias Seele wurde die Erinnerung an die gekannten, geliebten Orte der Vergangenheit wach, Landschaften, Menschen, Gerüche. (Ich bin zu Hause, ich bin nach Hause gekommen!) Elisabeth nahm mit weit geöffneten Augen den Anblick in sich auf. Sie wurde von allem umarmt, von allem geliebt: Der glänzende Wasserspiegel des Sees, das laute Grün des Schilfes, die blonden Haarkronen der Trauerweiden, die Bienen über den Blüten der Fruchtbäume, alles, alles begrüßte sie, jubelte ihr zu, sogar die weißen, runden Wolken am Himmel. Marias Stimme holte sie zurück auf die Bank.

– Hier kann man auch Tiere halten.

– Wird es auch Hühner geben? Die kann man füttern. – Maria schaute von der Seite Elisabeths Gesicht an. Das Frühlingslicht überflutete es. Ihre Augen, diese großen, grauen Augen, die manchmal so blickten als wären sie aus Eis, waren jetzt weit geöffnet und spiegelten das Blau des Himmels. Sie waren wie staunende Kinderaugen, die auf das Klingeln des Weihnachtsengels warten, auf den lichten Baum hinter der Tür in einem warmen, nach Zucker duftenden Zimmer. Maria tat etwas, was sie sich gestern noch nicht hätte vorstellen können. Sie schmiegte ihr Gesicht an Elisabeths und sagte weinend:

– Du kannst auch Tauben halten, es wird einen Taubenschlag geben. Füttere sie.

– Habe ich doch eine Zukunft? – fragte Elisabeth weinend.

– Ja, wenn du willst mit mir. Für mich aber kaufe ich zwei Truthähne, sie sollen sich anstatt mir ärgern.

– Kaufe noch Schafe, dann muss das Gras nicht gemäht werden.

– Es wäre zu überlegen. Komm, wir gehen herein, das Haus haben wir noch nicht gesehen. – Maria öffnete die Tür mit dem großen Schlüssel und sie traten in die Küche. Sie war geräumig, ein alter Küchenschrank und ein Holzofen standen drin. Auch eine niedrige Bank mit den Wassereimern war noch da. Zwei mit Kettenstich bestickte Bilder hingen über dem Küchentisch an der Wand, eins rot und das andere blau, mit einem sinnigen Spruch, der mit Rosen umrahmt war, und dümmlich lächelnde pausbäckige Gestalten mit schiefen Gesichtern. Aluminiumtöpfe, Teller mit abgeschlagenem Rand, eine rote Kaffeetasse mit weißen Punkten und Glasbecher mit Fuß in Gesellschaft einiger Blechtassen. Alles war alt, gebraucht und billig. Aber auf allem haftete die Atmosphäre des Heimatlichen. Links von der Küche ging es in ein großes Zimmer mit drei Fenstern. Auf dem Fensterbrett standen Nelken in Töpfen. Eine altmodische Vitrine mit Porzellanfiguren und den Fotos der Familie war das Prachtstück des Zimmers. In der Ecke standen zwei niedrige Sessel neben einem mit Spitzendecke bedeckten Tischchen. An der Wand hingen Gobelins, eine billige eingerahmte Reproduktion vom Meer und ein scheußliches Öl-Geschmiere zeigte einen Hund. An den Fenstern flatterten kleine, weiße Vorhänge. Alles war so lieb, so nett.

– Aus dem könnte man ein schönes Zimmer machen. Ich habe einfache, helle Möbel, weil ich überschaubare Formen mag, auch einen alten Perserteppich, der genau die richtigen Masse hierfür hat.

– Aber pass auf bei dem Holzofen, es sollte nichts Brennbares in seiner Nähe sein.

– Ich glaube, ein Kachelofen, der durch die Wand gebaut ist und auch das andere Zimmer heizt, soll her.

– Wäre sicher besser.

– In dem hinteren Teil, weit genug entfernt vom Ofen
und auch von den Fenstern, kommt der Flügel hin.

– Wirst du auch einen Flügel haben? – Elisabeths Augen leuchteten auf.

– Vielleicht spielt jemand auf dem Flügel? – blinzelte
Maria sie verschmitzt an.

– Maria, ein guter Flügel ist sehr teuer.

– Wir werden ihn auf Raten kaufen, auch schon allein
deshalb ist ein billigeres Haus besser. Die Renovierung
der Innenräume machen wir selber. Im Sommer können
uns Johannes und Patrizia auch helfen.

– Emy und Alois auch. Alois ist gelernter Maurer und
Emy macht, was man ihr sagt.

– Wir werden einen schönen Sommer haben, Elisabeth!

– Ja einen sehr schönen, aber das andere Zimmer haben wir noch nicht gesehen. – Dieses Zimmer war etwas
kleiner, aber nicht zu klein. In der Mitte standen zwei
Betten aus poliertem braunen Holz mit hohem Kopf- und
Fuß-Teil. Billige Flickteppiche lagen auf breiten Dielen
aus Tannenholz. Auf dem großen ebenfalls braunen Kleiderschrank stand Eingemachtes in Gläsern und es roch
nach Äpfeln. Elisabeth schaute die Betten an.

– Wie lange schlief ich nicht mehr in einem Bett!

– Wenn du dich davor nicht ekelst, leg dich hin und
schlafe. Unterdessen gehe ich den Vorverkauf in der Nachbarschaft besprechen.

– Willst du das Haus kaufen?

– Ja.

– Willst du nicht weitersuchen? Nicht einmal den Preis weißt du.

– Das ist mir egal, ich will es kaufen! – Elisabeth legte sich oben auf das Bett. Es war etwas kühl. Sie nahm das Kissen und die Decke aus dem anderen Bett und deckte sich zu. Bevor sie einschlief dachte sie an Emy: – Was wird mit ihr?

Nach einer Stunde kam Maria in das Zimmer. Elisabeth schlief noch. Nur die eine Seite ihres Gesichts sah sie unter der Decke. Sie brachte es nicht übers Herz, sie zu wecken. (Dieses magere, bleiche Gesicht, ihre grauen Augen blicken jetzt nach innen.) Sie ging hinaus und begann, das Grundstück zu erforschen. Auf einer kleinen Fläche standen verwilderte Rebstöcke: Obstbäume, Apfel-, Birnen- und Pflaumenbäume. Und siehe da zwei Mandelbäume. Die Algarve fiel ihr ein in Süd Portugal, auch Quitten, sie mochte Quitten in jeder Art. Dann ging sie zum Nussbaum und setzte sich auf die Bank. Sie schaute den langsam abendlich werdenden Himmel über dem See an. (Dieses Haus war nicht teuer. Das Dach muss ausgewechselt werden. Das Bad könnte man in der ehemaligen Speiskammer ausbauen, ein Gasherd noch dazu, eine Waschmaschine habe ich, die werde ich mitbringen. Was die Küche betrifft, das sollte ich mit Elisabeth besprechen. Die alten Möbel könnte man zum Teil behalten, schön ablaugen, schleifen und ausbessern. Den Stall richten wir für die Besucher, für die Kinder her. Wir brauchen doch keine Schafe.)

Elisabeth wachte auf und wusste nicht, wo sie war. Sie schaute sich im Zimmer um. Hinter dem Bett an der Wand hing ein Bild in ovalem, vergoldeten Rahmen. Es zeigte Jesus als guten Hirten. Inmitten blauwolliger Schafe saß er, auf seinen gekrümmten Hirtenstab gestützt, die Augen andächtig gegen den, mondbeschienen Himmel gewendet. (Dieses Bild ist so kitschig, dass wir es behalten sollten.) Auf ihr lag das pralle Federbett und ihr Kopf war tief in das Kissen eingesunken. Sie lag auf einem gestreiften Strohsack und bemühte sich, aus der vielfältigen Weichheit heraus zu kommen. (Zur Vollkommenheit fehlt jetzt nur noch, dass ich nicht in den Kleidern schlafe!) Schlaftrunken ging sie auf den Hof, um Maria zu suchen. Diese saß unter dem Nussbaum auf der Bank. Elisabeth ließ sich neben sie auf die Bank fallen.

– Wie lange habe ich geschlafen? Ach, habe ich Durst!

– Etwa zwei Stunden. Im Auto ist eine Flasche Mineralwasser, dürfte allerdings ziemlich warm sein.

– Wieso hast du mich so lange schlafen lassen?

– Du sahst sehr müde aus. Ich habe unterdessen den Vorverkauf erledigt und von der Bank Geld für eine Anzahlung geholt. Dann habe ich mir den Garten weiter unten angeschaut und denk dir, wir haben auch zwei Mandelbäume. In Süd- Portugal gibt es ganze Plantagen davon. Sie blühen im Februar, es ist ein Feen-Wald. Dort machen sie das beste Marzipan der Welt.

– Wir werden hingehen, um Marzipan zu essen.

– Wenn du aber gute kandierte Früchte essen willst, musst du nach Andorra.

– Gut, wir essen uns durch Europa – lachte Elisabeth.

– Komm, wir gehen jetzt nach Weißenburg zum Kaffeetrinken. Dort gibt es auch eine gute Konditorei. – Sie brachen auf, blickten noch einmal zum Haus zurück. Auf den Fenstern glänzte das Abendlicht, es schien ihnen zu zuzwinkern: – Kommt bald wieder!

– Ich muss noch schnell ins Institut gehen, du kannst mitkommen, dann siehst du es gleich.

– Maria, wieviel hat das Haus gekostet?

– Fünfeinhalb Millionen.

– Hast du so viel Geld?

– Nein, aber, wenn ich eine Bestätigung bringe von der Summe, die mir nach Ludwig zusteht, gewährt mir die Bank Kredit. Außerdem habe ich auch noch meinen Lohn.

– Hast du keine Angst, dass etwas schiefgehen könnte?

– Nein, ich bin gewöhnt, schnelle Entscheidungen zu treffen. Die größeren Verbesserungen können wir erst nach Ludwigs Geld machen lassen. Wir werden dann den Holzboden, die Bodenplatten und die Kacheln aussuchen gehen. Das Klavier kannst nur du suchen, aber ich werde mit dir kommen. Du sagst auch, was du gerne als Wandfarbe hättest. – Elisabeth schwieg, sie konnte Marias Begeisterung nicht teilen. – Warum schweigst du? Willst du dieses Haus nicht?

– Doch und ob, aber was bringe ich in das Haus außer meinem Rucksack und den beiden Hosen mit? Du sprichst mit mir als ob wir zwei gleichberechtigte Partner wären. Ich will keine Almosen. Ich habe noch nie gebettelt, lieber hungerte ich. – Maria taten Elisabeths Worte weh, aber sie überlegte, was sie hörte.

– Elisabeth, warum hängst du so an Emy? Warum hast du deine Tochter nie gesucht? Kompensierst du in der Gegenwart, die Vergangenheit? Du nimmst das Geld von deinem Mann an. Natürlich musst du nicht betteln. Das Judentum gehört auch zu dir, ob du es willst oder nicht. Warum hast du Siegfried und mich gefunden? Wir hängen auch an dir. Da gibt es nur eine Erklärung, Emys Burggeschichte. Weil wir zusammengehören. Komm, wir gehen jetzt in mein Büro, ich muss zwei Dossiers mitnehmen, damit ich sie heute Nacht noch durchsehen kann.

Der Nachtportier ließ Maria in das Institut ein, ihr Büro öffnete sie mit dem eigenen Schlüssel. Sie nahm schnell die beiden Dossiers von dem Stapel, der sich auf ihrem Tisch auftürmte und sie gingen wieder.

– Lass uns jetzt Kaffee trinken gehen. – Elisabeth sagte noch immer nichts. Sie setzten sich und Maria bestellte. – Wenn du jetzt dann deine Rente hast und bei uns arbeitest, wirst du auch Geld haben. Zahle die Raten für das Klavier und kaufe dir die Tauben. Die Haushaltungskosten werden wir aufteilen, soweit dein Geld reicht, den Rest zahle ich. Du fragtest, wie du es ausgleichen wirst, was ich tue? Indem du Klavier spielst oder kochst.

– Ich kann nicht kochen. – Maria lachte und zog ihren Kopf zu sich heran.

– Du wirst es lernen, Frau Professor. Es gibt auch Kochbücher und das Internet.

– Ich habe nur den Doktor!

– Das reicht schon, um kochen zu lernen. Wenn etwas schnell fertig sein muss, so koche ich.

– Ich habe auch Neuigkeiten. Alois suchte nach vier Jahren seine Mutter auf und nahm dann Emy mit zu ihr. Es scheint, als ob seine Mutter sehr krank wäre. Sie haben sie heute ins Spital begleitet. Am Abend werde ich erfahren, was los ist.

– Warum ziehen sie nicht zu ihr, wenn sie helfen könnten? Warum arbeitet Alois nicht? Du hast gesagt, er ist Maurer. Er ist ein gesunder, kräftiger junger Mann.

– Er wollte bisher Emy nicht alleine auf der Straße lassen.

– Emy könnte bei seiner Mutter sein, während er arbeitet.

– Emy will nicht ohne mich leben.

– Müsst ihr denn im Dreck, in der Kälte und im Durchzug zusammen sein? Seid doch am Tag zusammen, du kannst sie bestimmt besuchen. Im Sommer kommen wir mit ihnen an den Wochenenden und in den Ferien hierher. Johannes und Patrizia können auch helfen. Weißt du, wie schön es mit ihnen wird? Sie müssen auch nicht den ganzen Tag arbeiten und können zwischendurch baden gehen. Je schneller wir das Haus renovieren, umso besser ist es. Alois kann Johannes das Verputzen beibringen. Patrizia soll ruhig im Garten arbeiten, es wird ihnen guttun. Du glaubst nicht, wie intellektuell wasserköpfig die beiden sind! Aber alle müssen sich an den Stil meines Sohnes gewöhnen.

– Maria, gestern sagte ich zu Peter, wie damals in Auschwitz vor den Brennöfen, in die sie meine kleinen Geschwister warfen, etwas in mir zerbrochen war. Ich verlor meine Zukunft. – Maria neigte den Kopf und kämpfte wieder mit den Tränen. (Heute habe ich mehr geweint, als während den letzten zehn Jahre.)

– Es ist schrecklich, ich weiß, Elisabeth, schrecklich und es ist auch kein Trost, aber wie viele Millionen Menschen haben sie dort ermordet. Deine Eltern kamen mit dem Leben davon und du wurdest ihnen geboren, du warst das große Gottesgeschenk für sie. Ihr hattet euer Leben. Ist das nichts? Ich habe so viel Elend und Armut gesehen. Aber der Mensch kann sich auch in den schlimmsten Verhältnissen freuen und hängt am Leben. Nur auf der Erde kann man lieben und glücklich sein. Ich predige dir? Dir, die du um vieles gescheiter bist als ich, aber ich liebe dich und weiß auch nicht, warum. – Sie sagte nichts mehr. Tränen flossen über ihr Gesicht und sie lächelte dabei. Elisabeth war erschüttert über das Geständnis.

Sie schaute Maria an. (Wie kann sie weinen und lächeln zugleich? Wo habe ich diesen Ausdruck schon gesehen? Ja, auf den Gesichtern der Skulpturen von gotischen Kathedralen.)

– Du kennst mich noch gar nicht.

– Nein und ja, ich kannte dich schon immer. Mit Ludwigs Tod starb in mir die Liebe. Jetzt kann ich wieder, lieben. Gibt es ein größeres Geschenk auf der Welt? Du gibst mir Leben. – Elisabeth konnte nicht antworten und fragte nur:

– Kehren wir zurück nach Budapest?

– Gehen wir. – Je näher sie an den Südbahnhof kamen, umso schwerer fiel ihnen die Trennung.

– Elisabeth, es ist für mich sehr schwer, dich hier abzusetzen.

– Ich weiß, dieses Leben halte ich auch nicht mehr lange aus. – Bevor sie ausstieg, schmiegte nun sie ihr Gesicht an Marias. – Ich danke dir für alles. Ich liebe dich auch und weiß nicht, warum. – Sie nahm ihren Rucksack und ging. Maria schaute ihr nach bis ein Taxifahrer hinter ihr hupte: – Sie solle gefälligst von ihrem Platz wegfahren!

MARIA ZU HAUSE

Als Maria zu Hause ankam, fand sie Johannes und Patrizia auf Johannes Bett in trauter Zweisamkeit vor dem Laptop sitzen.

– Hallo, ich bin wieder da!

– Hallo Mama, heute bist du aber spät dran. Kochst du noch etwas?

– Nein, ich muss noch arbeiten.

– Was hast du bis jetzt getan?

– Ich sagte dir doch, dass ich auf Haussuche gehe, darum brauchte ich das Auto.

– Und?

– Ich habe eins gefunden und gekauft. – Beide schauten sie bestürzt an.

– Als Ferienhaus?

– Nein, für den Herbst, um dort zu wohnen.

– Wo?

– In Sukoró.

– Wo ist das?

– Auf der hügeligen Seite des Velencäer Sees.

– Aha, dort wo sie Sämi gefunden haben?

– Ihn traf ich nicht, nur eine Frau Schmied.

– Sämi ist ein sehr alter Schädel, den sie bei einer Ausgrabung fanden. Ein steinzeitlicher Fund – gab Patrizia bereitwillig Auskunft.

– Aber du wohnst doch jetzt hier! Mama, ich hätte nicht gedacht, du würdest irgendwo „hinter Gottes Rücken," alleine wohnen gehen.

– Es ist vierzig Minuten von Budapest entfernt, und zwanzig von Weißenburg so viel zum „hinter Gottes Rücken" und nicht alleine.

– Hörst du, Patrizia! Mutters geheime Verhältnisse.

– Warum nicht? Sie kann doch auch neue Bekanntschaften haben. Hoffentlich ein zu ihr passender, reicher Mann.

– Es ist kein Mann und schon gar nicht reich, sie ist eine Frau, aber passt zu mir. Übrigens, ich rechne mit euch im Sommer bei der Renovierung.

– Mit uns? Wir können doch gar nichts.

– Du wirst unter der Leitung eines gelernten Maurers arbeiten.

– Und ich? – erkundigte sich Patrizia.

– Du wirst, zum Beispiel, mit Emy im Garten hacken.

– Beim Hacken fällt ihr die Brille herunter – wandte Johannes ein.

– Dann soll sie sie mit einem Gummiband am Kopf festbinden.

– Wir wollten aber im Sommer zum Plattensee gehen!

– Man kann dort auch baden. Aber ihr könnt schon gehen, allerdings ohne Auto und ich kann euch kein Geld geben, weil ich es für die Arbeiter brauche.

– Natürlich helfen wir, Anna-Maria.

– Mama, wie viele Zimmer hat das Haus?

– Zwei.

– Wo werden wir schlafen?

– Im Stall mit den anderen oder in einem der Zimmer, ich weiß es noch nicht.

– Das sind Aussichten!

– Übrigens, es gibt dort kein Internet.

– Wie kann man ohne Internet leben?

– Irgendwie hat es die Menschheit Jahrtausende lang geschafft, dann werdet ihr es auch sechs Wochen lang können. Gute Nacht, morgen kannst du das Auto haben, Johannes.

– Gute Nacht, Mama.

– Gute Nacht, Anna-Maria. – Maria ging in ihr Zimmer, um die Dossiers durchzusehen. Die konzentrierte Arbeit fiel ihr schwer. Immer wieder tauchten die Bilder des Tages in ihr auf. (Es war viel! Was geschah heute wirklich? Alles ging plötzlich so schnell. Ich habe Elisabeth gefunden.)

Johannes und Patrizia blieben auf dem Bett sitzen.

– Pat, ich kenne meine Mutter noch immer nicht.

– Sie ist sehr selbstständig, aber ihrer Selbstständigkeit kannst du es verdanken, dass aus dir etwas geworden ist.

– Ich weiß es und ich liebe sie sehr. Im Grunde genommen bin ich froh, dass sie nicht alleine bleibt, wenn wir weggehen. Diese Frau, die sie getroffen hat, ist eine ganz spezielle Persönlichkeit. Aber ein Mann wäre doch besser.

– Wieso, wenn sie zusammengehören? Ist es nicht egal, ob es eine Frau oder ein Mann ist?

– Doch, komm näher. – Er legte den Laptop beiseite und umfasste ihre Schultern.

– Kannst du dich noch an deinen Vater erinnern, Johannes?

– Nicht so gut, ich war kaum fünf Jahre alt als er starb. Aber ich erinnere mich trotzdem ein wenig. Mir kam er damals sehr groß vor. Er hatte braune Haare und blaue Augen wie ich. Immer war er braun gebrannt und wenn er lachte, hatte er in seinen Augenwinkeln kleine Falten, und er lachte viel. Er hob mich hoch, schaukelte mich in der Luft und setzte mich dann auf seine Schultern. Dann spielten wir Pferdchen. Er galoppierte mit mir herum und nannte mich seinen kleinen Prinzen. Meine Mutter schaute uns zu. Ach Pat, ich kann ihren Blick nicht beschreiben! Dann galoppierte er zu ihr, zog sie an sich heran. Mit einer Hand umarmte er sie und mit der anderen hielt er mich fest. Abwechselnd küsste er ihren Kopf und meine kleinen Hände.

– Was hat Anna-Maria da gesagt?

– Nichts. Mein Vater segelte und war ein leidenschaftlicher Reiter. Meine Mutter war immer besorgt, es werde ihm etwas zustoßen und eines Tages wird er nicht mehr nach Hause kommen. Einmal kam er dann wirklich nicht nach Hause.

– Wie hat es Anna-Maria ertragen? Hatte sie nie mehr einen Freund oder Lebensgefährten?

– Nein, und nie sprach sie darüber, nur manchmal sah sie mich so an, wie wenn sie meinen Vater sehe. Das ertrug ich nicht. Ich rannte zu ihr hin, weinte, und barg mein Gesicht in ihrem Schoss. Dann streichelte sie mir den Kopf und sagte:

– Es wird alles gut werden, mein kleiner Sohn.

– Es ist auch gut geworden, Johannes. Du kannst dich glücklich schätzen, eine solche Mutter zu haben.

– Bin ich auch, aber auch, weil ich eine solche Gefährtin habe wie dich.

ALLES VERÄNDERT SICH

Emy und Alois begleiteten Kati für die Untersuchung ins Spital. Kati sah krank und arm aus. Unter einem dünnen, braunen Regenmantel trug sie eins von ihren früheren Kleidern, es war ein Graues nur war alles ihr zu weit. Doch sie ging mit Alois und Emy glücklich mit. Im großen Warteraum waren viele Menschen. Die Luft war stickig. Sie saßen auf harten orangenfarbigen Plastikstühlen.

– Habt ihr nicht Durst? – fragte sie Kati.

– Hast du Geld? – Kati kramte einige Hunderter und Zweihunderter aus ihrer Tasche.

– Tante Kati, willst du auch etwas trinken?

– Vielleicht einen Tee mit Zucker. – Sie gingen nach unten zum Büffet, kauften den Tee und zählten anschließend das restliche Geld. Es reichte noch gemeinsam für eine Fanta und für zwei Brezeln. Damit gingen sie zurück. Nach anderthalb Stunden wurde Kati zur Blutabnahme gerufen. Es war bald Mittag. Sie mussten in ein anderes Gebäude gehen, aber die Konsultation begann erst um zwei Uhr. Kati zog eine Nummer und sie warteten. Vom vielen Sitzen wurden sie langsam müde. Alois ging, um sich ein wenig im Spital umzuschauen und um die Beine zu vertreten. Nachher ging Emy los. In der Nähe der Abteilung für Innere Medizin meinte sie durch die Glasscheibe ihre eigene Mutter zu sehen, aber sie traute sich nicht näher. Sie wartete mit zwei Buben. Emy war nicht sicher, ob sie es wirklich war und verstand auch nicht, wer die Buben waren. Der Jüngere hatte offensichtlich Angst und griff immer wieder nach der Hand seiner Mutter. Sein Bruder versuchte ihn aufzumuntern. Der größere holte am Automaten drei Büchsen Cola. Emy stand ganz nah bei ihm. Er schaute sie kurz an und ging dann zu der Mutter und seinem Bruder zurück. (Alois trinkt gerne Cola, kommt nur sehr selten dazu.) Sie beneidete diese Kinder, weil sie so eine liebe Mutter hatten. Aber nun hatte Alois seine Mutter und sie Elisabeth.) Auf dem Rückweg wusste sie plötzlich: Mami war in der Burggeschichte Arthur Mc'Fin. Damals waren sie schon zusammen. Jetzt hatte sie alle gefunden. Elisabeth glaubte ihr, nicht so wie Alois. Aber glaubt sie selbst daran? Um halb vier herum kam Kati an die Reihe mit der Computer Tomographie. Man sagte ihr, sie sollte bis nach fünf warten. Um sechs rief der Arzt sie.

– Ich habe ihr Blutbild und die Aufnahmen des CT. angeschaut. Frau Wagner sie haben Gebärmutterkrebs. Wir haben sie für morgen an der Onkologie angemeldet. Gehen sie hin. Die Therapie muss schnell begonnen werden. Dort werden sie ihnen sagen, wie es weitergeht. Leben sie alleine?

– Nein, mein Sohn und seine Freundin sind bei mir.

– Ihr Sohn soll sie morgen begleiten. Am Anfang der Behandlung können Komplikationen auftreten, deswegen ist es besser, wenn sie nicht alleine sind. – Er gab ihr die Hand und wünschte ihr alles Gute. Sie ging hinaus.

– Mutter, was hat der Arzt gesagt?

– Ich habe Gebärmutterkerbs. Morgen muss ich in die Onkologie, er sagte, du solltest mich begleiten.

– Wir kommen mit Tante Kati. – Sie machten sich auf den Heimweg. Kati war müde und hatte Schmerzen.

– Heute habe ich euch nichts gekocht, und die Mülltonnen müssen auf die Straße, morgen ist Abfuhrtag.

– Wir stellen sie heraus und können doch Schmalzbrot mit Zwiebeln essen. Hat es Brot daheim?

– Ja, Schmalz und Zwiebeln auch. – Sie stellten die
Mülltonnen auf die Straße, aßen Schmalzbrot mit Zwiebeln und versprachen, morgen um acht wieder bei ihr zu
sein. Zum Südbahnhof gingen sie, sich an den Händen
haltend, wieder zu Fuß.

– Kleines, wenn sie so krank ist, können wir sie nicht
immer alleine lassen. – Emy schwieg. – Ich weiß, du willst
nicht ohne Elisabeth leben, aber vielleicht könnten wir
meiner Mutter mehr helfen.

– Wir besprechen das heute mit Elisabeth. Ist in Ordnung?

– Ja, klar. – Sie warteten, aber Elisabeth kam spät.
Wie sie sich ihnen näherte, sah sie jünger und schöner
aus. Emy sprang ihr entgegen.

– Gut, dass du kommst, wir müssen mit dir etwas
besprechen.

– Ich auch mit euch. Habt ihr etwas gegessen?

– Ja und du?

– Ich auch. – Sie saßen auf der Bank. Willi bemerkte
sie und watschelte auch zu ihnen hin.

– Meine Mutter hat Krebs, wir müssen mehr bei ihr
sein und ihr helfen. Es kann sein, dass wir auch dort
schlafen müssen –, begann Alois mit seinem Bericht.

– Dann tut es doch.

– Aber ich möchte nicht ohne dich sein – sagte Emy
fast weinend.

– Wir können trotzdem noch zusammen sein. – Sie
neigte sich zu Emy und küsste sie auf den Kopf. – Ich
kann auch dort hingehen, und Alois Mutter war so lange
alleine, sie wird für kürzere Zeit schon zurechtkommen.

Man kann ihr trotzdem helfen und bei ihr sein. Alois, wie ist es mit dem Geld bei deiner Mutter?

– Sie bekommt ein wenig für ihre Arbeit als Hausmeisterin.

– Du musst irgendwo Arbeit suchen. Ihr könnt nicht auch noch von ihrem Geld leben.

– Nein. Im Spital bauen sie um. Ich sah eine Tafel, dort stand, sie suchen Maurer. Morgen werde ich nachfragen. Aber kann Emy der Mutter alleine helfen?

– Sie wird es lernen.

– Wo warst du so lange, Elisabeth? – erkundigte sich Emy.

– Ich war mit Maria auf Haussuche.

– Für wen?

– In erster Linie für sie und für mich.

– Du gehst von hier weg? Was wird dann mit uns? – fragte Willi betreten.

– Siehst, du Willi es ändert sich alles.

– Für mich nicht!

– Doch, du musst es aber selber auch wirklich wollen. Maria möchte, dass wir im Sommer ihr helfen, das Haus zu renovieren.

– Hat sie schon ein Haus gekauft? Wo? – staunte Emy.

– In Sukoró. Alois, mit dir rechnet sie als Maurer, du wirst mit ihrem Sohn zusammenarbeiten.

–Und ich?

– Du mit seiner Freundin. – Willi reklamierte:

– Und was ist mit mir?

– Und was wird mit Alois Mutter? – sorgte sich Emy.

– Kinder, ich weiß es nicht, ich muss mit Maria darüber reden. Willi, was würdest du dort machen? Nur damit ein Betrunkener unter uns ist, musst du nicht mitkommen.

– Ich kann auch arbeiten, Liesel! Am Abend trinke ich dann ein Liter Wein.

– Willi!

– Gut, Elisabeth.

– Was macht dein Kumpel Sepp ohne dich?

– Er kann auch ohne mich trinken und es kommen dann die anderen.

– Ich werde Morgen mit Maria sprechen. Sie hat wahrscheinlich nicht geplant, ein Pfadfinderlager für Obdachlose zu organisieren. Oh weh, dann kommen noch Johannes und Patrizia hinzu. Sie nannte sie wasserköpfige Intellektuelle.

– Was? Sind sie krank? – erschrak Emy. Elisabeth lachte und strich ihr über die Haare.

– Nein, du musst sie eben kennenlernen.

– Einen Weinköpfigen könnt ihr nicht gebrauchen? – machte Willi den letzten Versuch.

– Nein. Aber jetzt sollten wir versuchen zu schlafen. Jeder nistete sich in der gewohnten Art zu schlafen ein. Nur Elisabeth konnte nicht einschlafen. (Maria hat recht, es sind zu viele Warums. Ich verstehe es nicht, und wenn ich etwas nicht verstehe, fühle ich mich unwohl. Damals in Schottland hat sie uns bei sich aufgenommen. Wiederholt sich etwas? Ist das möglich? Siehst du, du dachtest, du könntest nicht beten und es ging. Sehr schnell kam die Veränderung. Hört uns Gott, wenn wir das Richtige denken? Helfen uns die Himmlischen? Ich erwarte so sehr den Morgen.)

Und der Morgen kam. Alois und Emy baten Elisabeth, sie um sieben Uhr zu wecken, damit sie Kati in das Spital begleiten können. Sie weckte sie mit dem Frühstück. Willi gab sie das Geld für den Wein und erwartete ungeduldig Maria. Die gegenseitige Begrüßung war nicht mehr peinlich. Sie umarmten sich und schmiegten ihre Wangen aneinander.

– Wie hast du geschlafen, Maria?

– Gut, aber wenig. Bis um eins habe ich die Dossiers durchgearbeitet. Und du?

– Unbequem und wenig. Komm, ich muss dir die Neuigkeiten erzählen. – Sie setzten sich und bekamen ohne Anforderung ihren Kaffee und die Croissants. Elisabeth berichtete über Alois Mutter.

– Alles entwickelt sich so, wie du gestern gesagt hast, aber die Krankheit von Alois Mutter kompliziert unseren Plan für den Sommer.

– Warten wir es doch ab, wie die Therapie wirkt. Wenn es ihr bessergeht, kann sie auch mitkommen und für uns kochen. Du kannst dann von ihr kochen lernen, Frau Professor.

– Nur Doktor! Willi will im Sommer auch dabei sein.

– Das ist verständlich.

– Sein ewiges „Liesel" geht mir so auf die Nerven! – Maria lachte laut auf.

– Gefällt dir die „Liesel" nicht, Frau Professor?

– Nein, und die Frau Professor auch nicht. Liesel ist ein guter Name für eine Kuh.

– Sogar die heiligen Kühe in Indien sind dicker als du.

– Wenn du mich weiterhin so mit Kuchen fütterst, werde ich noch dick. Sag' wolltest du dir nicht Truthähne anschaffen? Kauf dir auch noch ein Nest voll Wespen, zu deinen Sticheleien würden sie gut passen!

– Ein Goal für dich! Aber was das Austeilen anbelangt, bleibst du auch nicht zurück!

– Für das habe ich im Gymnasium den „Feldwebel" von meinen Schülern bekommen.

– Ich muss gehen.

– Ich erwarte dich.

– Bis nach drei. Was machst du heute?

– Ich gehe zu Siegfried und werde versuchen, seine Küche aufzuräumen. Du kannst dir nicht vorstellen, wie es dort aussieht!

– Er kann ja auch nicht alles können.

SIEGFRIED IST VERLIEBT

Es war halb Zehn, als sie vor Siegfrieds Haus kam. Sie hörte ihn nicht üben. (Vielleicht ist er gar nicht zu Hause.) Sie drückte auf die Klingel. Siegfried war zu Hause und freute sich:

– Gut, dass du kommst, jetzt kannst du mir helfen.

– Was ist heute dran, Bach, Bartók oder Beethoven? Die drei großen B-s.

– Keiner, Kleider.

– Was?

– Komm nur herein. – Er führte sie in sein Schlafzimmer. Auf dem Bett lagen Hemden, Hosen und Pullover auf einem Haufen durcheinander.

– Ich weiß nicht, was ich dazu anziehen soll. Diesen graublauen Pullover oder lieber den weinroten. – Elisabeth schaute ihn genau an. Er trug eine hellgraue Hose und ein weißes Hemd.

– Wo gehst du hin? Nimmst du an der Modenschau für Musiker teil?

– Nein, zum Üben. Wir spielen Brahms.

– Mann oder Frau.

– Eine Frau, eine Cellistin. – Elisabeth sagte nichts, nur in ihren Augen tanzten die Lichtfünkchen, wie immer, wenn sie sich amüsierte. – Eine Kollegin. Sie unterrichtet auch dort. Ihr Begleiter ist von der Leiter gefallen, als er die Decke in seiner Wohnung strich. Jetzt sag mir doch, Elisabeth, was sucht ein Pianist auf einer Leiter?

– Vielleicht macht er es gerne.

– Was, auf die Leiter steigen?

– Nein, die Decke zu streichen.

– Er ist auf sein Handgelenk gefallen und hat einen sehr komplizierten Bruch. Er wird monatelang nicht spielen können.

– Du siehst aber nicht sehr traurig aus, weil du ihn vertreten musst.

– Oh nein! Im Gegenteil. Wir spielen lauter romantische Stücke wie Brahms und so.

– Ist sie hübsch?

– Wer, Brahms?

– Siegfried, sogar die Personalpronomen der deutschen Sprache hast du vergessen? Deine Cellistin natürlich!

– Ich glaube schon. Mir gefällt sie.

– Ist sie ordentlich?

– Das weiß ich nicht, aber sie spielt sehr gut.

– Also, etwas könntest du schon von ihr sagen.

– Sie heißt Vera Radinovitsch, hat kurze Haare und ich glaube, über solche Menschen sagt man, sie seien bodenständig.

– Nach deiner Beschreibung könnte Interpol sie drei Jahre lang suchen. – Siegfried schaute sie verständnislos an.

– Wieso suchen? Es gibt sie doch.

– Mir scheint auch so, wie wenn es sie gäbe. – Siegfried ließ sich auf einen Haufen von Kleidern fallen und barg sein Gesicht in den Händen.

– Elisabeth, ich bin so verliebt, dass ich nicht mehr normal bin. Ich war es noch nie, aber das übertrifft alles.

– Siegfried, gönn dir dieses Gefühl. Es ist ein seltener, gehobener Zustand im Leben. Aber es ist anstrengend. Merkst du, wie Glück beinahe unerträglich sein kann?

– Elisabeth, Elisabeth, das hast du so schön gesagt. Ich fange gleich an zu weinen. Das Glück tut zuweilen weh.

– Weil es groß ist. Alles, was groß ist, tut weh. Wir sind schneller gewillt, die ohnmächtige Schwäche unserer Seele zu ertragen als ihre Größe.

– Setz du dich zu mir, hier auf das Bett. – Nicht gerne setzte sich Elisabeth auf einen Haufen Kleider neben ihn. – Heute will ich sie fragen, ob sie mich heiraten würde.

– Aha, die Prachtuniform ist für die Brautschau. Hast du ein hellblaues Hemd?

– Ja, du sitzt darauf. – Sie stand auf und zog das Hemd hervor.

– Zieh den graublauen Pullover darüber. Die schwarzen Socken sind zu hart. Hast du graue?

– Ja.

– Jetzt zieh dich an. – Siegfried suchte die grauen Socken und ging ins Bad, um sich an zu ziehen. Elisabeth begann, die Kleider in den Schrank zurück zu räumen. Er kam wunderbar angezogen zu ihr zurück.

– Du bist sehr hübsch!

– Glaubst du?

– Nein, ich sehe es.

– Wollen wir etwas gemeinsam zu Mittag essen? Ich gehe und hole Pizza.

– Für mich nur ein Stück.

– Sonst wirst du noch zu dick! – lachte er und ging. Elisabeth räumte die Kleider auf, nachher suchte sie in der Küche Teller und Gläser. Siegfried kam mit den Pizzas.

– Ich habe noch zwei Joghurtgetränke mitgebracht, für dich mit Heidelbeeren. Ist es gut so?

– Sehr gut. – Sie setzten sich im Zimmer in die Sessel.

– Was hast du in den vergangenen Tagen gemacht? – Elisabeth erzählte ihre Begegnung mit Maria, den Hosenkauf und die Haussuche. Anschließend Emys Geschichte. Siegfried hörte aufmerksam zu.

– Das ist sehr interessant und ausgesprochen spannend. Sie sagt, ich wäre damals ihr Vater gewesen?

– Ja, sie erkennt jetzt alle aus der damaligen Zeit.

– Auch deine Maria?

– Auch meine Maria.

– Kennst du Rilke, Elisabeth?

– Den Dichter? Ja.

– Hast du gerne Gedichte?

– Schon, aber ich habe mich nie wirklich eingehend mit ihnen befasst.

– Ich habe sie sehr gerne. In meiner Jugend versuchte ich auch welche zu schreiben. Mir ist nämlich, wie du erzähltest, ein Gedicht von Rilke eingefallen.

– Kannst du es?

– Ja.

– Sage es.

„Oh, von Gesicht zu Gesicht,
welche Erhebung.
Aus den Schuldigen bricht,
Verzicht und Vergebung.
Wehen die Nächte nicht kühl,
herrlich entfernte,
die durch Jahrtausende geh'n.
Hebe das Feld von Gefühl.
Plötzlich sehn' Engel die Ernte.“

In Elisabeths Seele ist seltsam still geworden, eine Stille, die klang.

– Sehr schön.

– Warte! Ich habe hier eine Debussy Fantasie, die ist gleich wie das Gedicht. Wie wenn farbige Glaskristalle übereinandergelegt wären und ihre Farbe ändert sich so, wie sie einander decken. – Er ging zum Klavier und spielte sie vor. Sie passte wunderbar zum Gedicht. Er setzte sich wieder zu ihr.

– Ich wollte für Vera einen Ring kaufen, aber ich dachte dann, ich werde abwarten, was sie sagt. Von meiner Großmutter habe ich Schmuck geerbt. – Er nahm aus dem Schrank ein altmodisches Schmuckkästchen hervor und öffnete es. Es waren allerlei Schmuckstücke darin. Siegfried suchte und zeigte ihr einen schönen Brillantring. – Den werde ich Vera zeigen, er war der Verlobungsring meiner Großmutter, vielleicht gefällt er ihr.

– Er ist sehr, sehr, schön.

– Willst du dir nicht auch etwas aussuchen? – Elisabeth war verlegen. Alles wirbelte in ihrem Innern. Den Ehering von Matthias, auch den Schmuck ihrer Mutter hatte sie zurückgelassen, als sie von zu Hause wegging. Seltsamerweise fiel ihr sogar Maria ein, was sie wohl dazu sagen würde.

– Siegfried, willst du dich mit mir auch verloben? Willst du zwei Bräute, eine junge schöne und eine alte hässliche? Bist du wirklich nicht der Abkömmling eines Arabers, der sich einen Harem zusammenstellt?

– Ach! Suche jetzt endlich etwas aus! Wie wäre es mit einer Kette?

– Also, dies goldene Kleeblatt passt nicht wirklich zu mir.

– Suche etwas Anderes.

– Was? – Siegfried fischte aus dem Kästchen einen feinen Ring, mit einem einzigen kleinen Diamanten in schöner Fassung.

– Das. – Elisabeth probierte ihn an. Er hatte ihre Größe.

– Wirst du ihn tragen?

– Ja, er wird mich immer an dich erinnern.

– Also, von wegen alt und hässlich, du wirst von Woche zu Woche schöner!

– Aber du weißt, Siegfried, dass du jetzt eine Obdachlose umgebracht hast, denn eine Pennerin mit Diamantring, das geht wirklich nicht mehr.

– Wenn ich in meinem Leben nur keinen größeren Blödsinn machen werde! Wirst du noch heute Abend hier sein, wenn ich nach Hause komme?

– Nein, ich treffe Maria um vier, aber morgen erkundige ich mich, was aus der Brautschau geworden ist.

– Ich gehe jetzt. Denk an mich!

– Ich werde an dich denken.

MARIA BRICHT SICH DEN ARM

Am Morgen wartete Elisabeth schon an der Bushalltestelle auf Maria. Sie stieg aus, war bleich und ihr rechter Arm war vom Handgelenk bis zum Ellenbogen im Gips.

– Was ist passiert? – fragte Elisabeth anstatt der Begrüßung.

– In der Nacht bin ich in der Dusche ausgerutscht und auf das Handgelenk gefallen. Gott sei Dank waren Johannes und Patrizia zu Hause. Sie haben mich aufgesammelt, halfen mir beim Anziehen und fuhren mich zum Notfall. Über dem Handgelenk ist mein Arm gebrochen. Komm, wir gehen Kaffeetrinken. Elisabeth erzählte, wie Alois Arbeit suchte und Emy bei seiner Mutter ist und sie zur Bestrahlung begleitete. Wortlos macht sie alles, aber sie ist nicht gewöhnt, Verantwortung zu tragen. Alois fand Arbeit, vorläufig für drei Wochen auf Probezeit, aber die Arbeit von acht Stunden fällt ihm auch nicht leicht. Sie müssen sich an dieses Leben gewöhnen.

– Ich mache jetzt einen neuen Telefonvertrag, einen Partnervertrag. Du wirst auch ein Handy haben mit einer Nummer, die sich nur mit den letzten zwei Zahlen von der meinen unterscheidet. Du musst jetzt ein Telefon haben, damit du deine Freunde erreichst.

– Alois hat keins.

– Er soll sich auch eins besorgen, sie brauchen es schon wegen seiner Mutter.

– Und wo werde ich es aufladen?

– Bei Silvia, sag' bloß nicht, sie würde es nicht erlauben!

– Ach nein! Sie ist so glücklich, weil ich langsam wieder auf normalen Gleisen bin. Sie kocht, füttert mich, macht alles. Übrigens, ich wohne wieder bei ihr. – Maria schaute sie verwundert an. Elisabeth hielt ihr ihre linke Hand mit dem Ring hin. – Den habe ich von Siegfried bekommen. Eine Obdachlose mit Brillantring und in Kleidern nach der neusten italienischen Mode, geht nicht.- Maria sagte nur:

– Aha! – Elisabeth wusste nicht, was sie meinte. – Komm jetzt mit mir nach Weißenburg, wir zahlen. – Sie kramte mit der linken Hand ungeschickt nach ihrer Geldbörse. – Bitte, nimm das Geld heraus und bezahle – hielt sie Elisabeth ihre Tasche hin. Elisabeth nahm sie, zahlte und legte die Geldbörse wieder in die Tasche zurück. Es war seltsam. (Ich bezahlte mit anderer Leute Geld, trage den Wohnungsschlüssel von einer fremden Wohnung mit mir herum. Vertrauten mir alle so? Würde ich Maria und Siegfried nicht ebenso vertrauen? Doch.) Sie saßen im Zug, und Maria hatte offensichtlich Schmerzen.

– Wie willst du so arbeiten?

– Es wird nicht gehen. Gegen Schmerzen gibt es Mittel, aber gegen die Ungeschicklichkeit nicht. Komm du jeden Tag mit und sei du meine rechte Hand.

– Und wenn sie damit nicht einverstanden sind?

– Das können sie sein. Wenn ich vier Wochen Krankenurlaub nehme, sollen sie, dann schauen, wer an meiner statt arbeitet. Wir aber fliegen für zwei Wochen an das Ende der Welt.

– Einfach so? Mit was fliegen wir? Sollte ich meine Tauben vor einen Wagen spannen und sie fliegen uns dorthin wie ein Taxi.

– Nein, für deine Tauben sind wir zu schwer, mit dem Flugzeug.

– Wo ist das Ende der Welt?

– In Süd Portugal. An der unteren West – Südspitze Europas, dort bei dem Cap de sao Vincenc. Das Meer liegt so sechzig, siebzig Meter unter der steil herabfallenden Felswand. Schaut man nach Süden, dort ist Afrika, nach Westen liegt Amerika. Wir könnten nach Gibraltar fahren, dort das Mittelmeer durchqueren und eine Nacht in Afrika schlafen.

– Nicht zu sprechen vom Marzipan, was du versprochen hast. Es wäre schön, aber leider fehlt es uns an Geld.

– Das würde ich schon irgendwie organisieren.

– Maria, du hast schon so viel organisiert. Ich gehe nicht auf so eine Reise mit dem Geld von jemand anderem. Nicht einmal mit deinem Geld. Wir werden hingehen, aber ich arbeite zuerst und wir sparen. – Maria neigte den Kopf zur Seite und schaute sie belustigt an.

– Sparen? Du auch?

– Ja, ich auch. Ich denke nicht, sie würden dein Angebot nicht annehmen.

– Das glaube ich auch nicht. – Sie hatten auch nichts einzuwenden. Alexander, ihr Rechtsanwalt und Geschäftsführer rechnete schnell aus, dass Marias Krankenurlaub mehr kosten würde als Elisabeths Anstellung. Sie müssten Maria voll bezahlen und jemanden für die Zeit einstellen und ihn auch noch bezahlen. Bis derjenige die vielfältige Arbeit überblicken würde, wäre Maria wieder da und sie hatte schon alles im Griff.

Ganz gleich was sie wollte, Maria war immer auf Hilfe angewiesen. Es fiel ihr zuerst schwer. Manchmal tat sie eine Bewegung und der Schmerz gebot ihr Einhalt. Sie war frustriert und weinte fast vor Machtlosigkeit. Elisabeth sah ihren inneren Kampf, sagte aber nichts und tat alles, was sie von ihr wünschte.

– Bitte suche diese Telefonnummer aus und gib mir das Telefon in meine linke Hand. – So ging es auch beim Kaffeetrinken. Elisabeth musste ihr die Sahne aufmachen und den Zucker in den Kaffee tun. In der Mittagszeit gingen sie den Partnervertrag für die Telefone erledigen. Beim Mittagessen schnitt Elisabeth das Fleisch für sie zurecht. Das Essen mit der linken Hand war nicht einfach. Maria war wütend, ob auf das Schicksal oder auf sich, wusste sie selber nicht.

– Jetzt hör zu, Maria! Ich sehe und weiß, es ist schwer, aber du hast es so gewollt. Du könntest auch den ganzen Tag alleine in deiner Wohnung herumtrödeln. Wäre das besser? Du hast gesagt, ich sollte deine rechte Hand sein. Ich bin es. Der Mensch braucht seine rechte Hand und fragt nicht, ob sie gewillt ist etwas auszuführen. Die Hand ist an dem Arm und an der Schulter angewachsen. Jetzt sehe es ein, dass du eine Weile deine rechte Hand zu der Tätigkeit auffordern musst. Es dauert nicht ewig, nur einige Wochen. – Maria hörte Elisabeths Zurechtweisung an. Es ergriff sie eine innere Ruhe und Freude.

– Du hast recht. Ich muss es mit Geduld tragen und mich freuen, weil du meine rechte Hand bist. In solchen Fällen ist der Mensch zum Selbstmitleid und zur Rebellion gegen das Schicksal geneigt. Aber mit etwas hast du doch nicht recht. Meine jetzige rechte Hand, du, ist links an meinem Herzen angewachsen und ich möchte nicht, dass sie abfällt, wenn meine andere rechte Hand wieder funktioniert.

– Du hast aber eine interessante Anatomie. Eine rechte Hand, die links herauswächst. – antwortete Elisabeth lächelnd. Dabei hätte sie am liebsten geweint.

– Das ist die Anatomie meiner Seele. Nimm meine Geldbörse heraus und bezahle.

Elisabeth war im Institut für alles geeignet. Sie wickelte einfache Telefonate ab, war bei Vertragsabschlüssen dabei und organisierte die Veranstaltungen mit. Auf Marias Tisch ordnete sie die Akten und brachte sie mit Aufschrift versehen in Ordnern unter. Manchmal suchte Maria verzweifelt nach etwas. So lange das Gesuchte auf ihrem Schreibtisch lag, fand sie immer alles.

– Was wird mit mir, wenn du nicht da bist?

– Ordnung kann man auch lernen, wie das Kochen.

– Diese Unordnung hat System. Wenn es vor mir liegt, sehe ich es immer wieder und finde es dann dort. – Alexander hüstelte diskret und blickte auf Martha. Maria bemerkte es. – Ist es denn nicht so?

– Doch grundsätzlich schon. Wenn wir von den Ausnahmen absehen, dass du es nicht findest und laut vor dich hin fluchst.

– Und dann muss ich es suchen, weil du so in Rage kommst, dass du nicht einmal das siehst, was vor deiner Nase liegt –, ergänzte Martha die Tatsachen. Elisabeth amüsierte sich über das Gespräch.

– Jetzt probieren wir es so. Wenn du etwas nicht findest, frage mich und wenn es gar nicht geht, so mache wieder eine systematische Unordnung. – Nach einer Woche im Büro konnten sie sich gar nicht mehr vorstellen, wie es war, als sie noch nicht bei ihnen arbeitete. Als Alexander erfuhr, sie hat den Doktor und spielt Klavier, wurde er zu ihrem hingebungsvollen Verehrer. Mit voller Kraft machte er sich daran, Elisabeths Rente zu organisieren. Er telefonierte, schrieb und ging mit Vollmachten bewaffnet in die Büros der zuständigen Behörden. Auch dachte er, Marias Angelegenheit gleichzeitig erledigen zu können. Man versprach ihm ein Schnellverfahren, so sehr nervte er mit seiner Hartnäckigkeit. Manchmal vergaß er mittags zu essen. Am Nachmittag kippte er vor Hunger beinahe vom Stuhl. In solchen Fällen blickte Maria auf Martha, die ohne etwas zu sagen, ging, um Alexander zwei Hamburger und einen halben Liter Cola zu besorgen. Dankbar stopfte er sich voll, während er am Computer weiterarbeitete. Wenn Elisabeth etwas von ihm wollte, nahm er beinahe „Habachtstellung" an. Martha, die Sekretärin war zuerst etwas irritiert. Doch bald sah sie, dass Elisabeth ihren Arbeitsbereich in keiner Weise kreuzte und kochte ihr genau so bereitwillig Kaffee wie für Maria. In einer Mittagspause hänselte Maria Elisabeth wegen ihren Verehrern.

– Du hast viele Bräutigamanwärter um dich. Wollte dich Alexander noch nicht heiraten? Von Siegfried hast du einen Verlobungsring bekommen.

– Bist du eifersüchtig? Im Übrigen hat Siegfried sich mit Vera verlobt, ich habe mich erkundigt und er hat sie mir vorgestellt.

– Wie ist sie?

– Wie für ihn geschaffen. Siegfried ist verrückt vor Liebe. Eines Abends half ich ihm, seine Wohnung in Ordnung zu bringen, damit er seine Verlobte hineinlassen konnte. Vera ist wirklich bodenständig, jedoch auch klug und sensibel. Ich weiß nicht, was Siegfried von mir erzählt hat. Jedenfalls behandelt sie mich so, wie wenn ich seine allernächste Verwandte wäre. Mich wird er also nicht mehr heiraten.

– Vielleicht bin ich wirklich eifersüchtig, nicht auf deinen Erfolg, sondern auf dich.

– Mit deiner radikalen Ehrlichkeit machst du mich verlegen.

– Das ist der Widder. Oft bin ich zu schnell und beinträchtige die Freiheit anderer. Ich kann versuchen, ein Schaf zu sein.

– Lieber nicht, das bist dann nicht mehr du, aber bremse manchmal.

– Ich will es versuchen.

– Aber Maria, du hast keinen Grund, eifersüchtig zu sein. Die ganze Welt könnte auf dich eifersüchtig sein.

– Ist das jetzt weniger radikal?

– Das ist die Wahrheit.

– Ich sehe nicht einen so gewaltigen Unterschied zwischen den beiden Aussagen, höchstens im Stilistischen. Ich kann dir keinen Ring schenken, du würdest ihn auch nicht annehmen, aber lass mich dir doch auch etwas schenken, was du immer trägst. Etwas von mir. Komm, wir schauen uns um. – Elisabeth wusste, diese Bitte darf sie nicht zurückweisen. Was tut es, wenn sie jetzt auch noch eine Kette um den Hals trägt? Siegfried hat mit dem Ring die Obdachlose schon umgebracht. Sie suchten, fanden aber nichts Passendes und wollten es nicht erzwingen.

– Macht nichts, ich suche dir auf deinen Geburtstag eine Kette.

– Weißt du, wann ich Geburtstag habe?

– Nein, aber auch, wenn du es nicht sagst, kann ich in deinem Arbeitsvertrag nachschauen.

– Am elften November.

– Der Martinstag!

– Und du?

– Am fünfundzwanzigsten März.

– Die Verkündigung!

– Ja, an dem Tag war ich mit dir zum ersten Mal kaffeetrinken und du kamst mit mir hierher. Ich habe meinen Geburtstag mit dir gefeiert.

– Du hast aber nichts gesagt!

– Wie denn auch? Aber ich wusste es, und du warst mein Geburtstagsgeschenk. Am Abend, als ich nach Hause kam und von dir erzählte, hat Johannes das ausgesprochen.

– Und mir hast du Geschenke gekauft. Euer Verhältnis mit Johannes ist aber bemerkenswert. Bald hat Emy Geburtstag. Ich habe ihnen versprochen, Geld für einen schönen Tag zu geben.

– Ich steuere auch etwas dazu bei, aber irgendwie kann ich mich doch nicht damit abfinden, dass ich dir nichts kaufen konnte. Du kommst jetzt jeden Tag mit mir zur Arbeit, und dieses Etwas, was du da anhast, ist nicht mehr das Richtige.

– Dieses Etwas ist eine gute, wasserdichte Windjacke.

– Ja gut, für ältere Herren auf ihren Spaziergängen in den Bergen. Wir suchen dir einen leichteren Übergangsmantel. – Nachdem Elisabeth sich überzeugen ließ, nicht nur schwarz oder grau zu tragen, kaufte Maria ihr einen weißen, rohwollenen Mantel. Er ging ihr bis zur Mitte der Schenkel und fiel hinten glockig, weit geschnitten den Rücken hinab. Dazu kam noch ein langer, graublauer Seidenschal.

– So kann man wirklich nicht mehr auf der Straße schlafen.

– Dafür aber auf die Straße gehen.

– Bis jetzt bist du auch mit mir auf die Straße gegangen.

– Ich hatte keine andere Wahl. – Am Abend, als sie sich trennten, diktierte Maria ihr ihre Mobilnummer und speicherte die von Elisabeth.

Elisabeth ging los, um Emy und Alois zu besuchen. Die Straße und die Hausnummer wusste sie. Als sie ankam, wurde sie traurig. (Also hier spielt sich Emys Leben weiter ab. Die ganze Gegend war verwahrlost und schmutzig. Man sah die Armut nicht nur, ihr Geruch lag in der Luft, sie strahlte förmlich aus den Hauswänden. Sie stand im Innenhof. Dort hinten versuchte dieser unglückliche Fliederbusch, grüne Blätter hervorzubringen, sogar Blüten versprach er. Sie klingelte und Emy öffnete ihr. Emy sprang vor Freude ihr um den Hals.

– Tante Kati, Elisabeth ist gekommen! Ich kann sie doch hereinlassen? – Eine müde Stimme antwortete ihr:

– Emylein wie kannst du nur so etwas fragen? Sie doch immer! – Elisabeth trat in die kleine, nach Keller riechende Wohnung. Kati begrüßte sie herzlich.

– Ich freue mich, Sie kennen zu lernen. Die Kinder haben so viel Gutes von ihnen erzählt. – Elisabeth reichte ihr die Hand.

– Ich freue mich auch.

– Emy, willst du nicht Elisabeth von deinem Letscho anbieten, insofern sie unser einfaches Essen annimmt?

– Stell dir vor, ich habe das Letscho gekocht. Tante Kati sagte, was ich machen muss. Es ging ganz gut, nur bei den Zwiebeln habe ich mir in den Finger geschnitten. Wie das brannte!

– Jetzt kannst du schon mehr als ich, nicht einmal Letscho kochen kann ich, du hast mich überholt. – Emy lachte glücklich und zündete das Gas an.

– Siehst du? Das kann ich auch schon! Kati saß auf dem Hocker und schaute ihnen zu. Sie dachte: (Sie sind gleich und gehören zusammen. Sie muss dem Mädchen sehr fehlen, aber es tut ohne Widerrede alles, worum ich sie bitte.) Emy legte einen Teller und eine Gabel auf den Tisch.

– Esst ihr nicht mit?

– Wir haben es schon zum Mittag gegessen.

– Und Alois?

– Er putzt noch das Treppenhaus.

– Dann nur wenig für mich, Alois hat den ganzen Tag gearbeitet. – Als sie sich an den Tisch setzte, kam Alois herein. Er neigte sich zu ihr hin und küsste sie.

– Bist du gekommen?

– Ja. Komm wir essen gemeinsam Emys Letscho. – Alois ging, um sich die Hände zu waschen und setzte sich zu ihr. Sie aßen Brot dazu, ließen es aber nicht von Emy schneiden. Emy saß auf der Holzkiste und strahlte vor Glück. Kati ging in das Zimmer, um sich hinzulegen.

– Maria hat sich den Arm gebrochen, so gehe ich jetzt jeden Tag mit ihr zur Arbeit, um ihr zu helfen. Alois, sie hat gesagt, du sollst dir ein Telefon besorgen, auch schon wegen deiner Mutter. Ich glaube, sie hat recht. Es gibt schon sehr günstige Handyverträge.

– Bist du mit dem Treppenhaus fertig? – fragte Emy.

– Noch nicht ganz.

– Am Sonntag ist Emys Geburtstag, ich bringe euch übermorgen Geld mit. Meint ihr, wir können Kati solange allein lassen?

– Die Bestrahlungstherapie hat begonnen und nachher geht es ihr oft schlecht – sagte Emy unsicher.

– Ich werde sie fragen. – Elisabeth stand auf und ging zu Kati. Kurz blickte sie sich im Zimmer um. In einer kleinen Nische war eine Matratze auf dem Boden, darauf schliefen wahrscheinlich Alois und Emy. Kati lag auf dem Bett und war offensichtlich schwach. Elisabeth setzte sich an den Bettrand.

– Kati, können die Kinder am Sonntag ein wenig feiern gehen? Ich komme gerne für diese Zeit hierher.

– Würden Sie das wirklich machen? Aber wenn sie nicht hier wären, könnte ich auch allein sein.

– Machen wir doch eine Zwischenlösung. Ich werde so um die Mittagszeit kommen und etwas für uns zu Essen mitbringen und dann warten, bis sie wieder da sind. – Elisabeth machte sich auf den Weg zu Silvia. Alois ging, die Arbeit im Treppenhaus zu beenden, und Emy begleitete sie hinaus. Sie blickte mit Tränen in den Augen auf sie:

– Du fehlst mir sehr, Elisabet, aber es fehlt mir auch die Bewegung an der Luft im Licht, sogar Willi fehlt mir. Nein, ich möchte nicht mehr auf der Straße leben, es ist gut, in einem Bett unter der Decke zu schlafen. Manchmal träume ich aber, dass ich in der Unterführung bin. Ich mache die Augen auf, du bist wach, ich sehe deine Augen und du sagst: – Schlafe!

– Emy, du sagtest einmal, es wäre doch gut, so zu leben wie andere Leute. Die Menschen leben nicht deswegen ohne Sorgen, weil sie nicht obdachlos sind. Jeder hat seinen Teil, den er tragen muss. Trotz den Schwierigkeiten, die du hattest, wurdest du bis jetzt geführt. Lerne für andere Verantwortung zu tragen. Trage du sie jetzt auch.

– Du hast recht, aber es ist schwer.

– Jede Last ist schwer. Ich werde übermorgen kommen und euch Geld bringen, Maria gibt auch dazu.

– Sie hat schon immer gegeben. Sag' Elisabeth, liebst du diese Maria? – Die direkte Frage traf Elisabeth etwas plötzlich. Sie blickte in Emys offenes, naives Gesicht.

– Ja, ich liebe sie. Man muss sie lieben.

– Aber mich liebst du auch noch?

– Dich nicht lieben kann ich nicht meine Süße. – Emy schmiegte sich an sie. Elisabeth küsste sie.

– Ich komme bald wieder.

Am nächsten Tag sah sie in Weißenburg in einer Boutique ein schönes, weißes Kleid mit feiner Stickerei am Halsausschnitt und unten am Saum. Es hatte nicht den Preis wie in einem Secondhand Laden.

– Das werde ich für Emy zum Geburtstag kaufen.

– Braucht sie noch etwas? – fragte Maria

– Sie hat sicher keine Sandalen für den Sommer.

– Weißt du ihre Schuhgröße?

– Sechsunddreißig.

– Die werde ich ihr kaufen. – Am Samstagabend war Elisabeth wieder bei ihnen. Kati hat mit Emy für den Geburtstag einen Mohnkuchen gebacken. Elisabeth gab Emy ihre Geschenke.

– Siehst du, das ist auch ein Kleid für eine Prinzessin, für eine erwachsene Prinzessin.

– Es ist wie ein Brautkleid! – freute sich Emy. Elisabeth wusste nicht warum, aber die Aussage schnürte ihr das Herz zusammen.

– Ja einer Prinzessinnenbraut – ergänzte Alois.

– Morgen werde ich es anziehen, schließlich ist es mein neunzehnter Geburtstag.

– Mach das. – Dann wandte sich Elisabeth an Kati. – Ich komme morgen gegen Mittag.

Und sie ging. Von unterwegs rief sie Maria an. Sie hatte keinen wirklichen Grund. Maria meldete sich.

– Ich bin es.

– Ich höre es. Ist etwas passiert?

– Nein, es ist nichts passiert.

– Aha – sagte Maria und wartete. Elisabeth wollte so viel auf einmal sagen, dass sie gar nichts sagte.

– Warum hast du mich angerufen, Elisabeth? Was willst du mir sagen?

– Du fehlst mir. (Sie schwieg.) Und ich habe Angst um Emy aber ich weiß nicht warum. Als ich ihr das Kleid gab, sagte sie, es wäre ein Brautkleid. Verstehst du?

– Ja. Wenn ich dich zwei Tage nicht sehe, fehlst du mir auch. Wir treffen uns morgen um neun am Südbahnhof. Ist es recht so?

– Ja, gute Nacht.

– Dir auch.

Wie abgemacht trafen sie sich und setzten sich etwas entfernt vom Bahnhof vor eine Konditorei.

– Ich weiß nicht, Maria, was ich habe. Als sie „Brautkleid sagte" hatte ich Angst um sie. Ich verstehe es nicht, und wenn ich etwas nicht verstehe, fühle ich mich unwohl, und es macht mir Angst.

– Man kann nicht alles sofort verstehen. Was lebendig ist und sich entwickelt, ist im „Jetzt" nicht verständlich. Warten muss man, bis es zur Vergangenheit geworden ist. Die Gegenwart, die von den Realisten so gepriesene Gegenwart: – Lebe in der Gegenwart, träume nicht von der Zukunft, hole die Vergangenheit nicht zurück! – Ist eines der größten Irrtümer. Es gibt die Gegenwart nicht, es gibt nur die Vergangenheit und die Zukunft. Wenn ich den Begriff Gegenwart ausspreche, ist es schon zur Vergangenheit geworden. Jeder meiner Gedanken ist auf die Zukunft gerichtet, insofern es nicht eine Erinnerung ist. Die Zeit ist nur bedingt messbar. Sie ist ein lebendiger, sich immer wandelnder Zustand, das Leben selbst.

– Woher weißt du das alles? – Maria lachte.

– Ist das jetzt eine Frage von der rechten Hand oder von der rechten Hand die an das Herz gewachsen ist?

– Was ist diese Angst, die ich um Emy habe?

– Das, wovon ich eben sprach. Wenn es eine Erinnerung an die Vergangenheit gibt, so gibt es auch eine Erinnerung an die Zukunft. Wir nennen sie Vorahnung oder Vorgefühl. Ist es noch nicht geschehen, so können wir es auch noch nicht verstehen. Als ich Ludwigs Frau war und er ging zum Segeln oder machte Reittouren, da hatte ich immer Angst um ihn. Johannes war noch klein, ich musste bei ihm bleiben. Grundlos fürchtete ich mich, sagte mir, ich würde Gespenster sehen. Er weiß doch, was er tut. Ich hatte Angst, dass er eines Tages nicht wiederkommen würde. Wenn er dann nach Hause kam, war es immer ein Fest. Er liebte mich sehr und auch seinen kleinen Sohn. Ich liebte ihn auch sehr. Wenn ich ihn mit Johannes zusammen sah, dachte ich, einen glücklicheren Menschen als mich gebe es nicht auf der Welt. Gott kann mir nicht noch mehr schenken, und eines Tages kam er nicht zurück. Ich lebte weiter für Johannes, für seinen Sohn. Seither konnte ich nie mehr wirklich lieben.

– Hast du das je jemandem erzählt?

– Nein, nur dir.

– Warum?

– Weil ich wieder, lieben kann.

– Ich habe Emy auch gesagt, dass ich dich liebe. Warum ist es so?

– Fang nicht wieder mit dem „Warum“ an, es gibt keine Antwort darauf.

– Ich habe Kati versprochen, zum Mittagessen zu ihr zu gehen und etwas zum Essen mitbringen. – Maria hielt ihr ihre Tasche hin.

– Bezahle bitte.

– Heute zahle ich. – Sie trennten sich und hatten es vor, am Morgen sich am Bahnhof zu treffen. Elisabeth kaufte in einem Chinesischen Restaurant ein. Kati war die Würzung der Gerichte fremd, aber es schmeckte ihr. Nach dem Essen tranken sie zum Mohnkuchen Kaffee und Kati erzählte von ihrem Leben. Elisabeth war von dem, was sie hörte erschüttert. (Wie gut hatte ich es doch! Und doch floh ich vor meinem Schicksal. Heute Morgen Maria und jetzt Kati.)

EMYS GEBURTSTAG

Emy und Alois spazierten auf der Margit Insel. Emy war in ihrem weißen Kleid und weißen Sandalen sehr schön und niemand hätte in ihr die Obdachlose vermutet. Sie aßen. Dieses Mal musste der Hamburger nicht geteilt werden. Sie tranken Cola und Fanta, sogar für Eiscreme hatten sie genug Geld. Es war warm, schon beinahe sommerlich. Sie suchten sich ein einsames Plätzchen unter den Büschen. Das Wasser der Donau floss in ihrer Nähe. Verspielte, kleine Wellen klatschten ans Ufer. Eine kleine Lichtung war vor den Büschen ganz mit Löwenzahn bedeckt. Alois hatte ihre Decke dabei und sie ließen sich nieder.

– Du bist wirklich wie eine Prinzessin.

– Dann bist du ein Prinz!

– Ich mache dir eine Krone. – Alois fing ungeschickt an, aus Löwenzahn einen Kranz zu flechten. Emy nahm ihn aus seiner Hand.

– Das gehört nicht in die Hände eines Maurers, lass mich es machen.

– Eben sagtest du ich sei ein Prinz und plötzlich bin ich ein Maurer.

– Ein Maurer-Prinz! Warte, du bekommst auch eine Krone. – Sie brach biegsame Äste ab und wickelte sie geschickt ineinander, immer wieder eine Blume hineinsteckend. Alois nahm seine Mundharmonika und spielte leise. Ein Marienkäfer kroch auf einem Grashalm hoch. Alois setzte ihn auf Emys gelben Kranz.

– Ein Edelstein in die Krone der Prinzessin.

– Ich glaube, die roten nennt man Rubine, ich werde aber Elisabeth fragen. – Alois spielte das Lied vom Frühlingswind und Emy sang in reinem Sopran dazu.

– Nun spiele das Lied von der Braut. – Er spielte und sie sang:

„In weißem Kleide ist die Geliebte.
Ein weißes Kränzchen ihr Haargezierde.
Dreh, dreh dich, meine Braut,
du weiße Rose.
Dreh dich, dreh dich, meine Liebe,
weiße Rose."

– Alois ich bin so glücklich, ich liebe dich so sehr!

– Ich dich auch! – Emy legte sich auf den Rücken und Alois legte sich zu ihr, streichelte ihre Haare und küsste sie. Die Blumenkränze fielen von ihren Köpfen. Emy schaute durch die Zweige der Büsche in den strahlend, blauen Himmel. Sie sah die blendend, weißen Wolken. Alois streichelte sie und zog ihr langsam das weiße Kleid aus. Emy küsste ihn. Am Himmel erschien die Fee und flog über sie hinweg.

Nach fünf kamen sie zu Kati und Elisabeth zurück. Sie trugen ihre Kränze in der Hand und strahlten vor innerem Glück. Elisabeth sah sie an. Die dunkle, nach Keller riechende Wohnung durchflutete nun das Sonnenlicht des Frühlings. Sie erzählten, wie Emy sang und Alois sie begleitete.

– Was hast du gesungen? – erkundigte sich Elisabeth.

– Das Lied von der Braut.

– Weißt du, dass es ein altes ungarisches Hochzeitslied ist?

– Nein, das wusste ich nicht. (In diesem Fall hat die Hochzeit stattgefunden, dachte Elisabeth.)

– Meine Fee kam und ließ sich auf mich nieder – berichtete Emy freudig. – Elisabeth, ich habe noch einen Geburtstags Wunsch. Heute möchte ich in der Unterführung schlafen, so wie früher.

– Nein Emy. Alois muss morgen arbeiten und ich auch.

– Tante Kati geht es heute gut. Eine Nacht hält sie es auch ohne uns aus. Kati unterstützte Emys Wunsch:

– Sicher halte ich die aus.

– Emy, du bist es nicht mehr gewohnt, in der Kälte sitzend zu schlafen – versuchte Alois sie davon abzubringen.

– Aber Willi ist dort und würde sich sicher freuen, wenn wir bei ihm wären. Wir könnten ihm Mohnkuchen mitbringen. – Das war der einzig stichhaltige Grund.

– So seid um neun beim Bahnhof, wir treffen uns dort – verabschiedete sich Elisabeth. Sie ging zu Silvia, um wärmere Kleider und ihre Altherren Jacke zu holen. Silvia war über Emys Idee entsetzt.

– Wie kann man nur so etwas als Geschenk wünschen? Ich verstehe es nicht.

– Du kannst das auch nicht verstehen, wir gehörten dort wirklich zusammen. Es wartet eine unbequeme Nacht auf mich. Ich mache es jetzt noch einmal, aber werde nie mehr auf so etwas eingehen. Das ist das letzte Mal.

– Gehst du von dort nach Weißenburg?

– Ja.

Am Abend waren sie am Bahnhof. Willi freute sich wirklich sehr. Sie gingen noch etwas Warmes trinken, dann suchten sie ihre ehemaligen Plätze auf. Emy lag glücklich auf Alois Schoss. Ihre Augen sagten: – Wir sind wieder zusammen. – Willi war schon betrunken, sein

Kopf kippte nach vorne und er streckte sich der Wand entlang aus. Elisabeth konnte nicht schlafen. Der Steinboden war kalt und drückte sie. Es war Durchzug. Morgen muss sie arbeiten. Als alle schliefen, ging sie auf die Bank vor dem Bahnhof. (Ich werde die ganze Nacht nicht schlafen können.) Dann schlief sie doch ein.

Um zwei, in der Nacht, kam eine Gruppe von Jugendlichen durch die Unterführung. Sie waren schwarz gekleidet und am Kopf glattgeschoren, mit Ketten und weißen Totenköpfen versehen. Große silberne Kreuze hingen ihnen umgekehrt um den Hals. An den Armen waren sie dicht tätowiert. Einer von ihnen, offensichtlich ihr Anführer hatte sogar auf dem Hals und auf dem Gesicht eine Tätowierung. Sie erblickten die Schlafenden.

– Glubsch mal Boby – rief einer von ihnen –, der Schlampe ist auch ein Zigeuner gut genug! Wollen wir ihr zeigen wie ein nicht geräucherter aussieht?

– Wie süß sie schlummern! – sagte der mit Boby angesprochene und zielte mit der Bierdose genau auf Alois Kopf. Alois erschrak. Er sah fünf schwarz gekleidete Männer sie umringen, sprang auf, aber er wusste, er würde mit ihnen nicht fertig werden. Einer versetzte ihm einen Hieb mit dem Schlagring unter sein Auge. Von einem harten Boxschlag in seine Magengrube getroffen, stürzte er auf den Boden und zwei traten auf ihn ein. Emy wurde auch wach. Zwei Männer rissen sie vom Boden hoch und der dritte schlug sie ins Gesicht. Zuerst war sie geschockt, aber dann schrie sie und wehrte sich, wie sie nur konnte.

– Na, du kleine Nutte, willst du nicht einmal einen weißen Schwanz schmecken wir zeigen es dir und sie drehten ihr die Arme nach hinten. Willi erhob sich unsicher und torkelte auf sie zu.

– Lasst sie los!

– Noch ein Zigeuner! Einer ist dir nicht genug, du Schlampe? – Willi wurde auch mit dem Schlagring ins Gesicht geschlagen. Er verlor das Gleichgewicht und knallte rückwärts mit dem Kopf auf den Boden. Oben auf der Bank erwachte Elisabeth. Zuerst wusste sie nicht, wo sie war. Dann erkannte sie Emys Stimme und rannte in die Unterführung herunter. Alois lag auf dem Boden, zwei Männer bearbeiteten ihn mit den Füssen. Emy schrie. Sie wurde von zwei schwarzgekleideten Gestalten festgehalten und der dritte versuchte ihr die Kleider vom Leib zu reißen. Willi lag mit einer Blutlache um seinen Kopf auf dem Boden. Sie sprang zu Emy und dachte nicht daran, dass sie auch verprügelt werden konnte sie griff nach dem Arm einer der Männer und rief:

– Aufhören! – Sie waren erstaunt und ließen Emy los. Da ertönte die Sirene eines Polizeiwagens. Schnell kamen vier Polizisten an. Die schwarzgekleideten Männer rannten in die Gegenrichtung davon. Zwei der Polizisten setzten ihnen nach. Elisabeth schaute erst jetzt wieder nach Willi. Die Blutlache um seinen Kopf wurde noch grösser. Sie kniete sich zu ihm nieder und nahm seine Hand.

– Willi, hörst du mich? – Willi öffnete seine Augen und fragte leise:

– Bist du es, Liesel? Gut, dass du da bist.

– Wir rufen einen Krankenwagen, bewege deinen Kopf nicht. – Willi hob trotz der Ermahnung den Kopf.

– Ruf' ihn nicht. – Elisabeth stützte seinen Kopf und ihre Hand wurde rot von seinem Blut.

– Bleib' ruhig. Du bekommst Hilfe!

– Lass' es. So ein schönes Leben war das nicht. Das nächste Mal, Liesel. – Sein Kopf kippte nach unten und seine Augen wurden glasig.

– Das nächste Mal Willi – sie ließ seinen Kopf herunter und strich über seine geöffneten Augen. Zwei der Polizisten standen neben ihr.

– Sollen wir einen Krankenwagen rufen?

– Nein, es ist nicht mehr nötig. – Sie stand auf. Einer der Männer gab ihr ein Päckchen Papiertaschentücher.

– Waren sie die ganze Zeit hier?

– Teilweise.

– Könnten wir ihre Papiere sehen?

– Mein Ausweis ist oben in meinem Rucksack, bei der Bank.

– Geh' Bernd – sagte der ältere zum jüngeren – hole den Rucksack. – Elisabeth trat zu der schluchzenden Emy. Am ganzen Körper zitternd krallte sie sich an ihr fest. Alois Auge begann anzuschwellen.

– Du wirst wohl nicht noch einmal hier schlafen wollen, Emy?

– Ist Willi tot? – fragte Alois.

– Ja. – Elisabeth nahm ihren Pass heraus und reichte ihn dem Polizisten, blieb aber bei Emy.

Sie schauten gemeinsam den Pass an.

– Du, das ist ein Doktor.

– Vielleicht hat sie den Pass gestohlen!

– Nein – sagte Bernd – jetzt erkenne ich sie. Sie hat meinen Bruder in Physik unterrichtet und war seine Klassenlehrerin.

– Was sucht sie hier? – Dann wandte er sich an Elisabeth: – Würden sie uns helfen, das Protokoll aufzunehmen? Wir müssen hierbleiben, bis man den Leichnam holt.

– Auch sie? – schaute Elisabeth zu Emy hinüber.

– Noch ein bisschen, dann fahren wir sie nach Hause. – Sie nahmen das Protokoll auf. Inzwischen kam der

Arzt. Nach dem er den Tod festgestellt hatte, legten sie Willis Körper in einen grauen Blechsarg und trugen ihn weg. Sie schauten nach, wie im Halbdunkel der Unterführung sich der graue Kasten schaukelnd entfernte. (Das nächste Mal, Willi! Ruhe in Frieden. Vielleicht kommst du an einen schöneren Ort als die Unterführung verabschiedete sich in Gedanken Elisabeth von ihm.) Emy und Alois wurden mit dem Polizeiauto nach Hause gefahren.

– Die Kollegen riefen eben an, zwei der Angreifer haben sie geschnappt. Würden sie Morgen um acht für eine Gegenüberstellung auf das Revier kommen?

– Ja. Wohin?

– Moosstraße achtundneunzig. Sollen wir sie jetzt auch nach Hause fahren?

– Nein danke, ich bleibe hier. – Sie gingen.

Elisabeth stand allein in dem langgestreckten, dämmerigen Gang. Es war, wie wenn sie allein im All wäre. Im gespenstischen, weiß-grünen Licht der Neonröhren verlor sie die Orientierung. Sie ging automatisch los und kam endlich auf den Bahnhofsplatz. Dort ging es ihr besser und sie setzte sich auf die Bank. Es war erst halb vier. Sie tröstete sich mit dem Gedanken, dass es jetzt schon früher hell wurde, legte ihren Kopf nach hinten auf die Banklehne und schloss die Augen. (Du hattest recht, Willi, dieses Leben war nicht schön. Mit deinem Tod hast du auch in meinem Leben ein Kapitel beendet. Das ist vorbei. Hier sieht man die Sterne nicht, aber die Sonne wird aufgehen. Das Licht des Tages bringt neues Leben, neue Hoffnung.) Die ersten Akkorde von Franz Liszts Totentanz, diese dunklen, dichten Akkorde klangen in ihr. Den Anfang konnte sie schon spielen, aber das Stück ist zu schwer, sie wird es nie spielen können. (Nein, der

Tod ist nicht schön, der Tod ist dunkel wie die Nacht.) Marias Beschreibung von der Nacht in der Wüste kam ihr in den Sinn. Hinter ihren geschlossenen Augen sah sie den Sternenhimmel der Wüste. Millionen von Lichtpunkten kreisten, tanzten auf dem nächtlichen Himmel. (In der Nacht gibt es auch Leben, in der Nacht gibt es auch Schönheit und Glück. Franz Liszt hatte sich geirrt: Der Tod ist schön. Der Totentanz ist ein Tanz in die Zukunft, in eine Zukunft, wie es in den Sternen steht.) Es wurde allmählich hell. Um sechs ging sie Brot kaufen und fütterte die Tauben. Dann schrieb sie eine SMS an Maria: „Heute Nacht wurden wir in der Unterführung überfallen. Ich muss um acht auf dem Polizeiposten sein. Werde nachkommen." Maria schaute ungläubig auf die Mitteilung. (Was hat sie dort gemacht? Und sie schreibt in Mehrzahl.) Sie schrieb zurück: „Ich verstehe nicht, warum du dort warst. Was bedeutet diese Mehrzahl?" Elisabeth antwortete: „Du kannst es auch nicht verstehen. Wenn ich komme, werde ich es dir erzählen. Die ganze Nacht habe ich kaum etwas geschlafen." Maria: „Willst du dich nicht lieber ausruhen?" Antwort: „Wo? Ich komme."

Bei der Gegenüberstellung saßen die beiden jungen Männer in sich zusammengesunken auf ihren Stühlen. (Jetzt sieht man, wie jung sie sind, noch beinahe Kinder. Haben sie noch eine Möglichkeit auf Veränderung? Ich weiß es nicht.)

– Ja, sie waren's – antwortete Elisabeth. Auf dem Gang fragte sie, was die Jungen erwarten würde und wieso sie in der Nacht kamen.

– Jemand hat uns angerufen, in der Unterführung sei eine Schlägerei. Die Angreifer bekommen ein Gerichtsverfahren, wegen Nötigung und Schlägerei. Was die Sache noch belastet, ist der Todesfall. Manche von ihnen sind noch nicht volljährig, die werden anderes behandelt und sie waren auch betrunken. Die anderen Drei haben wir auch gekriegt. Vielen Dank für ihre Hilfe und auf Wiedersehen. – Elisabeth dachte bei sich: (Auf ein Wiedersehen kann ich verzichten.) Dann fuhr sie nach Weißenburg.

Als sie im Institut ankam, sah Maria die dunklen Ringe unter ihren Augen und wie ihre Hände zitterten.

– Hast du etwas gegessen? Kaffee getrunken?

– Nein.

– Alexander, ich gehe jetzt mit Elisabeth frühstücken und lasse euch mein Telefon da. Für eine Weile bin ich nicht erreichbar. – Elisabeth aber bat sie beinahe weinend:

– Bitte nicht! Ich will nicht weg, Maria. Ich bin froh, bei euch zu sein.

– Martha, koche eine gute Portion Kaffee und du, Alexander, hole Sandwiches und Kuchen. Wir gehen mit Elisabeth ins Archiv. Martha und Alexander wussten von nichts, realisierten aber Elisabeths Zustand und halfen sofort. Alexander trug zwei Stühle ins Archiv und ging, um das Gewünschte zu besorgen. Martha kochte den Kaffee und brachte ihn. Sie setzten sich.

– Jetzt sag' aber, was war! – Als sich Elisabeth in Sicherheit wusste, ist sie beinahe ohnmächtig geworden. Die ganze Spannung der Nacht brach aus ihr heraus. Maria stand auf und stützte sie, umarmte sie und streichelte ihre Schultern. Martha fand sie so, als sie mit dem Kaffee kam.

– Soll ich einen Arzt rufen?

– Nein, ich werde mich schon zusammenreißen – versicherte ihr Elisabeth.

– Bitte tu in ihren Kaffee drei Löffel Zucker.

– Nein – weigerte sich Elisabeth.

– Doch, dein Blutzucker ist gefallen, aber sprich jetzt. –
Alexander brachte die Sandwiches und den Kuchen, dazu
zwei Teller und Gabeln. Elisabeth kam allmählich zu sich.

– Jetzt erzähle!

– Willi ist gestorben. Ich hielt seinen blutenden Kopf. Nie
werde ich sein Blut von meinen Händen abwaschen können.

– Hast du geweint?

– Nein.

– Dann weine, damit wirst du sein Blut abwaschen. –
Elisabeth fing an zu weinen, umfasste Maria und drückte
ihr Gesicht an sie. Maria brauchte ihre ganze Kraft und
konnte sie kaum mit einer Hand halten. Ihre von der Er-
schütterung geschwächten Beine zitterten. Elisabeth ließ
sie los. Maria sank ihr gegenüber auf den Stuhl.

– Iss etwas!

– Ich kann nicht.

– Schön langsam. – Da begann sie das Schinkenbröt-
chen zu kauen.

– Kannst du jetzt sprechen? – Nun erzählte sie das
Geschehen der Nacht.

– Gehe heute früh schlafen, ich werde dich zu Silvia
begleiten.

– Ich wollte noch nach Emy schauen.

– Ich komme auch dorthin mit und nachher gehen
wir zu Silvia.

– Jetzt sollten wir aber arbeiten, Maria, ich helfe dir,
du hast so viel Zeit für mich verschwendet. – Maria blickte sie ungläubig an:

– Verschwendet?

Sie hörten am frühen Nachmittag auf und fuhren
nach Budapest. Elisabeth schlief im Zug ein und lehnte
sich an Maria. Sie weckte sie am Bahnhof.

– Leider müssen wir aussteigen. Es wäre besser, wenn wir nach Wien gefahren wären.

– Nicht unbedingt, wir hätten dann auch umsteigen müssen.

– Weißt du die Adresse? Wir nehmen ein Taxi. – Vor dem Haus angekommen war Maria entsetzt.

– Hier?

– Ja. – Sie gingen in die kleine, dunkle Wohnung. Kati saß mit verweinten Augen am Küchentisch. Maria setzte sich zu ihr, während Elisabeth zu Emy ins Zimmer ging. Emy lag weinend auf der Matratze und streckte beide Arme ihr entgegen.

– Komm! – Elisabeth ließ sich auf dem Matratzen-rand nieder und umarmte sie.

– Beruhige dich, Liebes, es ist dir nichts wirklich Ernst-haftes zugestoßen. Der blaue Fleck unter deinem Auge wird wieder verschwinden.

– Aber Willi starb! Willi starb wegen mir.

– Nicht nur wegen dir, sein Leben ist abgelaufen. Es war kein schönes Leben, das sagte er mir bevor er starb. – In-zwischen unterhielt sich Maria mit Kati am Küchentisch.

– Sie weint schon den ganzen Tag. Ich konnte ma-chen, was ich wollte, sie kann nicht aufhören, sie aß und trank nichts.

– Elisabeth wird sie schon trösten. Wo ist eigentlich Alois?

– Er ist arbeiten gegangen, müsste aber jetzt bald hier sein. Soll ich ihnen einen Kaffee machen?

– Danke nein, heute habe ich schon viel Kaffee ge-trunken. Ich geh' mal zu Emy hinein.

– Siehst du, Maria hat mich auch zu dir begleitet. – Diese stand neben der Matratze und schaute auf Emy hinunter.

– Es wird wieder gut, Liebes. Im Sommer werden wir alle zusammen in Sukoró sein. Wenn Katis Zustand sich weiterhin so bessert, kommt sie auch mit und sie wird für uns kochen.

– Ich kann schon Letscho und Paprikakartoffeln kochen.

– Dann hast du Elisabeth schon überholt, sie kann nur Butterbrot kochen.

– Kati bringt es ihr auch bei.

– Da bin ich mir nicht so sicher – zweifelte Elisabeth.

– Macht nichts, dann servierst du uns eben eine Physikstunde. – Emy lachte:

– Das täte gut, ist aber nicht so nahrhaft, man bekommt eher noch mehr Hunger davon.

– Auf was? Auf Mathematik? Das kannst du auch haben.

– Emy, hast du keinen Hunger? – fragte sie Elisabeth.

– Und wie! Auf Schmalzbrot mit Zwiebeln.

– Dann geh' in die Küche. – Emy erhob sich und Kati schmierte beflissen die Brote und schnitt die Zwiebeln. Alois kam nach Hause. Sein rechtes Auge verschwand in seinem schwarz-violett geschwollenem Gesicht. Er gesellte sich zu Emy. Elisabeth und Maria verabschiedeten sich und gingen zu Silvia. Maria wollte nach einem Taxi Ausschau halten, aber Elisabeth fand es nicht nötig. Sie fuhren mit dem Bus.

– Elisabeth, Emy ist aber in sehr armen Verhältnissen gelandet.

– Sie wünschte sich, so zu leben wie andere Leute. Das ist jetzt so. – Elisabeth fiel ein, wie Emy sich bei ihrem Kleiderkauf an sie geschmiegt hatte. Sie hätte sich am liebsten auch an Maria geschmiegt aber das konnte sie nicht tun.

– Emy liebt dich sehr, Elisabeth.

– Ich sie auch.

– Siehst du, dein Gefühl vor ihrem Geburtstag hat sich bewahrheitet.

– Ich habe immer Angst um sie. Es ist, wie wenn sie nicht richtig auf die Erde gehörte, wie wenn sie nicht wirklich ein Mensch wäre.

– Ein Kind täte ihr vielleicht gut.

– Sag' das nicht! Davor habe ich auch immer Angst.

Silvia freute sich, Maria kennenzulernen, weil sie schon so viel von ihr gehört hatte, aber es war ihr nicht ganz geheuer, dass sie mitkam.

– Was ist passiert, Elisabeth? Ich sehe es dir an. Etwas ist nicht in Ordnung.

– Sie wurden in der Unterführung überfallen und Willi ist tot – gab Maria die Antwort. Silvia war schockiert.

– Ich sagte schon gestern, es sei eine unmögliche Idee von Emy. Kommt, wir essen zusammen zu Abend und dann kannst du es erzählen. – Elisabeth bat mit ihren Augen Maria, die Einladung anzunehmen.

– Silvia kocht sehr gut. Seit ich regelmäßig zu Abend esse, habe ich schon zugenommen.

– Du musst noch keine Diät halten! – lachte Silvia. Maria erkundigte sich, was es gäbe.

– Kartoffelgratin mit Ei und ich mache noch Salat dazu. – Sie setzten sich zu Tisch. Elisabeth erzählte.

– Silvia, wenn Elisabeth noch einmal auf.so ein Abenteuer gehen will, schlage sie nieder.

– Für das müsste ich auf einen Schemel stehen!

– Und was mache ich solange Silvia den Schemel und den Hammer holt? Nein, das ist zu Ende. Nie mehr. – Als Maria ging, begleitete Elisabeth sie vor die Tür und umarmte sie.

– Ich danke dir, ich danke dir für alles.

– Ich bin immer für dich da. Leg' dich jetzt hin.

DER SOMMER IN SUKORÓ

Das Leben ging weiter. Katis Zustand besserte sich, nur an den Tagen der Therapie war sie schwach. Mit Emys Hilfe erledigte sie ihre Aufgaben als Hausmeisterin. Emy lernte die Haushaltung führen. Alois kaufte auf Raten eine Waschmaschine. Alles, was man Emy sagte, tat sie ohne Widerrede, aber tief im Innern litt sie. Ihr früheres, armseliges Leben brachte ihr auch die Freiheit. Sie gingen, sie bewegten sich an der Luft, im Licht. Doch nein, noch einmal wollte sie nicht so leben. Tante Kati nannte sie ihr Käfferlein, ihr Engelein und liebte sie sehr. Sie behauptete, es ginge ihr deswegen immer besser, weil sie bei ihr waren. Noch einen Zyklus Chemotherapie bekam sie und nachher musste sie nur noch einmal in der Woche zur Bestrahlung. Alois Arbeitsvertrag lief Ende Juni ab, aber Maria versprach, im Sommer ihn so zu bezahlen wie bei der Arbeit. Im Juli und August wollten sie das Haus renovieren, damit sie ab September dort wohnen konnten. Elisabeth war mit Maria dreimal in der Woche im Institut. Im Büro konnten sie sich gar nicht mehr die Zeit vorstellen, als Elisabeth noch nicht bei ihnen war. Sie machte alles und konnte alles, was nötig war. Maria suchte nicht nach den Dossiers, rief Elisabeth an, wenn diese nicht im Büro war und sie wusste es. Glücklich berichtete Alexander, dass sie mit ihrer Rente auf Ende Juni rechnen könne, und Maria bekam, nach ihrem Mann, auch in etwa dann ihr Geld. Siegfried und Vera haben ihr Hochzeitstermin auf den fünfzehnten

August gelegt. Nachdem Siegfried sie ausdrücklich eingeladen hatte, teilte er mit, sie würden nach Sukoró auf die Hochzeitsreise gehen. Maria zählte ihm mindestens zehn der schönsten Orte der Welt auf, wo es sich lohnen würde hinzugehen.

– Gut – meinte er – dann gehen wir von Sukoró aus auf die Kanarischen Inseln!

– Das ist logisch, es ist ja der kürzeste Weg dorthin – unterstützte Maria lachend sein Vorhaben. Vor dem Juni räumten sie die alten, überflüssigen Sachen aus dem Haus. Nur den alten Küchenschrank wollte Maria unbedingt behalten.

– Es tut den Rentnern sehr gut, wenn sie sich ab und zu bücken müssen. – Die Erneuerung des Rieddaches war die größte Arbeit und die größte Ausgabe. Johannes hatte natürlich wieder etwas einzuwenden.

– Es kann sein – sagte seine Mutter – ist sogar sicher, ein Ziegeldach hält länger, aber hier ist das richtig. Stell doch ein Betonklotz in ein afrikanisches Dorf zwischen die niedrigen Hütten mit Strohdach. Wie würde das aussehen?

– Hu, hu, jetzt hast du daneben geschlagen, wir sind hier in Europa! Ziegeldächer sind hier genauso üblich wie das Rieddach – triumphierte Johannes. Man hätte denken können, sie würden sich streiten, aber es war ihr geistiges Duell und sie genossen es sehr.

Elisabeth ging auf Klaviersuche. Wenn sie dachte, ein passendes gefunden, zu haben nahm sie Sigfried mit. Manchmal war Maria auch dabei. Die Verkäufer amüsierten sich über ihr Trio, hatten es, aber nicht einfach mit ihnen. Siegfried bevorzugte japanische Marken und Maria wollte immer das Teuerste.

– Die Japaner sind auch teuer – sagte sie.

– Nicht alle, aber ich will keinen Japaner. – Elisabeth hätte am liebsten einen braunen Flügel gehabt, wie sie damals zu Hause hatten. Dadurch wurde die Suche noch zusätzlich kompliziert. Braune Flügel aus Nussbaumholz wurden nur auf Bestellung gemacht und kosteten erheblich mehr. Sie musste sich mit einem schwarzen abfinden. So wurde nun zwischen Steinway und Yamaha, ein Stutzflügel, der Marke Schimmel etwas kürzer als die üblichen, ausgewählt.

– Wenn ich ihn nur bis zu meinem Tod abbezahlen kann! – seufzte Elisabeth.

– Ich bezahle die Hälfte – schlug Maria vor.

– Aber warum?

– Damit du ihn noch vor deinem Tode abbezahlt hast.

– Für was brauchst du einen halben Flügel?

– Wir spielen vierhändig.

– Das geht nicht so.

– Doch, wenn du spielst, höre ich zu. Für was ist die Musik gut, wenn niemand zuhört? – Sie schaute traurig vor sich hin und Elisabeth verstand ihren Stimmungswechsel nicht. – Ludwig spielte auch gut Klavier.

– Du gibst schon so viel Geld für die Renovierung aus.

– Der Flügel gehört zu der Einrichtung wie eine Badewanne.

– Für so viel Geld könntest du schon eine vergoldete kaufen.

– Kauf' ich nicht. Das goldene WC ist in den arabischen Emiraten Mode, nicht am Velencäer See. – Maria machte eine Anzahlung und sie besprachen, dass man den Flügel auf Anfang September liefern sollte. Ende Juni kam tatsächlich Elisabeths Rente und dann auch Marias Geld an. Elisabeth schrieb einen Brief an Matthias und auch an Peter. Sie erklärte ihre neue Lage, bedankte sich für die Unterstützung, aber nun käme sie auch so zurecht. Sie bekam keine Antwort, aber die fünfzigtausend Forint von Matthias kamen wieder am Anfang des Monats an. Sie wusste nicht, was sie nun tun sollte. Maria riet ihr, das Geld anzunehmen.

– Anscheinend ist für Matthias dein Leben nicht gleichgültig. Wenn er einmal die Sendung einstellt, wird es auch kein Problem sein.

– Einmal sagte mir Siegfried: man muss auch annehmen können, nicht nur geben.

– Dieser Siegfried ist nebst seiner chaotischen, künstlerischen Leichtigkeit ein sehr weiser Mensch.

– Siehst du, wie interessant das ist. Der Mensch ist nicht auf allen Gebieten gleich weit entwickelt. In manchem ist er schon sehr weit und in anderem noch zurückgeblieben.

– Weil die Entwicklung lebendig ist und nicht empirisch aufgebaut ist. Groß und Klein sind keine Masse für die Seele. Man kann von jedem etwas lernen.

Das Rieddach wurde ausgewechselt. Maria nahm das Notwendigste aus ihrer Budapester Wohnung mit. Johannes und Patrizia beschlossen, zu zelten. Für Emy und Alois brachten sie einen Teil des Stalles in Ordnung und richteten ihnen Schlafplätze ein. Elisabeth und Maria schliefen auf einem ausziehbaren Sofa im größeren Zimmer und Maria überließ ihr Bett Kati. Sie kaufte einen eisernen Kochkessel für die offene Feuerstelle, was Kati sehr erfreute.

ELISABETH FÄHRT AUTO

Alles musste besorgt werden, die Werkzeuge, auch das Material. Stunden verbrachten sie im OBI vor allem mit Alois und Johannes. Dazu kamen noch für so viele Menschen die Lebensmittel. Maria stöhnte und hatte genug von der ewigen Fahrerei.

– Ich bin nur unterwegs. Sicher, Johannes kann auch fahren, nur, wenn er mit Patrizia einkaufen geht, essen wir um zehn Uhr nachts das Mittagessen. Sag' mal Elisabeth, hast du nicht fahren gelernt? Komm jetzt nur nicht mit Lampenfieber!

– Doch, ich habe gelernt, aber ich bin schon lange nicht mehr gefahren.

– Und das sagst du erst jetzt!

– Ich habe keine Übung und es ist dein Auto.

– Das kann man nicht verlernen, es ist wie das Fahrradfahren.

– Fahrrad kann ich nicht fahren!

– Wir werden üben. Hast du noch deinen Führerschein?

– Ja, aber er ist abgelaufen.

– Du musst ihn verlängern lassen. Mehr als zwei Wochen brauchst du nicht, um wieder fahren zu können.

– Huh! Gut. Wir werden es sehen.

Die Gruppe zog ins Haus ein und sie begannen zu arbeiten. Johannes und Patrizia waren hauptsächlich im Garten beschäftigt. Mit großem Elan schnitten und rodeten sie. Maria musste sehr achtgeben auf das, was sie machten.

– Johannes, wenn du den Nussbaum fällst enterbe ich dich!

– Macht nichts, das Holz des Baumes ist wahrscheinlich mehr wert als meine Erbschaft. – Johannes hatte immer etwas zu sagen, aber Maria und Patrizia rieten den anderen, nur die Hälfte davon ernst zu nehmen. Elisabeth fuhr auf den bekannten Straßen bald sicher. Sie ging meistens mit Emy einkaufen und kaufte ihr immer Fruchtsaft, etwas Schokolade oder Kuchen. Als einmal am Rande von Weißenburg großer Markt war, fuhr Kati mit ihr. Sie stiegen aus. Elisabeth schaute nach Büchern und Noten. Kati stand an einem Tisch, wo gebrauchte Kleider zu haben waren. Als Elisabeth zu ihr kam, hielt sie einen bunten, weiten Rock an sich.

– Gefällt er dir?

– Ja, ich wollte schon immer so einen.

– Dann kaufe ihn.

– Ich habe kein Geld dabei.

– Ich kaufe ihn dir. Willst du nicht auch noch eine helle Bluse dazu?

– Wenn du meinst.

– Kati, du hast auch kein Badeanzug, wir wollen doch danach schauen. Sie fanden einen Stand mit Badeanzügen. Kati nahm sich einen roten, mit großen roten Mohnblumen. Elisabeth griff nach den schwarzen oder dunkelblauen.

– Warum willst du wieder schwarz? Du bist so schlank, könntest ruhig weiß oder rosenrot tragen.

– Auf rosenrot kann ich verzichten.

– Dann, hier der weiße mit den blauen Streifen an der Einfassung, er ist so matrosenhaft. – Elisabeth kämpfte mit sich, kaufte aber rasch den matrosenhaften Badeanzug, bevor sie es sich noch einmal überlegte. Sie beschlossen, ihre Badesachen bis zum nächsten Baden geheim zu halten. Das hatte ein Vorspiel mit Maria.

Wenn Elisabeth einkaufte, kaufte sie immer nur das, was Nötig war und berechnete alles sehr genau.

– Kaufe doch von allem ein wenig mehr – bat sie Maria. – Wir sollten doch nicht in der Nachbarschaft Brot ausleihen müssen.

– Diese Versorgung kommt aber sehr teuer und von mir nimmst du kein Geld an.

– Das gehört zu den Ausgaben. Alle arbeiten für mich und nur Alois bezahle ich. Es ist doch das Wenigste, dass ich ihnen zu Essen gebe.

– Durch dein Essen habe ich bestimmt schon sieben Kilo zugenommen.

– Du bist noch nicht zu dick. Jetzt siehst du langsam wie eine Frau aus und nicht wie eine auf Kefir und Gurken gemästete Bohnenstange. Dein Gesicht ist rund geworden, du hast Busen und Hüften. Die sieben Kilo stehen dir sehr gut. Nur, wenn du endlich auch baden würdest! Da kauerst du in den Kleidern auf der Decke.

– Diese Knochenkollektion soll ich zur Schau stellen? Ich habe auch keinen Badeanzug.

– Siehst du denn nicht wie viele übergewichtige Menschen es gibt? Schon die Jungen, sogar die Kinder. Sind sie schön? Du hast keinen Badeanzug, weil du dir keinen kaufst, ich kann ihn dir nicht kaufen.

– Ich will's mir überlegen. – Maria sagte nichts mehr. Sie wusste, alle Argumente wären überflüssig. Sie wartete.

Siegfried und Vera kamen zu Besuch. Sie brachten eine neue Qualität in die Gemeinschaft. Emy konnte schon gar nicht aufhören zu lachen, weil Siegfried so viel Spaß mit ihr trieb. Vera meldete sich zum Kochen und dirigierte Siegfried so herum wie der Chefkoch den Lehrling. Siegfried war sehr verliebt und tat alles, was Vera von ihm wünschte, obwohl er lieber mit Alois die Wände verputzt hätte als Karotten zu schälen. Elisabeth rettete ihn. Sie bat Vera, beim Kochen helfen zu können, weil sie dabei lernen würde. Bevor sie in die Küche ging, trat sie an Siegfried und flüsterte ihm zu:

– Denk daran, ein Pianist sollte nicht auf die Leiter steigen! – Die Lichtfünkchen tanzten in ihren Augen. Siegfried ließ die Maurerkelle, die er schon mit Begeisterung ergriffen hatte, fallen, schnappte sich Elisabeth und fing an, mit ihr zu tanzen, indem er einen Walzer summte.

– Weißt du, Elisabeth, wie sehr ich dich liebe?

– Ich weiß es, aber, wenn Vera zum Fenster hinausschaut wird sie noch eifersüchtig.

– Ach was! Sie weiß es doch auch.

– Lass mich jetzt, sonst arbeitet keiner von uns.

DER BADEANZUG

Gegen Abend gingen sie baden. Kati und Elisabeth zogen sich in einer Kabine um. Als Elisabeth in ihrem Badeanzug hinaustrat, fühlte sie sich nackt und hatte das Gefühl, alle würden nur sie anschauen. Dabei schaute ihr keiner nach. Bei den Anderen angekommen, war es Siegfried, der sie zuerst bemerkte. Er stieß einen riesigen Jauchzer aus und ein allgemeines Freudengeschrei brach aus:

– Das müssen wir feiern! – brüllte Johannes. Patrizia klatschte und Emy sprang wie ein Ball auf und ab. Alois begutachtete sie frech, von oben bis unten:

– Du bist eine ganz gut ausschauende Frau! – Vera drehte Elisabeth um.

– Von allen Seiten annehmbar. – Jetzt wurde sie von den um sie Sitzenden angeschaut! Kati war enttäuscht, da sie nicht bemerkt wurde.

– Freut euch nicht nur über mich, schaut Kati auch an! – Johannes pfiff, er übte es lange, bis er es schön laut konnte.

– Mutter, ich habe schon immer gesehen, dass du hübsch bist – teilte Alois ihr mit.

– Ja, ein ganz anderer Typus einer Frau, aber sehr gut, sehr gut – nickte Siegfried anerkennend. – Mit was wolltest du feiern, Johannes?

– Natürlich mit Sekt!

– Bei dieser Hitze und vor dem Essen kommt es gar nicht in Frage – sprach Maria das Machtwort.

– Dann mit Bier.

– Mir ein alkoholfreies.

– Mir auch – schloss sich ihr Elisabeth an. Emy wollte einen Orangensaft.

– Siegfried, wer fährt zurück, du oder ich?

– Fahr nur du – bot es Siegfried großzügig Vera an.

– Wie wäre es, wenn wir irgendwo hier übernachten würden, dann hätten wir morgen noch einen Tag. Es ist so gut und schön hier.

– Gerne, meine Liebste, selten sind so viele glückliche Menschen beisammen! – Sie gingen ins Wasser. Emy und Kati konnten nicht schwimmen. Alois hob Emy hoch und warf sie immer wieder in den See. Emy jauchzte, spukte Wasser und Kati amüsierte sich mit ihnen. Johannes, Patrizia, Vera und Siegfried schwammen um die Wette. Patrizia gewann. Johannes behauptete, sie hätte gemogelt.

– Kannst du nicht ertragen, wenn jemand besser ist? – hänselte ihn Vera.

– Man muss die Entfernung ausmessen – schlug Siegfried vor.

– Kauf dir eine Taucherausrüstung und messe sie aus!

– Das wird zu viel, neben dem Gummidelfin, den ich Emy gekauft habe.

Elisabeth und Maria schwammen nebeneinander. Die Sonne war schon am Untergehen und zog eine goldene Brücke von einem Ufer zum andern. Sie schwammen wie auf einem goldenen Pfad.

– Maria, jetzt sind alle so glücklich, das Leben zeigt sich von seiner schönsten Seite.

– Bist du auch glücklich?

– Ja, und das können wir nur dir verdanken.

– Und ich euch, weil ihr für mich da seid.

– Warum machst du das?

– Fang nicht wieder mit den „Warum" an, sonst drücke ich dich unters Wasser. – Elisabeth kniff ihre Augen zu, damit sie ihr Vorhaben nicht merke und mit einer plötzlichen Bewegung, drückte sie Maria in den See. Maria kam wieder lachend, an die Oberfläche.

– Jetzt ist die Variation des Sprichwortes gültig: Wer eine andere unters Wasser drücken will, geht selber unter.

– Wenn meine Haare nass werden, ist es unangenehmer als bei deinen kurzen Haaren.

– Und sie trocknen nie? Willst du sie nicht abschneiden lassen? Sie wären viel praktischer.

– Nein!

– Hast du deine Kraft auch in ihnen, wie Samson?

– Vielleicht.

– Und wenn ich in der Nacht Delia spiele?

– Ab heute schlafe ich im Stall!

– Ich komme dir nach. Warum ich das alles mache? Weil ich auch glücklich bin.

DAS MARIA-REZEPT

Auf dem Heimweg suchten sich Siegfried und Vera eine Unterkunft. Beim Haus angekommen teilte Maria mit: – Sie würde heute kochen.

– Was? – fragte Alois.

– Etwas Feines. – Johannes stöhnte laut. Emy verstand seine Reaktion nicht.

– Was hast du? Sie sagte doch, etwas Feines.

– Oh! Liebste Emy, du kennst sie noch nicht! Es ist ein Rezept, das in keinem Kochbuch steht und wurde bisher noch nie gekocht. Man muss auf alles gefasst sein.

– Auf was?

– Vielleicht gibt es ein mit Knoblauch und Pflaumen gefülltes Brathuhn, Bulgur mit Datteln schmackhaft gemacht und mit Gurke ausgewogen. Zum Dessert in Vanillen-creme eingeweichte Löffelbiskuit, mit Ingwermarmelade, glasierten Aprikosen und Mandelbrösel oben drauf. – Siegfried war begeistert.

– Das tönt ja ganz fantastisch!

– Das finde ich auch! – freute sich Vera.

– Johannes, du bist ein so ausgezeichneter Koch wie deine Mutter – gratuliert ihm Maria. – Siegfried, würdest du bitte einkaufen gehen? Kaufe Bulgur, Datteln und Dörrpflaumen, Sahne und Aprikosen. Ingwerkonfitüre haben wir noch. Die Gurken lasse ich weg, ich tu lieber Curry hinein. – Johannes nahm sein Kopf zwischen die Hände und wiegte verzweifelt seinen Oberkörper:

– Mivel érdemeltem meg egy ilyen anyát? – Patrizia antwortete:

– You have chosen her.

– Tu est devenir gros de la, mon fils.

Alle lachten, als sie es ihnen übersetzten: Johannes:

– Mit was habe ich eine solche Mutter verdient? (Ungarisch)

Patrizia: – Du hast sie gewählt. (Englisch)

Maria: – Davon bist du dick geworden mein Sohn. (Französisch)

Nun fuhr Siegfried zum „Spar", um einzukaufen. Das Abendessen schmeckte allen, und Johannes war sehr stolz auf sein Rezept.

DIE HIMMLISCHEN ZWILINGE

Am Abend saßen sie um ein Lagerfeuer. Johannes spielte Gitarre und Alois begleitete ihn auf der Mundharmonika. Patrizia und Johannes kannten viele Lieder, deutsche, englische, französische und israelische. Die Musiker summten die zweite Stimme auch ohne Sprachkenntnisse dazu. Die Nacht war warm, nur die Mücken störten. Sie zündeten breite Kerzen mit Zitronenöl an und auf Marias Rat schmierten sie sich mit Teebaumöl ein. Die Mücken mochten Emy am liebsten, zuweilen sah sie aus, als ob sie die Windpocken hätte. Johannes meinte frech:

– Weil sie so süß ist!

Sie sangen israelische Lieder. Elisabeth hörte zu. (Ich kenne sie, die Melodie ist in mir, Jahrtausende lang baute mein Volk sie in mich hinein. Mutter sang sie, wenn ich krank war.) Trotz der Wärme begann sie am Rücken zu frösteln. Maria bemerkte es.

– Frierst du?

– Nur am Rücken.

– Lehn dich an den meinen. – So saßen sie, die Knie angezogen, Rücken an Rücken. In einer Pause, als Siegfried Holz auf das Feuer warf, erblickte sie Patrizia.

– Wenn ich mich nicht irre, gibt es eine alte keltisch-irische Darstellung, auf der zwei Menschen, so wie ihr, sitzen. Ich glaube, man nennt sie die himmlischen Zwillinge. Sie sind am Rücken zusammengewachsen.

– Warum nicht am Bauch? – erkundigte sich Johannes.

– Dann könnten sie sich überhaupt nicht bewegen.

– So können sie es auch nicht.

– Vielleicht gehen sie seitwärts – schlug Emy vor.

Kati lachte:

– Oder sie schlagen das Rad. – Maria und Elisabeth nahmen nicht teil an der Auswahl der Möglichkeiten. Sie fühlten ihre gegenseitige Wärme und die Zusammengehörigkeit. Etwas davon ahnten auch die anderen und schauten sie nur an. Siegfried nahm Veras Hand.

Als sie schlafen gingen und sie das Licht löschten, wandte sich Elisabeth an Maria.

– Jetzt stört es mich nicht mehr, wenn du während des Schlafes Töne von dir gibst. Ich schlafe gerne neben dir. In meiner Kindheit, wenn ich Angst hatte oder fror, nahmen mich meine Eltern zu sich ins Bett. Dann fühlte ich mich in Sicherheit und hatte warm.

– Jetzt auch?

– Ja, wie wenn die Kälte langsam aus meinen Knochen weichen würde.

– Bin ich deine Medizin gegen Rheuma?

– Ja.

– Und du taust in mir die festgefrorene Einsamkeit auf.

– Gute Nacht.

– Schlaf gut.

In den ersten Nächten konnte Elisabeth neben Maria nicht schlafen.

– Was ist? Schnarche ich?

– Nein, du bist am Ersticken. Eine Weile atmest du nicht und dann schnappst du nach Luft, das tönt wie ein sterbendes Rhinozeros, und dann knallst du auch noch.

– Was knallt, springe ich auf und ab im Schlaf? Und wo hast du je ein Rhinozeros sterben gehört?

– Auch ragen meine Füße über den Bettrand und werden kalt.

– Rutsch ein wenig hoch und winkle die Beine an.

– Dort bist du und ich berühre dich.

– Na und? Ich merke nichts davon. – Maria machte die Nachttischlampe an und schaute ungläubig auf Elisabeth, die ihre nicht gestellte Frage verstand.

– Jetzt fragst du dich, wie jemand, der auf der Bank oder sitzend auf dem Boden geschlafen hat, so zimperlich sein kann.

– Genau das! Wie die Prinzessin auf der Erbse.

– Du hast recht, es gab Zeiten, da wusste ich nicht mehr wie es war, in einem Bett zu liegen.

– Was ist jetzt los?

– Du hast mich verwöhnt!

– Nur das? – lachte Maria – das ist noch auszuhalten. Stopf dir etwas in die Ohren oder wecke mich. Ich werde warten bis du einschläfst. Wir kaufen dir ein längeres Bett und die Matratze dazu. Halte es noch einige Wochen aus, dann wirst du alleine in deinem Zimmer sein.

– Es tut mir aber so leid, dir unangenehme Nächte zu bereiten, dir, die alles für mich tut.

– Macht nichts, man muss sich eben aneinander gewöhnen. Es ist ein Unterschied, ob man am Bahnhof Kaffee trinkt oder in einem Bett schläft. – Maria blieb wach und lauschte auf Elisabeths Atem. Als sie dachte, sie schlafe, wollte sie auch einschlafen, aber es gelang ihr nicht. Sie hatte zu heiß. Mit Elisabeth in einem Bett konnte sie nicht nackt schlafen, dabei war sie daran gewöhnt. Sie wohnte früher in solch heißen Gegenden, wo das die einzige Lösung war. In Afrika lebte sie unter fast nackten Menschen. Johannes wusste davon und dass sie sich nur mit einem Leintuch zudeckte. Es war nie ein Thema zwischen ihnen. Sie stand auf und ging in die Küche, machte sich eine Limonade mit Eiswürfeln und setzte sich im Nachthemd auf die Terrasse. (Endlich ist es ein bisschen kühler!) Sie sah zu den Sternen empor. Wie gut sie Elisabeths Schwierigkeit verstand. Seit über zwanzig Jahren schlief sie auch nicht mehr mit jemandem in einem Bett. Neben Ludwig konnte sie immer tief schlafen. Wachte sie in der Nacht auf und griff nach seiner Hand, so nahm er sie auch im Schlaf. Manchmal erwachte sie, wie sie weinte und Ludwig sie weckte.

– Ich träumte wieder, du bist weggeritten, ich sah dir nach, wie du dich immer weiter entferntest und wusste, du wirst nie mehr zurückkehren.

– Ich bin doch bei dir, meine Liebste, ich werde dich nie verlassen. Wenn es sein muss, reite ich über dir und Johannes am Himmel auf der Milchstraße! – Niemand wusste, wie es war, als er starb. Sie dachte, sie würde ihm nachsterben. Dann erblickte sie in Johannes Augen seine Augen und hörte wie er ihr zusprach: – Lebe für ihn! – Jetzt geht Johannes weg. Für wen soll sie noch leben? Für Elisabeth will sie leben, damit sie selbst auch ein Leben hat. Sie ging zurück und schlüpfte vorsichtig unter die Decke. Elisabeth schlief aber, wie es die kleinen Kinder tun, rutschte sie in ihre Nähe. Sie fühlte die Wärme ihres Körpers, streichelte sie vorsichtig und flüsterte das, was Ludwig auch immer zu ihr sagte:

– Ich bin da, meine Liebe. – Von nun an änderte sich etwas zwischen ihnen. Sie sprachen nicht mehr, brauchten nicht noch mehr Erklärungen. Sie schauten sich nur an und wussten, was die Andere dachte.

JOHANNES

Elisabeth schleifte mit Emy am Küchenschrank als Johannes hereinkam. Er schaute zu, wie sich allmählich das Holz zeigte.

– Tanne – stellte er fest.

– Siehst du, hier ist ein Stück herausgebrochen. Ich weiß nicht, was wir machen sollen.

– Nichts, das ist jetzt so.

– Wenn du hinausgehst, sage bitte Maria, sie soll schnell zu mir kommen. – Johannes ging zu seiner Mutter und übermittelte Elisabeths Wunsch folgender Maßen:

– Die eine Streitaxt ruft die andere! – Maria verstand ihn zunächst nicht, dass er sie Streitaxt nannte, kümmerte sie nicht, aber er nannte Elisabeth auch so und es tat ihr weh. Mit diesem Ausdruck schaute sie ihn wohl an, weil Patrizia der Kragen platzte.

– Merkst du denn nicht, wie deine Witze, deine Sprüche verletzen können! – Johannes spürte sein Verfehlen und wehrte sich.

– Sie hat mich so erzogen!

– Ich habe dich zur Freiheit erzogen, mehr kann ich für dich nicht tun. Das Schicksal wird dich weitererziehen – sagte Maria in ernstem Ton. Sie bemerkten nicht, wie Elisabeth und Emy hinter ihnen standen und alles hörten. Elisabeth trat zu Maria und umfasste ihre Schultern.

– Komm, alte Streitaxt. Johannes hat insofern recht, dass wir ein ganzes Leben lang gekämpft hatten. – Maria sah sie an. Nur Johannes kannte diesen Blick von ihr, nur ihn und seinen Vater schaute sie so an. Er fing an zu weinen und umarmte seine Mutter.

– Es ist alles gut, mein Lieber – strich Maria über seine Haare – ich bin nicht mehr allein. – Emy verstand nicht, was los war, weinte aber mit.

– Soll ich euch einen Kaffee machen? – fragte sie schniefend.

– Ja, mach einen und bringe ihn unter den Nussbaum – lächelte Elisabeth sie an. Dann setzte sie sich mit Maria auf die Bank.

Am Nachmittag suchte Johannes Elisabeth auf, als sie allein am Boden kauernd den unteren Teil des Küchenschrankes schliff. Er stellte sich von einem Bein aufs andere und kam sich so vor wie damals in der Schule, als er seinem Lehrer sagen musste, er hätte nicht gelernt. Elisabeth schaute zu ihm hoch. (Diese Augen! dachte er.)

– Und nun?

– Entschuldige mich, ich wollte dich nicht verletzen.

– Du hast mich nicht verletzt. Mir tat nur weh, dass du Maria Kummer bereitet hast.

– Ich liebe sie sehr, alles kann ich ihr verdanken, mein ganzes Leben. – Elisabeth stand auf:

– Es ist alles in Ordnung Johannes und ich freue mich, dass Maria einen so guten Sohn hat.

– Darüber, wie sie dich liebt, freust du dich nicht?

– Doch, aber das ist mehr als Freude. Warum hast du geweint?

– Du kennst diesen Blick von ihr nicht, besser gesagt jetzt schon. Nur mich und meinen Vater schaute sie so an. – Emy sprang zu ihnen herein.

– Kommt, wir gehen baden. Es gibt zwei Fuhren. Maria fragt, ob du auch eine fährst, Johannes.

– Wir kommen! – Johannes griff nach Elisabeth Hand und ging mit ihr los. (Also das geht doch zu weit!) Dachte Emy, indem sie Elisabeths andere Hand ergriff. Wie Maria sie so zu dritt, Hand in Hand auf sie zukommen sah, lachte sie und umarmte sie alle auf einmal.

– Mama, du tätest gut dran, wenn du nach Shivas Vorbild dir noch ein Paar Arme wachsen lassen würdest!

– Lieber zwei Paare, dann könnte ich auch noch arbeiten.

VERA UND SIEGFRIEDS HOCHZEIT

Veras und Siegfrieds Trauung war der Abschluss des Sommers. Sie fuhren alle nach Budapest. Elisabeth war Siegfrieds Trauzeugin. Am Abend war das Festessen im Victoria Hotel geplant. Vor der Trauung sorgte Siegfried noch für etwas Aufregung. Er teilte dem Beamten mit, er wünsche nicht den üblichen Hochzeitsmarsch, sondern aus der Zauberflöte den Teil, als Tamina und Tamino von Sarrastro in das Heiligtum geführt werden. Der arme Mann wusste nicht einmal, wovon er sprach.

– Wir haben aber nur den Marsch einprogrammiert.

– Macht nichts, ich habe es mitgebracht, setzen sie es auch auf das Programm. So verzögerte sich die Trauung und sie warteten im Vorraum.

– Ihr seid schön Vera und Siegfried ist ein prächtiger Bräutigam.

– Zum Glück kauften wir ihm eine ganze Ausrüstung, sonst würde er noch immer seine Kleider zusammensuchen. So brauchte er auch schon eine Stunde, um fertig zu werden.

– Und du?

– Zehn Minuten.

Bis zum Abendessen war noch viel Zeit. Maria nahm Elisabeth in ihre Budapester Wohnung mit. Sie wohnte in der Innenstadt an der Fußgänger – Zone, in einer geräumigen Altwohnung mit hohen Räumen. Elisabeth war noch nie bei ihr. Sie schaute sich um und wunderte sich.

– Du willst nach dem hier wirklich in einem niedrigen Bauernhaus mit zwei Zimmern leben?

– Ja.

– Aber warum? – Sie saßen auf dem kleinen Balkon und sahen auf die belebte Straße herunter.

– Soll ich dir für das „Warum" deine Teetasse wegnehmen?

– Ruhig, ich nehme dann die deine. Aber warum?

– Weil ich endlich zu Hause bin und mit dir. – Johannes kam an die Balkontüre.

– Siehe, das Paar!

– Komm ja nicht heraus, ich fürchte immer, einmal wird der Balkon hinunter krachen.

– Dann wäre es besser, ihr würdet auch hereinkommen. Zu zweit seid ihr sehr „schwergewichtig"!

Das Abendessen auf der Terrasse des Victoria Hotels auf der Margrit Insel verlief in der abendlichen Wärme angenehm und lustig. Siegfried kündigte an, sie würden Morgen nach Sukoró kommen.

– Habt ihr nichts Besseres zu tun? – staunte Elisabeth.

– Ich hatte doch gesagt, wir gehen von dort aus auf die Hochzeitreise.

– Ich nahm es nicht ernst.

– Das war ein grober Fehler.

– Könntet ihr morgen auch Emy und Alois mitnehmen?

– Natürlich. – Vera zog ihr Hochzeitskleid zum Abendessen aus, was Emy sehr bedauerte.

– Ich werde auch so ein schönes Hochzeitskleid haben. Oder Alois?

– Ja, Kleines.

– Nur mehr Rüschen und Spitzen möchte ich haben. –
Maria dachte an Katis muffige, dunkle Wohnung und
versicherte Emy:

– Du wirst auch eine schöne Hochzeit haben, wir sorgen dafür. – In Elisabeths Seele klang: „Niemals!" und
sie verstand ihren Gedanken nicht.

DER FLÜGEL

Das Haus war fertig. Maria brachte aus ihrer Budapester Wohnung die restlichen Sachen mit. Johannes und Patrizia waren in Wien. Anfang September wurde der Flügel geliefert. Als sie ihn brachten, war nur Elisabeth zu Hause. Maria ging arbeiten aber sie ermahnte Elisabeth, ein anständiges Trinkgeld zu geben. (Das tat ich jeden Tag für Willi, ich verstehe viel mehr davon als sie! dachte Elisabeth.) Der Flügel wurde in ihr Zimmer getragen und die Männer stellten ihn auf. Als sie allein war, setzte sie sich an den Esstisch und schaute den Flügel von dort an. Auf dem Instrument glänzte der Lack. Es roch nach neuem Möbel. Vor dem Flügel stand der längliche, schwarze Klavierstuhl. (Das gehört mir, dieses Wunder ist meins! Ich kann spielen, wenn ich nur will.) Sie näherte sich andächtig dem Instrument und setzte sich auf den Hocker. Ein Notenschränkchen aus Kirschholz stand daneben. Es hatte mehrere, niedrige Schubladen übereinander. Schön war das Zimmer. Auf dem großen Perserteppich mit dem graublau–orangenem Muster und dem purpurnen Rand stand der Flügel. Mit dem Flügel war das Zimmer nun vollends eingerichtet. Sie schaute sich nun bewusst um. Sie hatte noch nie so schön gewohnt. Die elfenbeinfarbenen Kacheln des Ofens schlossen mit einem Sims, auf dem zierliche Blumen in nachempfundenem Jugendstil waren. Auf ihrem Bett lag eine purpurne Tagesdecke aus samtartigem Stoff mit altrosa und hellen Sofakissen darauf. An den Fenstern hingen die alten, kurzen, weißen Vorhänge und die Nelken in Töpfen standen auch noch auf dem Fenstersims. In der rechten Ecke saß ein etwa ein Meter hoher, vergoldeter Buddha auf einem niedrigen, rötlichbraunen Podest. Maitreya, der Buddha der Zukunft und der Liebe. Maria hatte ihn irgendwo in der Welt gekauft und Elisabeth wünschte ihn für ihr Zimmer. Der Esstisch war aus hellem Tannenholz mit den entsprechenden Stühlen dazu, der Kleiderschrank und das niedrige Bücherregal ebenfalls. Auf der rechten großen, weißen Wand hing Franz Marks Bild „Tierschicksale" in original Größe, in schlichtem grauen Holzrahmen. Maria bestellte es in London. Es war auf Leinwand und nicht auf Papier gedruckt worden. Sie hat Elisabeth nicht verraten, was es kostete. Wenn es um Qualität ging, kannte sie keinen Kompromiss. Sie sagte immer:

– Wenn das Richtige nicht zu haben ist, lieber gar nichts. – Ihr Zimmer war auch nicht weniger anspruchsvoll, nur hatte sie mehr persönliche Dinge. (Wie schnell man sich an das Gute gewöhnt.) Elisabeth zog eine Schublade mit den Noten heraus. Sie hatte noch nicht viele, aber langsam sammelten sie sich. Sie nahm Mozarts A-Dur Sonate heraus. (Diese Sonate ist wie Emys Fee. Ich habe noch Zeit bis Maria kommt, um etwas zu kochen.) Sie fing an zu spielen, nahm ein Stück nach dem anderen vor. Nur den Totentanz von Liszt übte sie nicht. Als Maria um drei Uhr nach Hause kam, hörte sie schon beim Gartentor die Musik. (Der Flügel ist da!) Sie fand die Küchentüre sperrangelweit offen, von Gekochtem keine Spur, im Abwaschtrog lag noch das Geschirr vom Frühstück. Sie ging nicht zu ihr hinein, sondern machte Rührei mit Zwiebeln und machte ein Glas mit Gurken auf. (Zum Glück habe ich unterwegs Brot gekauft.) Alles lud sie auf ein Tablett und setzte es auf dem Esstisch ab.

– Kommst du zum Essen? – Elisabeth wandte sich überrascht um.

– Du?

– Ja, ich wohne auch hier, nicht nur dein Flügel.

– Entschuldige, aber seit er angekommen ist habe ich nur gespielt.

– Das ist nur verständlich. Komm essen.

– Hörst du nachher Mozart und Beethoven an?

– Du könntest mich nicht einmal hinausschicken. – Das Rührei hatten sie schnell gegessen und trugen die Teller in die Küche.

– Ich werde später abwaschen – sagte Elisabeth entschuldigend und eilte wieder zu ihrem Flügel zurück. Maria saß auf Elisabeths Bett, stopfte sich zwei Sofakissen in den Rücken und hörte ihr zu. Noch nie hat sie Elisabeth Klavierspielen gehört, fiel ihr jetzt ein. Sie war erschüttert, wie sie ihre leicht nach vorne gebeugte, konzentrierte Gestalt sah. Ihre Hände flogen wie Flügel über die Tasten. (Eine reife menschliche Seele, die ihre ganze Freude und allen Schmerz in die Musik gießt. Ihr ganzes Leben ist darin. Ich dachte schon, sie kann etwas, aber nicht, wie viel.) Elisabeth beendete den Mozart, blickte schnell zu Maria und hatte schon die Beethoven-Sonate auf dem Ständer. Als sie fertig war, klatschte Maria Beifall.

– Das war sehr schön.

– Ich muss noch viel üben.

– Ich lasse dich jetzt und gehe in mein Zimmer. – Elisabeth spielte noch Bach. Später schaute sie bei Maria herein. Sie fand sie auf dem Bett lesend. Maria hatte ein breiteres Bett als sie, ein sogenanntes französisches. Sie setzte sich auf den Bettrand.

– Du kannst dir nicht vorstellen, wie müde ich jetzt bin!

– Wie viele Stunden hast du gespielt?

– Ungefähr sechs.

– Dann wundere dich nicht, dass du müde bist. Leg dich hin.

Elisabeth schwankte. – Ich wollte noch spielen. – Maria lachte:

– Sie nehmen deinen Flügel morgen nicht wieder zurück!

– Und wenn es nur ein Traum war und ich erwache am Südbahnhof in der Unterführung?

– Es war kein Traum, ich habe es auch gehört. Oder träumen wir dasselbe?

– Ich möchte neben dir schlafen und wecke mich dann.

– Komm. – Elisabeth legte sich zu ihr, fischte unter der Decke ein Kissen heraus, steckte ihre Hand unter ihr Gesicht und schlief ein. Sie konnte nicht auf der linken Seite schlafen, so wandte sie sich Maria zu. (Wie jung sie jetzt aussieht!) Dachte Maria und las weiter. Plötzlich fiel ihr das Buch aus der Hand. Sie hob es nicht auf, sondern schlief auch ein. Es war schon sechs Uhr, als sie aufwachten.

– Wir haben aber ganz schön lange geschlafen – erhob sich Elisabeth – ich gehe jetzt Kaffee kochen.- Die Septembersonne schien noch warm. Sie saßen unter dem Nussbaum.

– Wie ruhig es ist im Gegensatz zum Sommer.

– Ja. Fehlt dir Johannes nicht, Maria?

– Doch, aber jetzt bist du für mich da. Wollen wir noch am See spazieren gehen? Später können wir irgendwo etwas essen.

Sie liefen dem Seeufer entlang.

– Diese Mozart Sonate ist sehr anhänglich, sie geht mir nicht aus dem Kopf.

– Sag nichts, in mir klingt sie auch noch immer nach.

– Es gibt die Bezeichnung „Ohrwurm" für solche Fälle.

– Wurm zu Mozart zu sagen! – Sie spazierten und sahen der untergehenden Sonne zu, wie sie hinter den Hügeln verschwand. Es waren kaum Menschen unterwegs, manchmal ein Fahrradfahrer oder Hundebesitzer mit ihren Tieren. – Hast du schon bemerkt, dass die Sonnenuntergänge im Herbst am schönsten sind?

– Hättest du sie nur in Afrika gesehen!

– Sahst du auch einmal das Nordlicht?

– Nein, ich war in wärmeren Gegenden. Aber etwas weißt du noch nicht. Diese Woche warst du wegen des Feiertages und dem Klavier nicht arbeiten. Wir haben neue Pläne für den Dezember. In der Stadt ist über den ganzen Monat Weihnachtsmarkt. Alexander schlug vor, wir sollten an drei Wochenenden parallel dazu einen kulturellen Weihnachtsmarkt organisieren. Marthas Idee war die Einteilung nach Altersstufen, also zuerst die Kinder, dann die Jugendlichen und zum Schluss die Alten.

– Und wo sind die zwischen achtzehn und sechzig Jahren?

– Das fragte ich sie auch. Sie schauten mich an, als ob ich nicht ganz bei Trost wäre. – Jemand müsste doch auch zuschauen und bezahlen! – war die Antwort. – Ich sagte ihnen, bei all dem anderen ist das zu viel für mich. Wenn sie auch jeweils ein Wochenende übernehmen, werde ich auch eins organisieren. Sie waren so verblüfft, wie wenn ich ihnen mitgeteilt hätte, ich sei der Weihnachtsmann. Das gab es noch nie! Martha übernahm die Kinder und Alexander die Jugendlichen.

– Was ist mit mir?

– Du machst mit mir die Alten.

– Ich verstehe mich nicht auf die Alten!

– Vollkommen verständlich in deinem zarten Alter! Übrigens, Alexander wusste sofort, dass du Klavier spielen wirst.

– Nicht doch! Er hat mich noch nie spielen gehört.

– Das stört ihn nicht, er ist überzeugt, du kannst alles. – Auf was für einem Klavier? – fragte ich ihn. – Auf Elisabeths Klavier natürlich. – Er kommt mit einigen starken Freunden und sie nehmen dein Klavier mit und bringen es auch zurück. – Sie hat einen Flügel und das ist keine Ziehharmonika. – Nun ja, dann solltest du eben Ziehharmonika lernen, meinte er, du hättest noch genug Zeit bis Dezember.

– Aha, in den kurzen geschichteten Röckchen, in roten Stiefelchen, mit einem Kornblumen Kranz in den Haaren spiele ich Tschardasch und tanze dazu! – Maria sah Elisabeth vor sich in dem kurzen Rock, mit ihren dünnen Beinen, die in roten Stiefeln steckten die für sie zu weit waren und dann dem Kornblumenkranz auf ihrem grauen Haar. Sie musste so lachen, dass sie beinahe erstickte. Elisabeth klopfte ihr auf den Rücken. Als sie wieder Luft bekam fragte sie sie:

– Kannst du tanzen?

– Ja, und ich tanze auch gerne. Und du?

– Ich kann nicht. An den Diplomaten Bällen stand ich nur vom einen Bein auf das andere und betete im Stillen, es möge mich ja niemand zum Tanz auffordern. Ludwig schnappte mich manchmal und tanzte Walzer mit mir. Ich wundere mich jetzt noch, dass wir nicht auf dem Parkett landeten.

– Er muss ein starker Mann gewesen sein.

– Na, na ich wog damals fünfzehn Kilos weniger.

– Ich werde dir das Tanzen beibringen, aber halten kann ich dich nicht und wir werden auf dem Parkett landen. Erzähle noch, was ihr geplant habt. Gibt es schon konkrete Vorschläge?

– Und ob! Sie sind beide mit ihren Plänen fertig. Martha ruft andauernd Kindergärten und Schulen an. Kinder gibt es genug. Sie will Vorführungen von ihnen. Eine Gummi-Hüpfburg muss her. Ein Kaffeehaus, wie das Lebkuchenhäuschen der Hexe gestaltet, mit Sirup und Kakao und kleinen verzierten Lebkuchen. Wenn ich nicht hinschaue, sieht sie sich Märchenfilme auf dem Internet an.

– Und Alexander?

– Er rotiert auf Hochtouren und platzt beinahe vor Ideen.

– Alexanders Ideen sind immer originell!

– Er will zwei leerstehenden Fabrikhallen mieten, Stellwände für Graffiti aufstellen, die an Ort und Stelle von den Jugendlichen besprayt werden. Dann Schattentanz.

– Das stinkt aber sehr. Will er auch Gasmasken dazu verteilen?

– Sag’ ihm das bloß nicht, sonst macht er es noch.

– Was ist ein Schattentanz?

– Das ist spannend. Es wird eine riesige Leinwand ausgespannt und dahinter tanzen sie eine Geschichte. Die Stimmung wird mit farbigen Scheinwerfern erzeugt. Es wird noch ein Rollbrett Wettbewerb geben. Sie bauen die Rampen und die Half- Pipe auf und dann das Podium für die Musiker.

– Was für Musiker?

– Einige junge Leute aus der Aluminiumfabrik haben eine Rockband gegründet. Die Verstärker, die sie mitbringen, sind sehr groß. Sie würden bei uns nicht zur Türe hineinpassen.

– Ihre Größe ist nur das eine, aber die Lautstärke!

– Ich werde nicht dabei sein. Vor dem Konzert findet noch eine Modeschau statt mit dem Titel: „Homeless Night". Soll ich übersetzen? Die Nacht der Obdachlosen.

– Das ist ziemlich geschmacklos!

– Eine junge Frau, Adrien Kárpáti, entwarf Abendkleider dafür. Das interessierte mich und ich ging hin um ihre Zeichnungen anschauen. Es ist ausgesprochen Damenmode, aber mit Männerhosen, dazu Lederwesten mit allem Möglichen kombiniert. Da gibt es Federn, Schleier, Spitzen, die unten aus der Motorradweste heraushängen, Kombination mit Leder und Jute. – Elisabeth hielt Maria beim Gehen an und drehte sie zu sich.

– Das ist aber nicht dein Ernst?

– Doch –, brachte noch Maria heraus und dann platzte aus ihr das zurückgehaltene Lachen heraus. Elisabeth lachte mit und sie hielten sich gegenseitig, bis sie nicht mehr stehen konnten und sich auf eine Bank fallen ließen.

– Es ist das Mädchen aus dem Laden, wo wir die Hosen gekauft hatten?

– Ja, und sie wollte wissen, wie du heißt, weil sie ihre Modelle nach dir benennen möchte. Sie war enttäuscht, als ich ihr deinen Namen sagte. Elisabeth fand sie zu lang und zu ernst, dann meinte sie „Bettys Day and Night look" wäre vielleicht gut. Allerdings finde ich dafür das zu lang.

– Ich habe schon damals gesagt, ich mache neue Mode.

– Siehst du, so eine Wirkung hast du!

– Maria, diese Organisation wird sehr viel kosten.

– Hast du noch nicht bemerkt wie gut ich mich auf Geld verstehe?

– Doch, beim Ausgeben!

– Jemand muss im Geldumlauf auch Käufer sein. Alexander wollte auch einen Mc' Donalds Stand. Ich wehrte mich entschieden dagegen. Da versprach er seinen Teil von Mc' Donalds sponsern zu lassen, und es gibt auch noch die Eintrittskarten.

– So wie ich ihn kenne, wird er das Geld von ihnen bekommen. Aber von den Alten hast du noch nichts gesagt. Was kann man dort machen?

– Das Übliche. Ausstellung von Handarbeiten, Fischsuppen Kochwettbewerb, Auftritt des Jägermusikvereins mit Jagdhörnern. Am Abend ein großes Büfett mit Zigeunermusik und gemeinsamem Gesang.

– Das ist wirklich für mich!

– Und für mich! Aber Liebe, wir sind die Alten.

– Könnten wir nicht ohne Handarbeit, ohne der Fischsuppe, ohne Jäger und Zigeunermusik alt sein?

– Wir machen es ja nicht für uns, und sie können nichts dafür, dass wir kein Talent zum Altwerden haben. – Es war unterdessen schon ganz dunkel geworden.

– Gehen wir zurück? Willst du in eine Pizzeria oder sollen wir in unsere Konditorei gehen?

– Ja, dorthin. – Sie konnten nicht mehr draußen sitzen.

– Maria, mir kommt es vor wie wenn wir einen Geburtstag oder ein Jubiläum feiern würden.- Maria schaute sie mit dem Blick an, den sie nun auch kannte, nicht nur Johannes.

Zu Hause war es im Garten dunkel und recht kühl im Haus.

– Soll ich den Kachelofen heizen?

– Dann hat der Ofen auch Premiere, nicht nur der Flügel. – Elisabeth spielte noch und Maria schlief bei ihrer Musik ein. In der Nacht, schon im Nachthemd, kam

Elisabeth in ihr Zimmer, schlüpfte unter die Decke legte ihren Kopf so nah an Marias Kopf, dass ihre Stirnen sich berührten.

– Ich bin zu Hause – flüsterte sie, bevor sie einschlief.

DER HERBST

Nach der glücklichen Freiheit und Wärme des Sommers litt Emy sehr in Katis dunkler, kleiner Wohnung. Ohne Widerrede machte sie alles, was man von ihr verlangte. Alois hatte es besser, er arbeitete jeden Tag und war langfristig angestellt worden. Er war ein zuverlässiger, guter Arbeiter. Einmal hörte der Bauführer, wie einer seiner Kollegen ihn abfällig „Zigeuner" nannte. Er rief den jungen Mann zu sich ins Büro und fragte ihn: – Ob er noch weiterhin bei ihnen arbeiten möchte? Denn, wenn er noch einmal, „Zigeuner" hört, würde er ihn entlassen. – Der Arbeiter war beleidigt und sprach nicht mehr mit Alois. Die Geschichte machte aber die Runde und sie ließen ihn in Ruhe. Kati ging es besser, aber Emy hatte immer mehr Bauchschmerzen. Sie sagte nichts, weil sie dachte, Tante Kati hat viel größere Schwierigkeiten. Sie wollte sich nicht beklagen. Elisabeth ging zur Arbeit und so sahen sie sich recht selten. Emy vermisste sie sehr. Sie kaufte ihr immer Früchte oder Fruchtsäfte. Alois musste für seine Arbeit nahrhafte Speisen haben, es gab keine Früchte, höchstens Äpfel. Sie lernte auch, Mohnkuchen zu backen. An einem Wochenende gingen sie nach Sukoró und brachten von Emy gebackenen Mohnkuchen mit. Er schmeckte allen.

– Backen getraue mich noch immer nicht, du bist schon weiter – lächelte Elisabeth sie an. Am Nachmittag gingen sie am Seeufer spazieren. Emy lief neben Elisabeth und fasste zaghaft nach ihrer Hand.

– Darf ich?

– Natürlich. – Elisabeth schaute sie genauer an. (Sie ist sehr bleich und sieht irgendwie krank aus.) An einem anderen Wochenende waren Siegfried und Vera bei ihnen. Vera brachte ihr Cello mit. Sie spielten ihre Brahms Sonate. Nachher fing Elisabeth, mit Siegfried an seinem Bach Programm zu arbeiten.

– Komm Vera, wir gehen in die Küche und kochen etwas. Nicht nur, dass wir nicht nötig sind, sie merken nicht einmal, dass es uns gibt.

– Prima, dann lerne ich jetzt ein Maria-Rezept. Was kochen wir?

– Etwas von dem, was zuhause ist.

– Weißt du, Maria, wie sehr Siegfried Elisabeth liebt?

– Ja, ich weiß es.

– Er hat schon mitgeteilt, wenn wir eine Tochter haben werden, wird sie Elisabeth heißen. Über seine Eltern spricht er so gut wie nie.

– Kennst du das Buch von Goethe, „Die Wahlverwandtschaften"?

– Nein. Es ist aber komisch, in der Regel kann man gerade die Verwandten nicht aussuchen.

– Deswegen ist der Titel so interessant und das Buch auch.

– Ich werde es lesen. – Aus dem Zimmer rief Siegfried nach einem Kaffee.

– Der Herr Graf gibt die Bestellung auf!

– Die Aristokraten sind jetzt unter sich!

– Ich bin gerne ihre Magd – lachte Vera und setzte den Kaffee auf.

Auf Ende September wurde das Wetter schlecht. Maria hatte sich erkältet und konnte nicht arbeiten gehen. Sie hatte Rückenschmerzen, atmete schwer und befürchtete eine Lungenentzündung. Sie ging zum Arzt. Es war keine Lungenentzündung, sondern eine schwere Bronchitis und sie bekam Antibiotika.

– Ich verabscheue sie!

– Es wäre aber gut, wenn du sie nehmen würdest. – Elisabeth ließ Maria nicht gerne allein zu Hause, denn sie wusste, wie sie andauernd aufstand und herumwerkelte. Sie beeilte, sich aus dem Büro schnell heim zu kommen, aber musste noch unterwegs einkaufen. Maria war eine schwierige Kranke, ungeduldig, frustriert, wütend auf sich und auf ihre Schwäche. Elisabeth tat alles, was sie nur konnte.

– Bleib doch endlich ruhig, trink deinen Tee und decke dich nicht immer auf.

– Ich liege doch auf dem Rücken, dort bin ich nicht aufgedeckt.

– Soll ich dir etwas vorspielen?

– Ja, das ist besser wie die Antibiotika.

– Hast du einen Wunsch?

– Beethoven.

– Was?

– Die fünfte Symphonie.

– Maria, so krank kannst du nicht sein!

– Du bist ein Orchester wert.

– Es fehlt der Dirigent.

– Der bin ich.

– Deine Ansichten über die Musik sind bemerkenswert. Also was nun?

– Die Waldstein-Sonate.

– Es ging darum, ruhig zu bleiben und nun verlangst du immer nach Kampfgetöse. Brahms Wiegenlied werde ich spielen.

– Für meine Enkel dann. Das Kampfgetöse ist logisch, wenn ich schon ruhig bleiben muss, so soll um mich wenigstens etwas geschehen. Die Waldstein-Sonate!

– Gut – und Elisabeth wollte in ihr Zimmer gehen. Maria rief ihr aber nach.

– Ich will auf deinem Bett liegen, dort höre ich besser. – Elisabeth kehrte um nahm Marias Bettwäsche und den Tee mit und richtete ihr dort das Bett ein. Maria streckte sich genüsslich auf Elisabeths Bett aus.

– Jetzt bleibst du aber ruhig liegen und trinkst deinen Tee!

– Ja. Spiel nur. Das ist eine neue Therapie, Musik anstatt Antibiotika. Man müsste sie in den Spitälern auch einführen.

– Und eine Mahler Symphonie als Narkose! – lachte Elisabeth und spielte. Maria genoss die Stimmung, Elisabeths Bett, das Lächeln des goldenen Buddhas, den Duft des Orangenöles,das auf dem niedrigen Regal verdunstete. Auf dem Tisch brannte eine Kerze und es wurde langsam dunkel. Eine Sicherheit und Ruhe überkam sie, endlich konnte sie sich entspannen. Sie dachte, es wäre doch gut, öfters krank zu sein. Wann konnte sie in den vergangenen zwanzig Jahren krank sein? Wann bekam sie so viel Liebe und Fürsorge? Es ging ihr bald besser und sie wurde langsam wieder gesund.

– Am Montag gehe ich wieder arbeiten.

– Zuerst zum Arzt!

EMY KOMMT INS SPITAL

Am Freitagabend erhielt Elisabeth einen Anruf von Alois:

– Elisabeth, ich glaube Emy ist sehr krank.

– Was hat sie?

– Ich weiß es nicht. Sie liegt auf der Matratze, hat einen roten Kopf und spricht alles durcheinander.

– Hat sie Fieber?

– Das weiß ich nicht, wir haben kein Thermometer. Kommst du?

– Ich komme. – Maria hörte das Gespräch, stieg aus dem Bett und begann sich anzukleiden.

– Was machst du? Ich gehe allein.

– Ich komme mit, aber du fährst.

– In der Stadt bin ich noch nie gefahren.

– Dann eben jetzt!

– Und wenn ich dein Auto zu Schrott fahre?

– Fahre nur uns nicht zu Schrott.

– Maria, das Wetter ist nass, es regnet und du bist noch nicht gesund.

– Das ist wie mit Antibiotika und der Musik, wenn ich hierbleibe, würde ich vor Nervosität sterben, weil ich nicht weiß, was mit dir, mit euch los ist. Bring den Autoschlüssel und das Thermometer.

Katis Wohnung war in der Heizperiode noch muffiger, kellerartiger als im Sommer. Emy lag mit knallrotem Kopf auf der Matratze und man sah ihr das Fieber an. Kati weinte, Alois war ratlos.

– Gut, seid ihr gekommen, Elisabeth.

– Komm halte ihren Arm mit dem Thermometer fest. Maria schaute sich um. Das geht nicht! – dachte sie und ging zu Kati in die Küche.

– Sie dürfen nicht auf dem Boden schlafen.

– Ich sagte ihnen schon, sie sollen in meinem Bett schlafen.

– Und du?

– Mir reicht die Matratze, ich brauche kein breites Bett mehr. – Maria stellte sich Katis Bett vor. Es war mindestens dreißig Jahre alt. Mit Rosshaar gestopft, was nicht schlecht war, aber die Bettfedern stachen hier und dort durch den abgenutzten Bezug. Es fiel ihr auch ein, wer und wie viele schon in dem Bett gelegen sind.

– Du brauchst auch ein neues Bett.

– Wie denn? Alois zahlt noch die Raten für die Waschmaschine.

– Wir werden sehen. – Elisabeth kam mit dem Thermometer.

– Neununddreißig acht, ein Arzt muss her.

– Konntest du mit ihr sprechen?

– Nein, sie weint und spricht im Fieber: – Großvater nicht! Mami hilf! Und dann lacht sie.

– Wäre es nicht klüger, sie sofort ins Spital zu bringen? Ich rufe einen Krankenwagen, dann ist ein Arzt auch schon dabei. – Kati weinte noch mehr, Alois verzweifelte und Maria rief den Krankenwagen. Alois wurde auf die Straße geschickt, um den Wagen zu erwarten. Maria wandte sich zu Kati:

– Kati, hör auf zu weinen, das nützt niemandem und dir schadet es am meisten. Suche für Emy einige Unterhosen und so etwas wie ein Nachthemd zusammen. Der Arzt kam, schaute nur auf Emy und wies die Pfleger an, sie in den Krankenwagen zu tragen.

– Kati, versuch jetzt zu schlafen, es wird alles gut. Alois kommt dann nach Hause. Alois, du gehst mit Emy und wir fahren euch hinterher.

Im Spital mussten sie warten, aber Emy haben sie sofort mitgenommen. Stumm saßen sie auf den harten Stühlen und warteten. Alois nickte ein, Elisabeth war bleich und Maria konnte sich im Sitzen kaum aufrecht halten.

– Elisabeth, das ist kein Zustand, nicht neue Betten müssen her, sondern eine andere Wohnung. Als sie Emy wegtrugen habe ich die Matratze angehoben. Unten tropfte sie vor Nässe und war schimmlig.

– Man müsste die Situation wirklich ändern. Aber wie?

– Ich weiß es nicht, aber werde Alexander bitten, den Möglichkeiten nachzugehen. – Sie warteten weiter. Um zwei kam ein Arzt und fragte nach den Angehörigen von Emylia Klein. Elisabeth stand auf.

– Sind sie ihre Mutter?

– Eher ihre Ziehmutter.

– Hat sie keine richtige Mutter? Wo finden wir sie.

– Doch, sie hat eine, aber ich weiß nicht, wo sie ist. Was ist mit Emy?

– Schwerwiegendes und viel. Sie hat eine Lungenentzündung und eine Nierenbeckenentzündung. Außerdem war sie schwanger und das Embryo ist gestorben, es begann die Selbstvergiftung. Wir haben sie operiert. Hat sie nichts gesagt? Haben sie nichts bemerkt?

– Sie wohnt bei ihrem Freud, nicht bei mir. – Alois stand auch schon neben ihr.

– Mit mir wohnt sie.

– Haben sie auch nichts bemerkt?

– Nein, sie hat nichts gesagt.

– Wahrscheinlich wusste sie auch nicht von ihrer Schwangerschaft – sagte Maria, die auch dazukam.

– Wer sind sie für die Kranke?

– Sagen wir, ihre Patin.

– Können sie mir bitte den Krankenkassenausweis von Emylia Klein geben? – Sie schauten auf Alois.

– Sie hat keinen.

– Alois, habt ihr nicht daran gedacht, für sie eine Versicherung abzuschließen? – entsetzte sich Elisabeth.

– Aber anscheinend Sie auch nicht – sagte der Arzt vorwurfsvoll zu ihr. – Wir können sie hier nicht behalten, morgen werden wir sie mit dem Krankenwagen in das Obdachlosenspital fahren. Dort können sie sie auch behandeln und haben einen sehr guten Chefarzt, Dr. Waldmeier. Nun, der Krankenwagen koste auch etwas.

– Ich übernehme die Kosten – meldete sich Maria.

– Dann geben sie bitte ihre Personalien an und eine Bestätigung für die Kostenübernahme.

– Wo soll ich das machen?

– Gehen sie bitte zu der Rezeption und unterschreiben sie die Papiere.

Alois wollte zu Fuß nach Hause gehen.

– Wir bringen dich nach Hause. – Im Auto sagte Alois:

– Wir hätten ein Kind bekommen. – Niemand antwortete ihm. Solange Alois mit ihnen war, riss sich Elisabeth zusammen. Richtung Autobahn fuhr sie aber bei einer Tankstelle auf den Parkplatz und blieb stehen. Sie schlug mit beiden Fäusten auf das Lenkrad ein:

– Ich habe wieder versagt, schon zum zweiten Mal. Ich habe mich nicht um sie gekümmert, kochte ungenießbare Sachen, spielte Klavier, genoss den Sonnenschein und das Leben. Auch jetzt habe ich nicht bestanden! Versagt! Immer versagen, zu nichts zu gebrauchen sein. Schon wieder zahlst du. Die Ausgaben für den Krankenwagen hast du so gegeben, wie damals das Geld fürs Brot. Als der Arzt „Obdachlosenspital" sagte war es, wie wenn man mir Salz auf das Herz streuen würde. Wird es nie ein Ende nehmen mit Emys Obdachlosigkeit? Wird sie immer fremd sein auf dieser Erde? Die Erde gewährt ihr kein Obdach? – Sie beugte sich über das Lenkrad und schluchzte.

– Du bist nicht für alles verantwortlich. Ihr Leben war bei Alois und deines mit mir. Kannst du fahren?

– Es wird schon gehen. – Sie fuhren wieder los. Elisabeths Tränen flossen unaufhörlich. Einmal fuhren sie beinahe auf einen vor ihnen fahrenden Wagen auf, dann verfehlte sie die Kurve und sie landeten fasst im Straßengraben.

– Halte an! Ich fahre weiter – sagte Maria in einem Ton, der keinen Wiederspruch duldete.

– Aber du bist noch krank.

– An Emy gemessen fehlt mir nichts. Halt' an! – Sie wechselten die Sitze.

– Wenn ich mit dir bin, habe ich meine alte Selbstdisziplin nicht mehr, man muss mir auch die Hand halten wie Emy.

– Weil du die Schwäche dir erlauben kannst, Elisabeth. Du hast genug alleine getragen. Vor den Wagen, den du gezogen hast, sind jetzt zwei Pferde gespannt. Morgen arbeiten wir nicht und da ist auch noch der Sonntag.

– Wie spät ist es? – Maria schaute auf die Uhr im Auto.

– Halb Vier.

– So spät?

– Was dachtest du denn? Zu Hause koche ich noch einen Tee.

Samstagmorgen weckte sie Alois am Telefon. Emy wurde in das andere Spital gebracht. Sie hat nicht mehr hohes Fieber und man kann mit ihr sprechen.

– Bleibst du bei ihr?

– Solange ich kann.

– Sag' ihr ich werde sie morgen besuchen.

– Das ist gut, sie wartet immer auf dich. – Der Sonntagvormittag verlief ruhig. Elisabeth spielte Klavier und dachte nur an Emy. Maria störte sie nicht und kochte das Mittagessen. Sie sah durch das Küchenfenster, wie sie auf dem Hof stand und ihre Tauben fütterte. Die Vögel zogen Kreise um sie und zwei der mutigeren saßen auf ihren Schultern. Sie erinnerte sie an eine traurige Statue. Nach dem Essen fuhr Maria sie zum Bahnhof.

– Melde dich zwischendurch und am Abend hole ich dich ab. – Im Zug schaute Elisabeth auf ihrem Handy nach, wo das Spital liegt. Sie ging zu Emy hinein. – Emy war schwach, aber freute sich sehr.

– Wie geht es dir, Liebes?

– Gut, nur bin ich immer müde. Hast du mich ins Spital gebracht?

– Ich und Maria.

– Dann weißt du, dass ich ein Kind bekommen hätte.

– Ich weiß es.

– Ich würde mein Kind nie verlassen.

– Nein, du nicht. – (Nicht wie ich und deine Mutter dich, dachte Elisabeth bitter.) Die Visite kam und sie musste kurz hinausgehen. Auf dem Gang trat der Chefarzt an sie heran.

– Sind sie die Mutter von Emylia Klein?

– Nein.

– Hat sie einen näheren Verwandten?

– Ihre richtige Mutter.

– Wo können wir sie finden?

– Ich weiß es nicht, aber nach ihrem Geburtsschein können sie sie ausfindig machen.

– Danke, wir werden sie suchen.

– Wie ist ihr Zustand?

– Wir haben das Fieber gesenkt, sie bekommt in großen Dosen Antibiotika. Es ist noch zu früh, um die Konsequenzen zu beurteilen.

– Herr Doktor Waldmeier, darf ich sie bitten, mich zu benachrichtigen, wenn es ihr schlechter geht.

– Sagen sie mir ihren Namen und geben sie mir ihre Telefonnummer.

– Doktor Elisabeth Schwarz. – Der Arzt hob den Kopf.

– Auf der Universität hörte ich aus Interesse die Vorlesungen von einem Professor Schwarz. Sind sie vielleicht mit ihm verwandt?

– Er war mein Vater.

– Wir werden sie auf jeden Fall benachrichtigen.

– Danke – sagte Elisabeth und ging zurück zu Emy. Es waren mehrere Kranke im Zimmer, das etwas abgenützt aussah, aber sauber war.

– Ich bin schläfrig.

– Dann schlafe.

– Aber du gehst nicht weg, wenn ich einschlafe?

– Nein, ich setze mich zu dir.

– Alois und Kati waren heute Vormittag schon da.

– Ich gehe jetzt einen Stuhl und einen Kaffee holen. – Bis sie zurück kam schlief Emy schon. Sie fragte eine Krankenschwester, ob Emy Fruchtsäfte trinken darf. – Wenn sie nicht zu säurehaltig sind, schon. – Sie ging um Fruchtsaft zu kaufen und Kekse. Das Abendessen wurde gebracht.

– Sie isst kaum etwas – sagte man ihr. Elisabeth weckte Emy.

– Das Abendessen ist da.

– Ich mag nicht.

– Komm, ich füttere dich. – Mit Überreden und Bitten gelang es Elisabeth, ihr einige Löffel Suppe einzuflössen.

– Ich habe dir auch Fruchtsaft und deine Lieblingskekse gebracht.

– Die Fee war hier und sagte, ich sollte keine Angst haben, sie nimmt mich mit.

– Wohin, auf die Burg?

– Nein, sie sagte etwas von einer Insel. Vielleicht auf die Margit Insel.

– Es gibt viele Inseln. (Elisabeth fiel aus der Arthus Sage Avalon ein.)

– Jetzt schlafe, dann wirst du schneller wieder gesund.

– Elisabeth, wirst du hier sein, wenn ich sterbe?

– Warum solltest du sterben? Viele Menschen waren schon krank und sind wieder gesund geworden. Hab’ etwas Geduld.

– Aber wirst du hier sein, wenn ich trotzdem sterbe? – beharrte Emy auf ihre Frage.

– Ich werde bei dir sein.

Maria holte sie vom Bahnhof ab.

– Wie geht es ihr?

– Besser, das Fieber ist gesunken. Der Arzt kann noch nichts Genaues sagen. Sie schläft viel und spricht vom Sterben. Sie bat mich, bei ihrem Tod dabei zu sein. Maria, ich habe Angst um sie.

– Du hattest schon immer Angst um sie. Deine Be-
fürchtungen an ihrem Geburtstag haben sich auch als
begründet erwiesen.

– Aber was ist, wenn ich nicht rechtzeitig ankom-
me? – Maria zog während des Fahrens ihren Kopf zu sich.

– Glaubst du, ihre Fee hilft dir nicht?

Am Montag ging Elisabeth auch arbeiten und erkundigte sich bei Alois nach Emys Befinden. – Unverändert,
sie schläft viel.- Am nächsten Tag kam Maria auch mit,
um Emy zu besuchen. Emy freute sich, schlief aber alle
zehn Minuten ein. Elisabeth umarmte sie, am Bettrand
sitzend, beugte sich zu ihr und streichelte ihr Gesicht
und ihre Haare. Das Bild der beiden war so schön und
so traurig zugleich. Die „Eisäugige" Elisabeth umhüllte
mit ihrem ganzen Wesen, wie mit großen Taubenflü-
geln, das goldhaarige, blasse Mädchen. Maria konnte
das Weinen kaum zurückhalten. Sie schaute Emys abge-
magertes, schlafendes Gesicht an und dachte: Vielleicht
stirbt sie wirklich.

EMYS TOD

Am Mittwoch gingen sie zusammen, arbeiten. Elisabeth war nervös. Ihre Spannung übertrug sich auch auf die anderen. Alexander und Martha wussten auch, was los war. Kurz nach neun rief der Chefarzt aus dem Spital an.

– Frau Doktor Schwarz, kommen sie, Emy liegt im Sterben und verlangt nach ihnen.

– Ich komme. – Maria fuhr sie zum nächsten Zug. Elisabeth zitterte am ganzen Leib.

– Du wirst ankommen! Ich bin sicher. – Am Bahnhof nahm sie ein Taxi. Im Spital war Alois auf dem Gang.

– Wieso bist du nicht bei ihr?

– Ich durfte mich nur verabschieden und dann schickten sie mich raus. Sie wartet auf dich. – Elisabeth ging hinein. Emy war nicht mehr richtig bei Bewusstsein.

– Emy, ich bin hier.

– Bist du gekommen, Mami?

– Ja, mein liebes Mädchen.

– Du bringst mich nicht mehr zu der Großmutter?

– Nein, wir werden für immer zusammenbleiben.

– Siehst du, die Fee sitzt hier auf dem Nachttisch?

– Ich sehe sie.

– Sie ruft mich, ich soll mit ihr gehen.

– Warum gehst du nicht mit?

– Ich habe Angst, und warte noch auf Elisabeth.

– Geh nur, deine Fee weiß am besten, was für dich gut ist, und Elisabeth kommt dir nach auf die Insel.

– Bist du sicher?

– Ganz sicher!

– Siehst du? Die Fee hat mich schon an der Hand gefasst und an der anderen Hand hält sie eine winzig kleine Fee! – Emy lachte hell auf. – Wir fliegen!

– Geh' Emy, geh' mit ihr in das Land der Feen! – Emys Hand wurde in der ihren schlaff, ihr Kopf neigte sich zur Seite. Lächelnd ging sie in das Land des ewigen Sommers, des ewigen Glücks. Elisabeth küsste ihr weiches, strahlendes Gesicht, dann drückte sie auf die Klingelschnur am Bettende. Der Arzt kam, sah Emys schönes, lächelndes Gesicht und schloss ihr die Augen.

– Sie sind noch rechtzeitig angekommen, Frau Doktor Schwarz. Bei uns ist es selten, dass Jemand von demjenigen in den Tod begleitet wird, den er liebt. Kommen sie noch zu mir ins Büro. – Alois saß auf der Bank neben einem schluchzenden, jungen Mann.

– Sein Freund ist gestorben.

– Emy ist auch gestorben, Alois. Warte hier auf mich – Alois barg sein Gesicht in die Hände und weinte.

– Was wird mit uns? – jeder von ihnen beweinte den eigenen Toten und trotzdem verband sie der gemeinsame Verlust. Elisabeth kam zurück.

– Komm. – Der junge Mann neben Alois schaute auf.

– Darf ich sie fragen, an was ihr Freund gestorben ist.

– An AIDS, wir waren Schwule.

– Dann sind sie...

– Ja, ich bin auch infiziert.

– Kommst du mit uns auf den Bus? – wandte sich Alois an ihn.

– Ich komme. – Auf dem Weg erzählte Stephan über seinen Freund Denis.

– Er war ein sehr geschickter Computerprogrammierer. An seiner Arbeitsstelle wurde es bekannt, dass er schwul war. Er hat es voll zugegeben und verteidigte die Homosexuellen auch noch. Er sagte, jeder hätte das Recht, den zu lieben, den er wolle. Sie haben ihn herausgeschmissen, und er fand keine Arbeit mehr. Dann ist er seelisch zerbrochen. Mein Lohn reichte für uns beide. Er saß nur zu Hause, entwarf Kleider und Schuhe auf dem Computer. Manches ließ ich ihm, auf Weihnachten oder auf den Geburtstag nähen. Ich war nicht zu Hause und er log mich an, er sagte, er ginge zur Behandlung. Immer schwächer und schwächer wurde er. Als er nicht einmal mehr alleine aufs WC gehen konnte, brachte ich ihn ins Spital. Dort stellte sich heraus, dass er seit zwei Jahren keine Krankenversicherung mehr hatte. Ich hätte sie bezahlt, wenn er nur etwas gesagt hätte. So kam er in das Obdachlosenspital. Ich nahm meinen jährlichen Urlaub und war neben ihm, wischte ihm den Schweiß vom Gesicht, fütterte ihn, gab ihm zu trinken. Heute Morgen ist er gestorben. Alois, Denis hatte deine Kleidergröße, willst du seine Kleider haben? Hab' keine Angst, er ging nicht in gelb oder rosenrot, er hatte nur gute, modische Sachen.

– Ich werde dich anrufen. Aber jetzt muss ich zu meiner Mutter.

Elisabeth stieg am Südbahnhof aus. Die Anspannung erlaubte ihr bis jetzt nicht, an Emy zu denken. Ihre Beine trugen sie nicht mehr. Sie setzte sich auf die Bank, wo Emy ihre Geschichte erzählte. (Emy gibt es nicht mehr! Emy ist tot.) Die Erinnerung überwältigte sie. Die vergangenen zwei Jahre liefen in ihr ab, als ob sie einen Film sähe. Emys Lachen, Emys Tränen, Emys Angst, Emys Liebe. Wie sie sich an sie schmiegte. Sie sah sie mit Alois Hand in Hand gehen. Der Sommer! Wie glücklich waren sie doch alle. Ihr Telefon klingelte. Es war Maria. Sie nahm den Anruf nicht an. SMS von Maria. Sie reagierte nicht. Maria wurde im Institut von Stunde zu Stunde nervöser. Alexander wollte sie trösten:

– Vielleicht ist sie bei Emy. – Aber die beiden lauschten so gespannt auf Marias Handy, wie wenn sie einen wichtigen Anruf erwartet hätten. Um die Mittagszeit hörte Maria auf zu Arbeiten.

– Ich gehe sie suchen.

– Wo?

– Irgendwo.

– Bitte melde dich, wenn du sie gefunden hast – bat Alexander.

– Bei mir auch – sagte Martha. Maria ging und in der Zwischenzeit ging Elisabeth auch los aber nicht auf den Zug. Sie hatte noch Siegfrieds Wohnungsschlüssel bei sich. Sie lief den Königsteg hinauf und dachte an gar nichts. Sie waren nicht zu Hause, so schloss sie die Wohnung auf und ging hinein, öffnete den Deckel des Flügels, setzte sich und begann die wenigen Takte, die sie schon aus Liszts Totentanz konnte, zu spielen, immer wieder und wieder.

Von unterwegs rief Maria Siegfried an:

– Weißt du, wo Elisabeth ist?

– Keine Ahnung, ich unterrichte.

Der Hausmeister dachte zuerst nichts dabei, als jemand immer das Gleiche spielte, aber dann fiel es ihm ein, dass Siegfried und Vera um diese Zeit nie zu Hause waren. Die Musik war laut und aufdringlich. Er rief Siegfried an:

– Herr von Blautal, jemand spielt in ihrer Wohnung schon über eine Stunde immer das Gleiche.

– Was? – rutschte die Frage Siegfried aus. Der Hausmeister hielt sein Telefon so, dass er es auch hören konnte. – Alles in Ordnung, ich komme sofort. – Sich mit einem Todesfall entschuldigend sagte er die Stunden ab und raste von der Akademie nach Hause. Unterwegs rief er Maria an:

– Sie ist in meiner Wohnung und spielt den Totentanz. Komm zu mir. – Vor dem Haus stehend hörte er Elisabeth zu und wartete auf Maria. Plötzlich stand sie neben ihm.

– Wir werden versuchen, mit meinem Schlüssel hinein zu gehen. Es war nicht nötig, die Türe war offen. Ein beängstigendes Bild empfing sie. Elisabeth saß vor dem geöffneten Flügel. Sie hieb mit aller Kraft in die Tasten und bearbeitete die Pedale. Die Fensterscheiben klirrten. Sie bemerkte sie nicht.

– Elisabeth – sagte Maria leise. (Wahrscheinlich hört sie mich nicht.) Aber sie hörte sie, hob den Kopf. Sie war wieder mager, ihre grauen Augen sanken ihr tief ins Gesicht und ihre Haare hingen herab. Wie wenn der Tod dort selber, am Klavier spielen würde.

– Elisabeth, wir sind hier.

– Emy gibt es nicht mehr, Mutter gibt es nicht mehr und Vater auch nicht, Willi ist tot, tausende von Juden starben in den Gaskammern.

– Aber uns gibt es noch! – Wie aus einer Trance erwachend fiel sie auf die Tasten und weinte. Damit sie nicht vom Stuhl falle, stützten Maria und Siegfried sie von beiden Seiten. Sie streichelten, küssten sie, sagten ihr Dinge, an die sie sich später nicht erinnern konnten, und weinten auch. Plötzlich richtete sie sich auf.

– Warum weint ihr?

–Wegen dir und Emy.

– Jeder hat etwas zu beweinen. Du wusstest nicht, niemand weiß es, dass mich nach meiner Geburt meine Mutter zu Adoption frei gab. Ich kannte meine leibliche Mutter nicht. Meine Eltern, die mich aufzogen, waren schon älter. Sie waren Musiker. Alles verdanke ich ihnen, auch meinen Namen. Als ich dich fand Elisabeth, hatte ich das Gefühl, endlich meine wirkliche Mutter gefunden zu haben. Was dachtest du, warum liebe ich dich so sehr? – sagte Siegfried weinend. – Siegfrieds Mitteilung erschütterte Elisabeth nicht. Sie fühlte, es konnte gar nicht anders sein. Dann nahm sich Siegfried zusammen.

– Weißt du was, jetzt spiele es noch einmal. Spiele für Emy, es soll ihr Requiem sein. Ich habe ein Computerprogramm, was ich auch benutze, es ist speziell für Solisten. Man kann das Soloinstrument herausnehmen und nur die Orchesterbegleitung bleibt.

– Aber bringt mir doch zuerst bitte ein Glas Wasser. – Maria ging Wasser holen, während Siegfried den Computer einsetzte. Elisabeth trank das Wasser und steckte ihre Haare wieder hoch. Sie hörten sich gemeinsam die Orchesterbegleitung an.

– Ich kann aber nur die ersten dreiundvierzig Takte.

– Hast du den Rest nicht geübt?

– Doch, aber kann ihn nicht.

– Macht nichts, spiel ihn irgendwie durch. Hier sind die Noten, du fängst auch mit dem Orchester an.

– Ich weiß, die Noten kenne ich auswendig.

– Ich lasse den Computer an! – Sie spielte das Ganze durch und blieb dann stumm sitzen. Maria und Siegfried schauten sich ratlos an.

– Elisabeth – sagte Maria wieder. Sie blickte auf und streckte beide Arme ihr entgegen.

Maria ging zu ihr hin, fasste ihre Hände und half ihr aufstehen.

– Gehen wir jetzt nach Sukoró – bat Elisabeth. Sie wollte sich bei Siegfried bedanken, konnte aber nichts sagen und gab ihm den Wohnungsschlüssel zurück.

– Danke, ich brauche ihn nicht mehr. – Auf dem Heimweg sprachen sie nicht. Maria fragte nichts. In Sukoró angekommen wollte Elisabeth noch unbedingt ihre Tauben füttern.

– Aber sie schlafen schon!

– Macht nichts, sie werden die Körner Morgen finden.

– Willst du heute bei mir schlafen?

– Nein, ich will mit meinen Toten alleine sein.

– Du kannst auch später noch kommen. – Elisabeth dachte, sie könne nicht einschlafen, aber dann schlief sie doch vor Erschöpfung ein. Sie träumte von Emys Fee. Sie war auf dem niedrigen Bücherregal in der Lichtkugel und mit silberglockenheller Stimme sagte sie:

– Es ist alles gut, Emy ist nach Hause gekommen.

Am frühen Morgen träumte Maria, sie wäre in einer Kirche und die Orgel tönte. Sie erwachte, es war erst fünf Uhr, noch dunkel. Nicht die Orgel hörte sie, es war Elisabeth. Sie spielte Bachs Fugen. Maria stand auf und schaute zu ihr herein. Sie saß angezogen am Flügel, spielte und bemerkte Maria nicht. So ging diese in die Küche und machte das Frühstück. (Seit gestern früh hat sie nichts gegessen und trug es zu ihr ins Zimmer.)

– Kommst du frühstücken? Kannst du jetzt über Emy sprechen?

– Heute Nacht war Emys Fee bei mir und sagte, Emy sei nach Hause gekommen – und dann erzählte sie Emys Tod, aber weinte nicht mehr. – Gestern war ich ganz fertig und habe mich bei Siegfried unmöglich benommen.

– Nur so, wie es der Situation entsprach.

– Wie soll ich mich dafür bei euch bedanken?

– Gar nicht. Kommst du heute arbeiten?

– Ich komme. Jetzt kommt noch die Beerdigung.

– Wann ist sie?

– Ich weiß es nicht, ich werde im Spital anrufen. Vorläufig suchen sie Emys Mutter.

Im Büro wussten Alexander und Martha nicht, wie sie ihr Beileid bekunden sollten. Als sie sahen, wie Elisabeth ruhig arbeitete, ging alles in gewohntem Gang weiter.

DIE BEERDIGUNG

Anna wollte gerade das Mittagessen kochen, als es klingelte. Sie fragte im Tor-Telefon:

– Wer ist da?

– Der Briefträger, ich habe einen eingeschriebenen Brief gebracht.

– Du solltest nicht mehr kommen, Bruno, ich habe es dir schon gesagt.

– Aber, Anna, ich habe wirklich einen Brief!

– Ich komme herunter. – Anna unterschrieb.

– Willst du wirklich nicht mehr?

– Nein, Karl hat mich geheiratet, die Buben sind anständig, es ist vorbei. – Erst in der Küche sah sie den Brief an. Er war von der Zivilbehörde. Sie öffnete ihn. Es war ein Abschlussbericht vom Spital: „Emylia Klein ist am zweiten Oktober im Obdachlosenspital gestorben. Wir bitten Sie als ihre nächste Angehörige, wegen der Bestattung mit dem Spital Kontakt anzunehmen". Sie verstand zuerst gar nichts. (Ich habe Emy gefunden, aber nicht für ein Grab, für ein Hochzeitkleid habe ich für sie gespart.) Als die Buben nach Hause kamen, saß sie noch immer am Küchentisch.

– Anna, ist das Essen fertig? Wir haben ziemlich Hunger – rief Thomy. Anna gab keine Antwort. (Etwas stimmt mit ihr nicht!) Er schaute auf den Brief und las ihn.

– Was ist, Thomy? – fragte Paul ängstlich.

– Ihre Tochter ist gestorben.

– Heute Nachmittag muss ich ins Spital gehen. Kauft euch etwas zum Essen.

– Wir kommen auch mit, unterwegs können wir etwas kaufen. – Sie gingen. Anna zahlte die Kremation und kaufte einen Platz im Zentralfriedhof.

– Ungefähr in zehn Tagen kann man die Urne beisetzen. Bitte warten sie, Herr Doktor Waldmeier möchte noch mit ihnen sprechen. – Sie warteten und dann kam der Arzt.

– Sind sie die Mutter von Emylia Klein?

– Ja. – Der Arzt wollte sie fragen, warum sie nichts von ihrer Tochter wusste, sah dann die beiden Buben. Der kleinere hielt ihre Hand und der andere schaute verlegen auf den Boden. Da fragte er nicht.

– Ist sie alleine gestorben?

– Nein, eine ältere Frau war bei ihr.

– Wer?

– Doktor Elisabeth Schwarz, die ihre Tochter sehr liebte.

– Eine Ärztin?

– Nein.

– Ich habe alles Nötige erledigt.

– Dann alles Gute – verabschiedete sich Doktor Waldmeier. Er ging in sein Zimmer: – Bitte benachrichtigen sie Doktor Schwarz über den Bestattungstermin.

Am neunten Oktober vormittags, um elf Uhr war die Urnenbeisetzung. Maria wollte einen Tag freinehmen, aber Elisabeth riet davon ab.

– Du hast wegen mir schon viel gefehlt. – Siegfried probte und konnte sie nicht begleiten. So ging Elisabeth alleine. Es war ein kalter, aber heller Tag. An den Bäumen glühten in allen Farben die Blätter. Es war kein Platz für Blumensträuße oder Kränze. Am Eingang vom Friedhof kaufte sie einen kleinen Urnenkranz aus weißen Rosen und bat bei der Administration, sie mögen ihn bitte auf die Urne legen. Dann suchte sie die Nummer hundertachtunddreißig an der Urnenwand. In einem Glaskasten brachten zwei Friedhofsangestellte die Urne. Nur wenig Menschen waren anwesend: Alois mit Kati, Silvia, eine hübsche junge Frau mit zwei Buben und erstaunlicher Weise kam Doktor Waldmeier auch. Es war eine Zivilabdankung. Die Beamtin wusste so gut wie nichts über Emy. Sie betonte hauptsächlich den Verlust der Mutter. (Was sollte sie sagen? Emy hat kaum gelebt.) Sie haben die Urne in die Wand gestellt und mauerten die Öffnung zu. Das Ganze ging nicht länger als eine viertel Stunde. Doktor Waldmeier ging nur zu Elisabeth hin, um ihr zu kondolieren. Kati weinte.

– Warum sie, warum nicht ich? Ich habe schon genug gelebt und um mich wäre es nicht schade gewesen.

– Das Schicksal hat seine eigenen Gesetze Kati, Alois, bringe sie nach Hause. – Alois umarmte Elisabeth weinend.

– Ich werde das nicht überleben.

– Doch, das wirst du.

– Aber das Kind!

– Du wirst noch Kinder haben.

– Kommst du mit mir? – fragte Silvia Elisabeth.

– Ich bleibe noch, komme aber bald. – Als alle gegangen waren, stand nur die Frau mit den zwei Kindern dort. Elisabeth trat an sie heran.

– Sie sind wohl Emys Mutter.

– Ja, und sie müssen Doktor Schwarz sein.

– Das bin ich.

– Wie ist Emy gestorben? – fragte sie weinend. Paul weinte mit ihr, Thomy schaute auf den Boden und kickte verlegen das Gras.

– Wie ist ihr Name?

– Anna. (Die einzige wirkliche Anna unter uns stellte Elisabeth fest.)

– Als sie nicht mehr bei sich war, hielt sie mich für Sie und sprach mit Ihnen.

– Was sagte sie?

– Nicht viel, sie bat, sie nicht zu den Großeltern zu bringen und dass sie für immer zusammenbleiben sollten. Ihre Fee hat sie mitgenommen. Emy litt nicht Anna, sie ist lachend gestorben.

– Ich habe sie verlassen und werde das nie mehr gut machen können. – Thomy hob den Kopf.

– Du machst es jeden Tag gut, du bist für uns statt unserer Mutter da. – Elisabeth schaute auf das junge, intelligente Gesicht des Kindes.

– Anna, er hat recht. Ich verließ auch meine Tochter fünfzehnjährig und erfüllte meine Pflicht an Emy. Sie wurden die Mutter von fremden Kindern. – Anna beruhigte sich ein wenig.

– Könnten wir uns einmal treffen, damit sie mir von Emy erzählen können.

– Geben sie mir ihre Telefonnummer, wir werden etwas abmachen. – Da meldete sich Paul:

– Anna, lade doch die Tante zu uns ein, dann bäckst du eine Kirschtorte, wir können sie mit Schlagsahne essen und dann hören wir auch, was sie von Emy erzählt. – Elisabeth streichelte den Kopf des Kindes.

– So machen wir es und ihr hört auch von Emy. Wie heißt du?

– Paul.

– Ich heiße Thomy – stellte sich der andere Bub vor.

– Seid jetzt für Anna da, sie hat euch nötig.

– Wir sind nicht mehr so frech – versicherte ihr Paul.

– Und wir prügeln uns auch nicht mehr so viel – ergänzte Thomy.

– Ich werde kommen.

Elisabeth blieb vor der Urnenwand allein. Sie sah die Anschrift am Urnengrab.

„Emylia Klein". Lebte von 1998 bis 2017"

So viel blieb. (Die Juden haben eine Klagemauer. Sie stehen davor und raufen sich den Bart und die Haare. Ob sie sie wohl ausrissen? Sie streuen Asche auf den Kopf und weinen. Ich habe keinen Bart, aber Haare.) Sie hatte immer eine Nagelschere bei sich. Schon seit ihrer Kindheit konnte sie nicht ausstehen, wenn sie lange Fingernägel hatte. Sie nahm sie aus der Tasche, machte ihren Haarknoten auf und fing an, ihre Haare abzuschneiden, aber gründlich, überall, auch hinten. Die langen, grauen Strähnen fielen auf das Gras. Der Wind wurde lebhafter und trieb sie langsam vor sich hin. Elisabeth blickte noch einmal auf Emys Namen und ging auf den Zug. Von Weißenburg aus nahm sie den Bus. Sie sah die seltsamen Blicke ihrer Mitreisenden. Als sie heim kam war Maria in der Küche am Spaghetti kochen. Sie schaute sie an und erstarrte.

– Was hast du gemacht?

– Du siehst es doch!

– Ja, ich sehe es, aber du hast dich wahrscheinlich noch nicht gesehen. Schau dich an! – Elisabeth stand vor dem Spiegel und war entsetzt. Sie sah aus wie ein gerupftes, graues Huhn. Als sie zu Maria zurückging, deckte diese schon den Tisch.

– Ich habe bei meiner Frisöse angerufen, wir haben um fünf einen Termin. – Marias Frisöse stöhnte, als sie Elisabeths Werk sah:

– Ich muss noch viel nachschneiden!

– Willst du deine Haare nicht färben lassen? – erkundigte sich Maria.

– Kommt nicht in Frage.

– Eigentlich passt zu deinen grauen Augen das graue Haar sehr gut. – Die kurzen Haare war Elisabeth nicht gewöhnt.

– Seit zwanzig Jahren wurden sie nicht abgeschnitten.

– Es war höchste Zeit!

ELISABETH KOCHT UND SPIELT KLAVIER

Elisabeth spielte viel auf ihrem Flügel und lernte kochen. Maria kam von der Arbeit und schnupperte in die Luft.

– Hast du gekocht?

– Ich habe es versucht.

– Was?

– So genau weiß ich es nicht. Ich habe ein südafrikanisches Rezept ausgesucht. Aber dann stellte sich heraus, dass nur Kartoffeln und Zwiebeln zu Hause waren.

– In Ungarn nennt man das Paprikakartoffeln.

– Dann machte ich noch französisches Omelett mit Kräutern, wobei ich eigentlich frische dazu gebraucht hätte, und noch etwas.

– Was?

– Peperoni und Knoblauch in Olivenöl gedünstet und mischte Feta dazu.

– Das tönt interessant. Hier steht das Kochbuch meiner Großmutter, in dem könntest du auch nachschauen. Oder doch lieber nicht! Weil du dann mit Ingwer gefüllte Wachteln machen willst, solche Rezepte sind da drin, und dann mangelt es an Ingwer und an Wachteln und du füllst Zucchini mit Petersilie. Heute gehen wir noch einkaufen.

– Aber bitte nicht in den TESCO, ich verabscheue ihn. Hast du auch Weizen für die Tauben bestellt?

– Ja, den holen wir auch.

– Hoffentlich nicht wieder in fünfzig Kilo Säcken.

– Nein, ich sagte ihnen, sie sollen ihn abpacken. – Sie setzten sich zu Tisch. Elisabeth schaute ab und zu vorsichtig zu Maria, was sie wohl zu dem Essen meinte. Sie sagte nichts, aß, ohne die Miene zu verziehen, als ob sie ein Viersterne-Menü essen würde. Dann sagte sie:

– Du hast schon gelungene Maria-Rezepte!

– Elisabeth-Rezepte!

– Schreibe sie ganz genau auf!

– Die Wespen stechen?

– Beim Kaffee sage ich dir noch etwas, ich habe auch Kuchen mitgebracht.

– Also, Backen getraue ich mich noch immer nicht. – Sie tranken ihren Kaffee.

– Was wolltest du sagen?

– Für die Betroffenen der Barener Überschwemmung planen wir mit der Akademie zusammen ein Benefizkonzert. Siegfried spielt mit Vera die Brahms-Cellosonate und ein Beethoven Klavierkonzert mit Orchester. Auch andere spielen noch. Seine Idee war, ihr könntet eine Sonate von Mozart für zwei Klaviere spielen.

– Das ist typisch Siegfried. Nein! Niemals!

– Gut, dann sage ich es ihm. Ich werde jetzt abwaschen, du hast gekocht. Elisabeth setzte sich an den Flügel und goss ihre ganze Frustration in eine schwere Liszt-Sonate. Sie hörte, wie Maria hereinkam und hinter ihr stehen blieb. Sie stand nur da und schwieg. Elisabeth wurde nervös von ihrer Stummheit und hörte zu spielen auf.

– Also nicht? – sagte Maria.

– Nein.

– Rutsch ein bisschen, ich will mich neben dich setzen. – Elisabeth machte Platz für sie. Das war neu, sowas gab es noch nie. Maria setzte sich auch auf den Hocker.

Sie fielen nur nicht herunter, weil Maria ihre Schultern umfasste.

– Spielen wir vierhändig?

– Schon eine Weile, aber auf einem anderen Flügel. Elisabeth, vor was hast du nach den vergangenen zwölf Jahren Angst? Vor der Krankheit und dem Tod ist es sinnlos Angst zu haben. Aber du fürchtest dich nicht davor. Was kann dir noch passieren? (Vor was eigentlich? Fragte sich auch Elisabeth. Emy ist tot, und Priska habe ich für immer verloren.)

– Was will Siegfried spielen?

– Eine Mozart-Sonate für zwei Klaviere.

– Aber ich habe doch kein Diplom.

– Für die Öffentlichkeit reicht dein Name. Wenn sie Doktor Elisabeth Schwarz lesen, fragen sie sich höchstens, in was du doktoriert hast. An der Akademie wissen sie es. Wir haben gemogelt.

– Wie denn das?

– Siegfried lobte dich über den grünen Klee und drohte, auch nicht zu spielen, wenn sie es nicht zuließen.

– Der Grieche!

– Was?

– Egal. Wann ist es?

– Am elften November.

– Ist das euer Geburtstagsgeschenk an mich?

– Ja, aber die Einzelheiten besprich lieber mit Siegfried.

– Ich werde ihn heute Abend anrufen. – Maria ging hinaus und hörte, wie sie die Emy-Sonate spielte, Mozarts A-Dur Sonate. Sie schrieb an Siegfried eine SMS: „Es ist gelungen! Sie ruft dich heute Abend an." Siegfrieds Antwort war: „HURRA!!!" Um sieben zeigte Siegfrieds Handy an, dass Elisabeth ihn suchte. (Gott sei Dank sehe ich ihre Augen nicht! Was ich jetzt bekommen werde!)

271

– Hallo, gut, dass du anrufst.

– Hallo Siegfried, es ist schon nicht nichts, wenn ihr mit Maria zusammenspannt! Habt ihr wirklich einen Ohnmachtsanfall geplant an meinem Geburtstag vor fünfhundert Menschen?

– Du wirst nicht ohnmächtig werden, ich bin bei dir. Die Flügel stehen nebeneinander und nicht gegenüber. Die ganze Zeit kann ich deine Hand nicht halten, aber am Anfang und am Schluss. Der Saal hat übrigens nicht fünfhundert Plätze, sondern achthundertsiebzig – beruhigte sie Siegfried. – Es beginnt mit dem Violinkonzert von Mendelsohn. Stella Gutjahr ist die Solistin. Sie ist erst sechsundzwanzig Jahre alt. Du kannst dir nicht vorstellen, wie schön das Kleid war, das sie das letzte Mal anhatte. Lang, schwarz mit aufgenähten goldenen Blättern als Applikation. Die Blätter wurden am Rock nach unten immer grösser.

– Siegfried!

– Sie ist wirklich hübsch und so natürlich.

– Aber wahrscheinlich kann sie auch etwas.

– Ja sicher, aber deswegen kann sie noch hübsch sein.

– Ist es schwer, was ich spielen muss?

– Für dich?

– Warum ist es am elften November?

– Wir hatten drei Termine zur Auswahl und das war der späteste. Wir dachten, du solltest Zeit haben, um dich vorzubereiten, vor allem seelisch.

– Ich muss mir die Noten besorgen.

– So viel ich weiß, hat sie Maria schon bestellt.

– Ihr wart euch aber ziemlich sicher!

– So sicher auch nicht, aber Noten schaden nie.

– Ich werde üben.

– So, wie ich dich kenne, wirst du auch meinen Part können. Ich muss mich sehr am Riemen reißen, dass ich nicht danebenhaue, sonst schaust du mich noch an! – Elisabeth lachte.

– Ich werde mit mir schon ziemlich beschäftigt sein.

– Nach der nächsten Woche fangen wir in der Akademie zu üben an.

– Einen schönen Abend noch, Siegfried. Es kann sein, mein sechzigster Geburtstag wird mein schönster Geburtstag im Leben.

– Besser spät als nie!

– Kennst du noch mehr solche Gemeinplätze?

– Das ist kein Gemeinplatz, nur etwas abgedroschen, aber ich könnte auch sagen, deine Geburt als Pianistin. Ist es so besser?

– Danke, Siegfried.

– Danke nicht nur mir.

– Ich weiß es.

Elisabeth ging dreimal mit Maria arbeiten. An den restlichen Tagen der Woche führte sie die Haushaltung und lernte die Mozart-Sonate. Mit Siegfried zusammen fing sie zu üben an. Maria bereitete die Plakate und Einladungen vor. Sie suchte Matthias Adresse aus und schickte mit einem kurzen Gruß eine Einladung, auch in der Synagoge bekamen sie ein Plakat. Alois und Kati schickte sie die Einladung mit zwei Eintrittskarten. Sie sagte Elisabeth nichts davon, da sie nicht wusste, wer kommen werde. Elisabeth lud Silvia ein. Maria organisierte auch eine Tonaufnahme, weil Johannes und Patrizia nicht dabei sein konnten und sie darum baten.

DER 11. NOVEMBER

Der elfte November kam. Es war ein Freitag. Das Wetter war regnerisch und trüb. Maria nahm für diesen Tag frei. Sie frühstückten in Elisabeths Zimmer. Auf dem Tisch, brannte eine Kerze und ein Blumenstrauß stand daneben. Das Geschenk lag auf Elisabeths Frühstückteller in einer länglichen Schmuckschachtel. Sie öffnete die Schachtel. Es war eine goldene Kette darin, mit verschiedenen kleinen ovalen Edelsteinen: Amethyst, Granat, grüner Turmalin und Topas wechselten sich ab. Sie waren so gefasst, wie wenn sie die Vergrößerung der einzelnen Glieder der Kette wären.

– Für heute Abend zu deinem nicht mehr geliehenen Kleid. – Elisabeth legte sich die Kette um. – Wenn sie dir nicht gefällt, können wir sie umtauschen. Willst du sie nicht im Spiegel anschauen?

– Die wird nicht umgetauscht und einen Spiegel brauche ich auch nicht – sie legte ihre Hand auf Marias und sah sie mit dem Blick an, den Matthias „Geschmolzenes Eis" nannte.

– Ich bin die Maria Steiner, du hast Steine von mir bekommen.

– Die Steine sind hart, die Steine sind grau und kalt, aber diese Steine sind warm und das Licht durchflutetet sie. – Elisabeths Tränen flossen. Sie hatte gedacht, nach Emys Tod könnte sie nie mehr weinen. Maria legte einen größeren Briefumschlag vor sie hin.

– Johannes hat dir das geschickt. – Es waren Fotos vom Sommer. Ihr ganzes, strahlendes Glück sah man darauf, aber es tat ihr nicht mehr weh.

– Danke, ich werde ihm schreiben.

– Langsam müssten wir gehen. Du wolltest noch mit Siegfried üben und dann bei Silvia dich umziehen.

– Es ist so dunkel, es wäre besser, zuhause zu bleiben.

– Heute wird noch die Sonne scheinen. – Bevor sie losfuhren, kam der Postbote mit einem Paket für Elisabeth. Es war von Siegfried. Sie machte es auf. Die Noten eines Beethoven- Klavierkonzertes kamen zum Vorschein mit selbst gezeichneter Gratulationskarte. Die Zeichnung stellte einen See dar, mit allem, was dazu gehörte. Großäugige Frösche spähten nach Mücken aus dem Schilf, die ebenfalls als schwirrende kleine Punkte angedeutet waren, und erschrockene Enten traten eifrig das Wasser. Die Sonne lachte breit zwischen friedlich segelnden, runden Wolken. Über dem allem flatterten zwei Herzchen mit Flügeln. Sie waren mit Pfeilen gekennzeichnet, eins mit Siegfried, das andere mit Vera. Oben stand: „Bereite dich auf das Nächste vor!" und unten: „Sogar du wirst älter?"

– Hätte er nicht warten können, bis ich komme?

– Das wäre zweifellos ökonomischer gewesen, aber so ist es stilvoller.

– Ihr verwöhnt mich zu sehr, ich verdiene das nicht.

– Habe nur keine Bedenken, das Schicksal funktioniert sehr genau, noch viel präziser als du. Man bekommt immer nur das, was man auch verdient.

Viele Menschen kamen zum Konzert, der Saal füllte sich. Elisabeth und Siegfried kamen ganz am Schluss, weil sie erst dann den zweiten Flügel auf die Bühne schieben wollten. Elisabeth wartete hinter der Bühne. Viel lieber wäre sie neben Maria in der siebten Reihe gesessen, aber so hörte sie auch alles. Sie werden sich dann in der Pause treffen. Maria dachte an das letzte Konzert. Da waren Johannes und Patrizia bei ihr, jetzt aber in Wien. Sie bedauerten sehr, dass sie nicht dabei sein konnten, für sie ließ sie die Tonaufnahme machen. Es ist so lange her. Lange? Ein halbes Jahr! Da sah sie Elisabeth zum ersten Mal wirklich. Emy war mit ihr. Jetzt begann es. Jemand verspätete sich. Sie schaute automatisch zurück. Zwei junge Menschen nahmen in den hinteren Reihen Platz. (Wie, wenn sie es wären! Aber nur mein Wunschdenken spielt mit mir.) Im ersten Teil war das Klavierkonzert von Beethoven mit Orchester und die Brahms-Sonate für Cello. Elisabeth saß alleine. Sie war aufgeregt. (Einmal konnte ich schon beten. Soll ich es jetzt auch versuchen? – Gott, gib mir Ruhe, ich werde für Emy spielen, für Willi, für Mutter und Vater, für alle die dort in den Arbeitslagern gestorben sind. Die fremde Cellistin war ganz allein auf dem Platz des Todes! Ich bin nicht allein.) Der erste Teil war zu Ende. Sie trafen sich mit Maria am Büffet.

– Was möchtest du? Kaffee bekommst du nicht.

– Wasser und so eine Käsestange.

– Was? Diesen Blätterteig-Schrecken? Weißt du, dass es dir zwischen den Zähnen kleben bleibt, oder hast du auch eine Zahnbürste dabei? – Elisabeth wollte gerade ihre Meinung über Marias Erziehungsmaßnahmen äußern, als hinter ihnen eine Stimme sagte:

– Siehst du? Jetzt gibt es schon zwei Hexen. Was meinst du, sind sie auf einem Besen gekommen oder hat jede einen eigenen?

– Wahrscheinlich auf einem Besen-Tandem! – Maria drehte sich rasch um. Johannes und Patrizia standen vor ihr.

– Seid ihr verrückt geworden?

– Ja, aber das weißt du schon lange. Mama! – Johannes breitete die Arme aus.

– Johannes! – Dann kam Patrizia an die Reihe. Bis Johannes und Elisabeth sich auch begrüßt hatten, war die Pause zu Ende und sie haben nichts gekauft.

Vor dem Eingang stand ein älterer Mann mit einer hübschen, jungen Frau, die nervös rauchte.

– Vater, ich werde nicht auf sie warten. Ich will sie nicht sehen.

– Warum bist du dann mitgekommen? Geh' nur, ich fahre mit der Straßenbahn nach Hause.

– Das sehen wir noch. – Nach der Pause kam das Violinkonzert. Siegfried ging zu Elisabeth.

– Noch einige Minuten und wir kommen dran. Hast du Angst?

– Nein.

– Dann komm –, er nahm ihre Hand. – Elisabeth hatte kein geliehenes Kleid mehr an, sondern ein langes, königsblaues Abendkleid aus feinem Samt. Maria brachte so viele Gründe und Argumente gegen ein schwarzes vor, dass sie den Widerstand aufgab. Um ihren Hals lag die Geburtstagskette und am Finger war der Brillantring. Seit ihre, Haare kurz waren, wellten sie sich leicht. Siegfried schaute sie an.

– Weißt, du wie schön du bist?

– Nein, und es interessiert mich auch nicht. Siegfried, ich spiele für Emy.

– Dann werde ich auch für sie spielen. – Sie gingen Hand in Hand auf die Bühne und es wurde geklatscht. Sie verbeugten sich und schauten zu Maria, weil sie wussten, wo sie saß. Sonst sah man nichts von der Bühne aus, nur die dunkle Masse der Zuhörer. Elisabeth war ruhig.

Es gab nur sie beide, wie auf einer Lichtinsel der Musik. Sie spielten fehlerfrei und vertieft. Manchmal lächelten sie sich gegenseitig an. In der fünfundzwanzigsten Reihe saß Priska neben ihrem Vater und weinte. (Diese königliche Erscheinung ist meine Mutter, die so spielen kann und jemand ist? Die ich nicht treffen wollte?) Nachdem sie die Sonate gespielt hatten, verneigten sie sich zusammen. Alle Musiker kamen auf die Bühne und es wurden ihnen Blumensträuße überreicht. Das Publikum klatschte stehend. Beim Hinausgehen schaute Siegfried Elisabeth so stolz an, wie wenn sie sein Kind mit dem besten Abiturabschluss wäre. Als sie Richtung Ausgang gingen, hatte Elisabeth ihren weißen Mantel mit dem langen Seidenschal angezogen und hielt die Blumen im Arm. Siegfried staunte sie bewundernd an.

– Ich hätte doch dich heiraten sollen!

– Harem, oder der Ödipuskomplex? Was ist jetzt dran?

Vor dem Eingang warteten Menschen auf die Musiker, Verwandte und Freunde. Elisabeth eilte zu Maria und umarmte sie.

– Danke, danke, meine liebe Maria!

– Es war sehr schön, Elisabeth, aber schau, andere warten auch auf dich! – Jetzt sah sie sich erst um. War Matthias dort mit Priska? Peter und Esther aus der Synagoge, Silvia mit strahlendem Gesicht. Dort hinten Kati und Alois, er hielt ein blondes Mädchen an der Hand. Sie ging auf sie zu, wobei sie nur Priska anschaute.

– Seid ihr auch gekommen? – fragte sie nun Matthias.

– Maria Steiner schickte mir eine Einladung. Elisabeth, wie du heute spieltest sahst du aus wie damals an der Donaupromenade. Komm zu mir zurück. Ich habe nie aufgehört, dich zu lieben.

– Mutter, komm zu uns. Andrea ist so wie du, sie hätte dann auch eine Großmutter – bat sie Priska.

– Kannst du mir verzeihen, Priska?

– Als ich dich spielen hörte, ist alle Bitterkeit von mir gefallen.

– Bring Andrea zu mir, sie wird eine Großmutter haben und ich eine Enkelin. – Priska umarmte sie weinend und Elisabeth strich ihr über den Kopf. – Meine liebe, liebe, einzige Tochter. – Priska hob den Kopf und da gab ihr Elisabeth die Blumen. – Die sollen dir gehören. Nun umarmte sie Peter.

– Siehst du, deine Familie ist gekommen. Du hast gesagt, du hättest die Zukunft verloren, als du die Vergangenheit kennenlerntest. Jetzt hast du beides.

– Komm in unsere Gemeinschaft –, begrüßte Esther sie, mit zwei Küssen.- Ich werde dir das Orgelspielen beibringen, mit diesem Können ist das für dich keine Sache. – Silvia beobachtete ergriffen die Begegnung.

– Ich bin so glücklich, weil du wieder auf normalen Gleisen bist, Elisabeth.

– Du warst immer für mich da, jetzt bade ich nicht mehr auf deine Kosten.

– Es fehlt mir auch, nicht die Wasserrechnung, sondern, dass du nicht mehr regelmäßig kommst. – Siegfried war unsagbar glücklich.

– Siehst du, wie viele dich lieben! Warum machst du nicht das Klavierdiplom?

– Man würde mich schon gar nicht zulassen, ich bin zu alt.

– Gehen wir irgendwo hin, um etwas zu trinken.

– Lieber morgen. Dann feiern wir meinen Geburtstag nach.

– Dann gehen wir in die „Schöne Helene" – schlug Vera vor. Alle waren damit einverstanden. Elisabeth trat zu Kati und küsste sie.

– Hat es dir gefallen? Ich sehe, es geht dir nicht schlechter.

– Es war sehr schön, weißt du, ich war noch nie an einem solchen Ort. – Elisabeth schaute fragend auf Alois.

– Das ist Sabine – stellte er das blonde Mädchen vor – sie arbeitet an der Baustelle in der Kantine. – Elisabeth reichte Sabine die Hand.

– Es freut mich, dich kennenzulernen.

– Und ich hatte Angst! Alois hat mir so viel von Emy erzählt.

– Du brauchst keine Angst zu haben. Das Leben geht weiter. Kommt, morgen auch alle drei in die „Schöne Helene" ihr seid meine Gäste. – Sie ging wieder zu den anderen zurück.

– Elisabeth, du hast meine Frage noch nicht beantwortet – sagte Matthias. Maria stand mit Johannes und Patrizia die ganze Zeit im Hintergrund. Sie nahmen Maria, wie zwei Wächter, in ihre Mitte, denn sie wussten nur zu gut, dass Elisabeths Antwort auch über Marias Zukunft entscheiden wird. Elisabeth sah nach unten, dann hob sie langsam den Kopf und blickte in die lieben, lächelnden Gesichter. Sie lächelte auch und dann wurde sie ernst. Sie sah Emy vor sich auf der Straße stehen und weinen.

– Einmal stand Emy weinend auf der Ringstraße im Mittagsverkehr und fragte mich: – Wo ist zuhause? – Ich antwortete ihr: – Wir sind dort zuhause, wo wir geliebt werden. – Ihr liebt mich alle, aber zwischen der Vergangenheit und der Zukunft sind die zwölf Jahre der Obdachlosigkeit. Es ist die unter dem Rucksack gebeugte

Gestalt in Männerhosen, die in der Gesellschaft vom besoffenen Willi, in der Kälte, im Durchzug auf dem Boden sitzend schläft. Nicht diejenige, die ihr jetzt vor euch sieht. Maria und Siegfried brachten mir die Zukunft. Siegfried, der seine Wohnungsschlüssel einer obdachlosen alten Frau gab, damit sie Klavier spielen konnte. – Maria stand jetzt neben ihr. Elisabeth legte den Arm um ihre Schultern und schaute sie an.

– Komm, wir gehen nach Hause!

ENDE

SCHLUSSWORTE

Es steht mir fern, die Arbeitsscheuen und Alkoholiker zu idealisieren. Auf alles, was in einem solchen Leben brutal realistisch ist, habe ich verzichtet. Nur traf ich Emy und Alois am Südbahnhof in Budapest, als ich von einer Reise zurückkehrte. Es war im November um sechs Uhr abends. Ich wartete auf ein Taxi als sie kamen. Sie kamen Hand in Hand. Alois linkes Auge war schwarzviolett zugeschwollen. Emy hatte auch einen blauen Flecken unter ihrem Auge. Sie baten mich um Geld, weil sie an dem Tag noch nichts gegessen hatten. Sie sagten auch, dass sie hier am Bahnhof wohnen würden. Ich fragte sie woher sie, die blauen Flecken hätten? – Sie wurden in der Nacht ohne Grund zusammengeschlagen, war die Antwort. Willi kannte ich auch und gab ihm Geld. Als er starb, stand die letzte Flasche Wein, von mir bezahlt, auf seinem Tisch. Elisabeth sah ich in Budapest aus dem Autofenster am Eingang eines Hauses auf der Treppe sitzen und die Tauben füttern. Sie war eine etwa sechzig jährige Frau mit langen grauen Haaren. Meine einzige Frage war: – Wie ist es mit ihr soweit gekommen? Eine Jugendfreundin von mir, eine begabte Cellistin, ist tatsächlich nach Auschwitz gegangen und hat ganz alleine auf dem Platz eine für sie komponierte Cello -Solosonate gespielt. Sie starb fünfzigjährig. Meine Großmutter stammt aus einer jüdischen Familie aus dem Burgenland. Ich habe mich eingehend mit dem Holocaust beschäftigt. Die Mutter meines Mannes hieß ledig Rubin. Solche Namen wie Stern, Gold und dazu gehört wohl auch Rubin, haben in Deutschland nur reiche Juden gehabt, die sich vor Jahrhunderten eingekauft hatten. Das Buch handelt vom Schicksal. Menschen wie Siegfried und Maria gibt es. Marias Satz zitierend: – Der Mensch ist immer Mensch. – Nicht nur der Staat soll die sozialen Schwierigkeiten lösen. Der Mensch muss es selber wollen und braucht andere Menschen, die ihm mit der höchsten Qualität des Menschseins beistehen: Mit der Liebe.

Ispánk, den 18. Jan. 2020
Gertrud Maria Egervári

– Für David –

Die Autorin

Gertrúd Mária Egervári wurde 1952 in Budapest
geboren. 1964 folgte – gemeinsam mit Mutter
und Schwester – die Emigration in die Schweiz,
dort Besuch der Rudolf Steiner Schule in Basel.
Anschließend absolvierte Gertrúd die Ausbildung
zur Bildhauerin und Werklehrerin. 27 Jahre lang
war sie in Schulen tätig – hauptsächlich im Hilf-
und Spezialschulbereich. Auf die Ehe mit einem
Germanisten, der als Deutsch- und Geschichtslehrer tätig war, folgte die Geburt des gemeinsamen
Sohnes. Neben der Arbeit widmete sich Gertrúd
der Malerei und stellte ihre Bilder aus. Seit 2003
lebt sie mit ihrem Sohn in Ungarn. Dort betätigt
sie sich als Übersetzerin und Lektorin von ungarischen und deutschen Texten. Leitung eines Kurses
für Pädagogik, Kunstgeschichte, Kulturgeschichte
und Esoterik. Malkurs für Erwachsene. Seit 2016
ist sie auch als Schriftstellerin tätig.

Der Verlag

*Wer aufhört
besser zu werden,
hat aufgehört
gut zu sein!*

Basierend auf diesem Motto ist es dem novum Verlag
ein Anliegen neue Manuskripte aufzuspüren, zu ver-
öffentlichen und deren Autoren langfristig zu fördern.
Mittlerweile gilt der 1997 gegründete und mehrfach
prämierte Verlag als Spezialist für Neuautoren in
Deutschland, Österreich und der Schweiz.

**Für jedes neue Manuskript wird innerhalb
weniger Wochen eine kostenfreie, unverbind-
liche Lektorats-Prüfung erstellt.**

Weitere Informationen zum Verlag und
seinen Büchern finden Sie im Internet unter:

w w w . n o v u m v e r l a g . c o m